MEDITERRANEA

ERI RITSOU
SEGRETI E RIVELAZIONI

Romanzo

Traduzione di Valentina Gilardi

CROCETTI EDITORE

Titolo dell'opera originale:
Μυστικά και αποκαλύψεις

Traduzione dal greco di Valentina Gilardi

Crocetti Editore
IF - Idee editoriali Feltrinelli
Socio unico Giangiacomo Feltrinelli editore
Prima edizione aprile 2024

Art director: Cristiano Guerri
Cover design: Ufficio grafico Feltrinelli

Stampa Mediagraf S.p.A. – Noventa Padovana (PD)

ISBN 978-88-8306-417-3

FSC
www.fsc.org
MISTO
Carta
da fonti gestite in
maniera responsabile
FSC® C021939

Segreti e rivelazioni

1
1910 – Quindici giorni della vita di Nikolas Aghisilau

In una stanza del grande albergo affacciato sul lungomare, il celebre Quai, Nikolas Aghisilau esaminava attentamente il proprio viso allo specchio.

Gli affari lo avevano portato di nuovo a Smirne dopo molti anni. La prima volta che aveva visitato la magnifica città era un ragazzo. E adesso... adesso il tempo mostrava i segni del suo trascorrere. I capelli non erano più tanto folti e sulle tempie si distinguevano i primi fili bianchi. "Capelli bianchi, cattive notizie..." pensò, e sorrise. Ma tutto sommato il tempo era stato clemente con lui. Gli si potevano dare dieci anni di meno, o quasi.

Si accostò alla finestra aperta e guardò il mare. Non voleva ammetterlo neanche a sé stesso, ma sentiva un'aria vivificante di libertà. Come se fosse una persona nuova. Come se non fosse esattamente lui. O meglio, come se fosse lui ma lustri addietro.

Aveva appena compiuto quarantacinque anni; venti di intenso lavoro nella ditta, diciotto di felice matrimonio. Aveva salutato da poco il cognato che era partito per l'America ed era diventato padre per la quarta volta – di una bambina desideratissima che era finalmente arrivata.

Nonostante il successo negli affari e una vita familiare felice, c'erano momenti in cui si sentiva preso in trappola. Come se tutte quelle cose belle non fossero altro che una prigione ben camuffata dentro cui la sua vita si perdeva irrimediabilmente. Era una sensazione assurda, che tentava di scacciare. Però c'era, e quando l'avvertiva lo assaliva il panico.

Temeva quei momenti di irrazionalità. Che cosa pretendeva, in fin dei conti? Aveva tutto. Eppure in quegli istanti era come se non avesse niente. Le scelte della sua vita non le aveva compiute lui. Non erano sue. Era un inganno. Sembravano sue. Era un'illusione. A venticinque anni, quando altri "se ne andavano a spasso per l'Europa", lui si era accollato tutta la responsabilità dell'impresa di famiglia perché il padre si era ammalato. Si era sposato e aveva formato una famiglia perché era giusto così. Per sé, però, che cosa aveva fatto? "Ma tutte queste cose le hai fatte per te," gli gridava la ragione, e lui sapeva che era vero. E invece no. "Sono una pedina su una scacchiera. Senza volontà. È qualcun altro che mi muove."

Se la prese con sé stesso, con i pensieri e le inquietudini che lo agitavano. Si sforzava di trovare una spiegazione razionale a quegli "sfoghi" interiori, che non esternava ma che c'erano. Era colpa della stanchezza, dell'ansia per il lavoro, della routine, dell'età. Si avvicinò di nuovo allo specchio e ricominciò a scrutarsi il viso. Di sicuro non dimostrava gli anni che aveva. I capelli gli si erano un poco diradati e c'era qualche filo bianco... Sì, ma niente di grave. Certi suoi coetanei sembravano già vecchi. Aveva un fisico ancora asciutto, giovanile. Senza pancia né chili di troppo. E se si fosse rasato i baffi sarebbe forse parso ancora più giovane. Ma a che scopo? Che cosa gli stava accadendo? Cos'era che lo tormentava? Aveva tutto. Che cosa desiderava, allora? Era colpa del lavoro. Ne era stanco. Era colpa anche della gravidanza di Evridiki.

Non la sfiorava da mesi. Aveva quarantatré anni, non era più una ragazzina. Dovevano stare attenti. Inoltre, da quando era nata la bambina, Evridiki non aveva avuto attenzioni che per lei. Come se non esistesse altro al mondo. Come se non avesse avuto altri figli. Nemmeno con Aghis, il primo nato, si era comportata così. "Sta' buono, Nikolas, sto allattando." Porgeva il seno turgido alla neonata e lui restava a guardare. "Fa' piano, Nikolas, sveglierai la bambina." La teneva nella loro stanza – cosa che non era accaduta con nessuno dei figli precedenti.

Nikolas si sentiva escluso, estraneo nella sua stessa camera da letto. Entrava e usciva in punta di piedi per non turbare il sonno della bambina, per non infastidirla durante la poppata, per non disturbare la madre all'opera. Desiderava Evridiki che vedeva traboccante di floridezza, serena nella maturità – era sempre stata una donna calma e serena, questo più di tutto l'aveva colpito di lei – la desiderava e doveva tenersi il desiderio, forse anche con un'ombra di gelosia nei confronti della neonata. Amava sua moglie, l'adorava. L'aveva notata tra tutte le altre donne per il carattere, la calma, il pragmatismo. Nei diciotto anni di matrimonio non c'era stato nemmeno un giorno in cui Nikolas si fosse pentito della scelta che aveva fatto. Era un matrimonio perfetto. Glielo dicevano tutti, tutti glielo dimostravano, ma lui stesso lo sapeva e ne era convinto. Certo, non aveva mai amato Evridiki alla follia. Però dal primo istante in cui si erano parlati aveva provato per lei un affetto profondo. Era la persona più cara, la compagna, la consigliera e "socia". Con gli anni era diventata il suo alter ego. Provava gratitudine per questa grande felicità. Per la pienezza della loro vita, per la sincerità del rapporto che li univa.

E tutt'a un tratto, adesso che aveva salutato Evridiki da due giorni – mettiamo tre, contando il viaggio – tutt'a un tratto sentì che mancava qualcosa. Che cosa? Non era in grado di dirlo. Non riusciva a capire. Si trattava di qualcosa che conosceva, qualcosa di vago però noto; un pensiero che aleggiava ma a cui non riusciva a dare forma, che non riusciva a individuare. Qualcosa di indefinito e sfuggente, che cogli e non cogli. Lo senti ma non sai dargli un nome. Come quando ripensi al viso di un attore famoso, ti ricordi gli spettacoli in cui l'hai visto, ricordi la scenografia e perfino il vestito da sera che indossava la signora seduta accanto a te, ma non riesci a ricordare il nome dell'attore, nonostante siano vivissimi nella tua memoria il viso, i movimenti e le battute.

Irritato, si strinse la cravatta. Quel pomeriggio aveva un altro appuntamento e la sera era invitato da Karazàoglos. Lavoro e impegni mondani. Ciò nonostante si sentiva libero. Padrone della propria vita. Fissava gli appuntamenti quando voleva lui, rientrava in albergo quando ne aveva voglia, mangiava quando ne aveva voglia e... non c'era nessuna ragione per cui dovesse camminare in punta di piedi.

Si arricciò i baffi, si spazzolò le tempie, prese la giacca e la indossò. Gettò un'ultima occhiata allo specchio. Sorrise all'immagine riflessa. "Sono bello," pensò.

Fuori, sul lungomare, fece cenno a un cocchiere e si avviò all'appuntamento che aveva in programma: si sentiva un signore, giovane, ritemprato.

"Che città magnifica! Questa sì che è civiltà," pensava ammirando le facciate dei palazzi, che gareggiavano in sfarzo, imponenza ed eleganza.

L'incontro si concluse in modo favorevole, come i precedenti. I lavori procedevano più rapidamente del previsto. Era probabile che avrebbe portato a termine gli impegni molto prima di quanto avesse calcolato.

"Forse non ci sarà bisogno che mi fermi due settimane. Può darsi che dieci giorni siano più che sufficienti," pensò tutto contento.

Il suo nome era noto nei circoli di Smirne. Le porte si aprivano prima che lui bussasse. Con aria soddisfatta salì in camera a rinfrescarsi e a vestirsi per il ricevimento.

Il palazzo dei Karazàoglos era splendente di luci. Le carrozze si fermavano l'una dopo l'altra e depositavano davanti al portone spalancato uomini in costumi eleganti e signore in abito da sera.

Nikolas aveva deciso di tardare un poco. Non conosceva molta gente, nonostante i suoi rapporti d'affari, e temeva che si sarebbe sentito a disagio a vagare per i saloni vuoti, estraneo in mezzo a estranei. Almeno quando si fossero riempiti sarebbe stato più facile andarsene in giro con un bicchiere in mano. Così stabilì di presentarsi un po' dopo l'ora per la quale era stato invitato. Certo, forse non era un gesto molto cortese, ma poteva addurre la scusa di qualche appuntamento sopravvenuto all'ultimo minuto, di qualche difficoltà – non aveva trovato, mettiamo, la carrozza – o impedimenti del genere.

Aveva fatto male i suoi conti. I cittadini di Smirne non avevano premura. I complicati abiti delle signore richiedevano tempo per essere indossati e rassettati, e i fiocchi per essere stirati un'ultima volta. E le elaborate acconciature richiedevano ore prima che il risultato finale soddisfacesse appieno le esigenti dame.

Quando entrò nel palazzo constatò che certo non era solo, ma i saloni non erano gremiti come aveva immaginato. Karazàoglos gli si fece incontro sull'ingresso. Lo presentò alla moglie, poi ad amici e uomini d'affari. Nikolas si trovò rapidamente circondato da personaggi ben vestiti, con baffi curati e pance da signori, prova inconfutabile del fatto che gli abitanti di Smirne amano la buona cucina. Tutti gli chiedevano informazioni sul lavoro, su come andasse l'economia dalle sue parti, sui suoi progetti. La conversazione era interessante. Parlavano del trionfo di Caruso a Parigi, dell'agitazione che i piani del Kaiser riguardo al rafforzamento della flotta tedesca causavano in Inghilterra; della morte di Edoardo VII, del nuovo re Giorgio V, della granduchessa Anastasia che adorava quel nuovo ballo proveniente da Buenos Aires: un ballo che stava entusiasmando i giovani di tutta Europa, poiché permetteva loro di stringere tra le braccia le fanciulle con il pretesto delle movenze. "Se mia figlia si azzarda a ballare il tango le taglio le gambe," tuonò un possente signore. Commentarono anche la notizia più recente, la morte dell'"angelo dei feriti", l'infermiera inglese Florence Nightingale.

Saltavano da un argomento all'altro; mescolavano l'arte con la politica e l'economia, passando poi ai rivolgimenti internazionali – erano presenti uno o due consoli (di Inghilterra e Francia, a Nikolas parve di sentire) – e alle manifestazioni che si svolgevano in quei giorni: le gare ippiche del club inglese e le rappresentazioni teatrali a cui avevano assistito di recente. Discutevano anche di argomenti di interesse locale, connessi con il clero, l'istruzione, i finanziamenti alla scuola, la necessità improrogabile di fondare un'università; parlarono di tasse, dei fallimenti di grandi commercianti e infine delle serate danzanti delle ultime settimane.

All'inizio Nikolas ascoltava con interesse e partecipava alla conversazione. Ma a poco a poco cominciò a stancarsi. Quando poi la discussione si spostò su temi locali, di Smirne, che lui non conosceva e che non lo riguardavano, sentì la necessità di prendere una boccata d'aria. Chiese scusa e si diresse verso il buffet per piluccare qualcosa, perché quel giorno non aveva mangiato quasi niente. Era anche spossato fisicamente, poiché gli incontri e gli appuntamenti continui abbreviavano sì il tempo della sua permanenza a Smirne ma lo affaticavano molto. Non era più un venticinquenne.

Arrivato al buffet sentì una risata provenire dalla sala accanto. Voltò la testa. Una fanciulla stava entrando nel salone come un vortice rosa. Posò il piatto sul buffet e con lo sguardo seguì la ragazza che, attraversata quasi di corsa la sala, si gettò al collo di Karazàoglos. Dietro di lei seguivano due fanciulle più composte. All'inizio vide lo stupore dipingersi sul viso di Karazàoglos, poi dolcezza e gioia brillargli negli occhi.

"Papi, di' loro..." sentì esclamare dalla ragazza, ma perse il resto perché la voce si abbassò e si confuse con il chiasso della gente.

Nikolas si allontanò dal buffet e si diresse dalla parte di Karazàoglos. Era curioso di sapere che cosa il papà dovesse raccomandare alle amiche della figlia: una cosa così importante che lei aveva attraversato il salone quasi di corsa – gesto molto strano e che non si addiceva granché a una giovane signorina, perché sì, era una signorina. Calcolò che doveva avere circa diciassette anni. A quell'età certe donne si sposavano e lei correva come una capretta selvatica, pensò Nikolas. Non riuscì ad avvicinarsi abbastanza rapidamente da sentire la conversazione. Riuscì a cogliere soltanto le ultime parole del padre: "Va bene Nada, tesoro, d'accordo, faremo come vuoi tu, ma sii un poco seria, non sei più una bambina".

Il modo in cui Karazàoglos la guardava, comunque, dava l'impressione che la considerasse proprio una bambina – la sua bambina preferita.

La fanciulla si allontanò e Nikolas tornò al buffet a cercare il suo piatto. La osservava con la coda dell'occhio. Era splendida. Sottile come lo stelo di un fiore, con un collo di cigno e le curve ben disegnate, calamitava gli sguardi – non soltanto il suo. I capelli castano scuro tenuti alti sul capo mettevano in risalto il collo lungo e sottile e la carnagione candida. Trasmetteva la sensazione di un gingillo fragile e contemporaneamente della pesca matura, morbida di peluria, succosa. Un abbinamento sorprendente. Una pura provocazione per lo sguardo. Uno o due riccioli cadevano dall'acconciatura sollevata e lambivano la gola da un lato. Emanava vitalità e innocenza ed era anche – Nikolas se ne accorse con turbamento – straordinariamente sensuale: forse perché l'organdi rosa che la avvolgeva come una nube terminava in un profondo decolleté che lasciava scoperta buona parte del seno bianco-roseo. La vista della giovane lo agitava. Sentiva il bisogno di seguirla, di vederla da vicino, di osservarla meglio. Lo stupore per la sua comparsa leggiadra e la curiosità iniziale per le parole che poteva aver detto al padre erano stati sostituiti da un senso di perdita, ora che lei era uscita dalla sala sottraendosi al suo sguardo.

Il bisogno di vederla era tanto acuto che lo percepiva come un dolore. Frugò nella mente. Non aveva mai incontrato una creatura simile. Non erano soltanto la bellezza, la vitalità, la grazia – qualità che aveva trovato anche in altre ragazze; magari non tutte insieme, ma le aveva trovate. Era qualcos'altro, qualcosa che non sapeva definire, che gli faceva scrutare la sala nella speranza di rivederla.

Chinò gli occhi sul piatto. Aveva lo stomaco chiuso. Non riusciva a mangiare nulla. Abbandonò il piatto sul buffet e si diresse verso la sala accanto. Scrutava come il cacciatore. Scrutava come il naufrago. La fiera-salvagente era scomparsa. Osservò la ragazza che suonava il piano. Non era lei. Osservò le coppie che ballavano il valzer. Non era tra loro.

Si sentì soffocare. Si irritò con sé stesso. "Che cosa mi prende?" Aveva la vista quasi annebbiata. In fondo alla sala, la porta che dava sul balcone era aperta. Aveva bisogno di una boccata d'aria. "Un po' d'aria e starò meglio." Si avviò in quella direzione senza più guardarsi attorno. In lontananza nereggiava il mare. Il mare che lo separava da casa. "Devo tornare. Presto. Devo terminare i lavori il prima possibile." Scansò le coppie che ballavano, e a passo rapido uscì sul balcone. L'odore del mare fu un balsamo. Sentì che tornava a respirare, riacquistava le forze, ridiventava padrone di sé stesso. Non aveva nemmeno avuto il tempo di pensare "è stato soltanto un brutto sogno, è finito", che volgendo la testa la vide in piedi alla sua destra, all'estremità del balcone, con i gomiti appoggiati sulla ringhiera, mentre l'organdi e i riccioli ondeggiavano nella brezza – visione eterea rorida di chiarore lunare. La presenza di lui la sorprese, e anche lui fu stupito da quella di lei. Per qualche attimo restarono immobili a fissarsi. A Nikolas si strinse di nuovo lo stomaco. Stava per fare marcia indietro e tornare dentro quando sentì la voce di lei.

"Che bella serata! E la luna, come luccica sul mare! Viene voglia di essere pesci per nuotare dentro quel liquido nero argenteo. Non le pare? Quando c'è la luna mi piace guardare il mare. Quando non c'è, guardo il cielo. Allora le stelle, senza lo splendore del pianeta che adesso le oscura, brillano in tutta la loro intensità, e il cielo è un immenso fazzoletto nero ricamato d'argento. In lutto per ciò che muore; luminoso e pronto a danzare per ciò che rinasce. Lei che cosa ama di più? La luna o le stelle?"

Nikolas non sapeva cosa rispondere. Non sapeva nemmeno, nonostante il "lei", se la domanda fosse rivolta proprio a lui. La ascoltava e pensava che avevano ragione quanti sostenevano di aver visto nelle notti di luna piena, alle sorgenti o nelle radure, fate che danzavano e rubavano la favella. A lui quella fata rosa aveva rubato la favella. No, non aveva una risposta alla sua domanda. Nella testa non aveva pensieri. Soltanto un vuoto. Un vuoto che la presenza eterea, la vitale giovinezza, la grazia e leggiadria e vezzosità di lei riempirono nell'istante in cui voltò il collo bianchissimo e inondò Nikolas del suo sguardo; perché gli occhi, nel modo in cui lo osservava di lato, lo irroravano di chiarore lunare, di bagliori e lampi. La giovinezza, ah, la giovinezza, innocente e nello stesso tempo compiaciuta, provocazione per un uomo adulto come lui. Quella fanciulla così aerea, così terrigna, così lontana dal suo mondo, lo turbava, lo incantava, lo stregava.

"Non risponde! Lei è uno di quegli uomini che non parlano. Uno di quelli che sognano e basta. Capisco. O forse la mia domanda le è parsa sciocca?"

No, macché sciocca, per Dio. Ma qual era la domanda? Che cosa gli aveva detto? Che cosa gli aveva domandato? Impigliato nella rete del fascino, restava muto e immobile a guardarla. Le gambe presero a muoversi verso di lei, gli occhi aggrappati alle spalle argentee. La fanciulla sembrò turbata. La scosse un brivido. Finalmente Nikolas ritrovò la voce:

"Non va bene che lei resti a lungo all'aperto. È vestita leggera. Fa freddo".

"Che buffo, lei mi parla come mia mamma: 'Fa freddo'. Ma è proprio per questo che sto all'aperto. Perché fa freddo. Il freddo vivifica. Permette di sentire che il corpo, le membra esistono. Quando non presti loro la minima attenzione, ti mandano segnali. Siamo qui, ti dicono, coprici. Mi piace la loro voce. Mi piace il freddo."

Nikolas avvertì il bisogno di allentare il nodo della cravatta. Non lo fece. Non avanzò ulteriormente. Un passo ancora e l'avrebbe potuta sfiorare. Desiderava così intensamente sfiorarla. Infilò le mani nelle tasche.

"Ciò nonostante credo che lei debba entrare, signorina Karazàoglu."

"Lei mi conosce? Chi è? Io non la conosco."

"Nikolas Aghisilau."

"Ah, è quel signore straniero che papà aveva detto avrebbe invitato stasera. Per questo non la conosco. Allora presentiamoci. Nada Karazàoglu. Molto piacere, signor Aghisilau."

Gli tese la mano. Nikolas la strinse tremando. Il contatto con la pelle morbida di lei gli provocò un brivido alla schiena.

"Ma lei trema," osservò la ragazza ritirando la propria mano da quella di lui. "È lei che deve entrare, allora. Venga," gli disse, e lo superò avviandosi verso la portafinestra.

Nikolas la seguì a passo lento. Quando entrò nella sala lei stava già chiacchierando con le due amiche. Un gruppo di ragazzi, raccolti attorno al pianoforte, si esibiva in canzoni alla moda. Nikolas attraversò la sala e proseguì verso il salone adiacente.

"L'avevamo persa, dove è stato?" gli domandò la signora Karazàoglu. "Io e Iàsonas pensavamo di farle una proposta. Mi prometta che non rifiuterà."

"Signora, è sempre meglio non dare la propria parola se non si sa per che cosa. Tuttavia non potrei opporre alcun rifiuto a una padrona di casa tanto ospitale, a una donna tanto cortese. Il suo desiderio sarà un ordine."

"Che bello! Signor Aghisilau, lei è un autentico gentiluomo. Bisognerebbe che tutti la sentissero e la prendessero come esempio. Bene, ecco la mia proposta, e non è necessario che le ricordi che mi ha già dato la parola. Il prossimo fine settimana verrà con noi nella nostra casa fuori città, la ospiteremo per un paio di giorni. È poco lontana da Smirne. Staremo bene. In questa stagione quasi tutti lasciano le case di città per trasferirsi in campagna. Tra una o due settimane Smirne si sarà svuotata. Insomma, avremo compagnia e staremo meravigliosamente."

"Ma, signora Karazàoglu..."

"Non accetto obiezioni. Mi ha già dato la sua parola, e Iàsonas ci tiene molto. È straordinariamente soddisfatto della vostra collaborazione, e non credo che lei voglia dispiacergli."

"D'accordo, signora Karazàoglu, va bene. Il prossimo

fine settimana, allora. La ringrazio molto. Per l'ospitalità di stasera e per l'invito."

Nikolas augurò la buonanotte, ringraziò anche il padrone di casa e si avviò verso l'albergo. Aveva combinato un bel guaio. L'unica soluzione che gli restava era cercare di concludere i lavori entro il fine settimana. Da lì al venerdì seguente mancavano otto giorni. La giornata di domani, domenica, era persa.

"Domani mi riposo e da lunedì devo lavorare a ritmo sostenuto. Venerdì dirò a Karazàoglos che parto e che onorerò il suo invito un'altra volta."

Si coricò soddisfatto della decisione presa. L'immagine della fanciulla irruppe nei suoi pensieri. Gli passeggiava davanti con l'organdi rosa che si muoveva nella brezza, i riccioli castani ondeggiavano sulle spalle, il collo bianchissimo si fletteva come lo stelo di un giglio; gli occhi lo guardavano ridenti, colmi di sogni e promesse, le labbra si schiudevano su una fila di denti bianchi come perle, il petto candido e roseo spiccava rigoglioso e morbido attraverso la scollatura, mentre le spalle eburnee rilucevano al chiarore della luna e le dita di giglio erano strette nella sua mano: "Molto piacere".

Aprì gli occhi, accese la luce. Si alzò, spalancò la finestra. Aveva bisogno di aria. La luna si specchiava nel mare. Non aiutava i suoi pensieri ad allontanarsi dalla giovane fanciulla. Respirò profondamente. Faceva freddo. E il freddo fa sentire vivi. Fa sentire le membra. Nada aveva ragione. Era giovane e aveva ragione. Era giovane. Ecco il suo incanto. Quel che lui non era più. Certo, vecchio non era. Aveva molti anni davanti a sé. E tuttavia non era neppure giovane. Quand'era stata l'ultima volta che aveva guardato la luna specchiarsi nel mare? Quando l'ultima volta che aveva alzato lo sguardo per ammirare il fazzoletto nero del cielo ricamato con milioni di stelle d'argento? Non lo ricordava. Glielo aveva ricordato questa fanciulla. Mio Dio, come era accaduto che gli anni fossero corsi via così in fretta? Come mai erano passati senza che lui se ne fosse accorto?

Ma no, se ne era accorto. Non si poteva dire che avesse sprecato la sua vita e che guardandosi indietro avesse rimpianti o ripensamenti. Assolutamente no. Non era una di quelle persone che dicono: "Ah, ci avessi pensato prima". Aveva avuto un'esistenza ricca. Aveva lavorato, aveva realizzato progetti, aveva formato una famiglia, era felice. Era felice? Sì, lo era. Almeno per quanto dipendeva da lui e dalle sue azioni. Grazie al suo lavoro vivevano molte persone. Era benvoluto. Aveva formato una bella famiglia, aveva una brava moglie con cui andava d'accordo. Che cosa gli mancava? Niente. Gli mancava la giovinezza. Ridicolo anche il solo pensiero. Era naturale che gli mancasse la giovinezza. Era passata, e meno male. Ogni età ha le sue gioie, e da adulto lui aveva molte ragioni per essere contento. "Sveglia, Nikolas!"

Chiuse la finestra, tornò a letto e spense la luce. Eccola lì un'altra volta, che attraversa la sala come una nube rosa e si appende al collo di papà. E se si fosse appesa al suo di collo? Lui non era il padre.

Avvertì di nuovo il calore della mano di lei nella propria. Vide i seni delicati salire e scendere al ritmo del respiro premuti nell'organdi rosa, e sentì il sesso indurirsi. Era dall'adolescenza che non provava una sensazione del genere. E fece quello che avrebbe fatto un adolescente.

La domenica mattina il tempo era splendido. Nikolas dormì a lungo. Quando aprì gli occhi erano quasi le dieci. Si aspettava di essere stanchissimo essendosi addormentato tardi la notte precedente, e invece era in perfetta forma. Si sentiva leggero e riposato. Gli parve curioso. Si vestì e uscì.

Si sedette in una pasticceria per bere un caffè. Il lungomare era pieno di gente che passeggiava. A mano a mano che il tempo passava e terminavano le funzioni religiose, affluivano sempre più persone. I tavoli accanto al suo si riempirono. In breve non ve ne fu più uno libero. Non voleva andarsene. Gli piaceva stare seduto all'ombra a osservare l'andirivieni. Signore con gli ombrellini, famiglie al completo, anziane e anziani, domestiche che spingevano passeggini con neonati. Una folla gioiosa e variopinta. Dopo che ebbe sorbito il caffè ordinò un dolce e una bibita e decise di starsene lì a oziare ancora un po'. Oziare! Un'esperienza nuova per lui, che aveva sempre mille impegni. E tuttavia era straniero in una città straniera, era domenica, era una giornata splendida e si sentiva un'altra persona.

Prima ne udì la risata. Poi la vide. Era in piedi alle sue spalle, a braccetto con una ragazza.

"Che bella sorpresa, signor Aghisilau. Lei è la mia amica Luisa Bratu, ateniese. È venuta a trovare alcuni parenti. Il signor Aghisilau, anche lui di passaggio, lavora con papà."

"Buongiorno, signorina Karazàoglu. Molto piacere, signorina Bratu."

Nikolas strinse la mano a entrambe le ragazze.

"Accomodatevi. Posso offrirvi qualcosa?"

"Sì, che bello, volentieri. Siediti, Luisa. Grazie, signor Aghisilau. Siamo in giro da un bel po' e ci facevano male i piedi. Siamo venute qui alla pasticceria per bere qualcosa, ma non c'è nemmeno un tavolo libero. Stavamo per andarcene quando l'ho vista. Che bello! Che felice coincidenza!"

Nikolas non era certo che fosse una coincidenza così felice. Gli tornarono in mente i pensieri della notte precedente e si sentì arrossire, mentre gli si serrava lo stomaco. Nada dovette notare il rossore, perché gli disse:

"Sembra che questo clima non le si addica. Ho l'impressione che il caldo del pieno giorno le dia fastidio quanto la frescura della notte".

Nikolas si morse le labbra.

"Forse ha ragione. Bisognerà che sbrighi in fretta i miei lavori e che torni a casa, eppure, le confesso, mi dispiacerà molto lasciare la sua bella città," disse guardandola negli occhi intensamente. Toccò a Nada arrossire. Che cosa aveva visto nel suo sguardo? Nikolas non lo poteva sapere, ma il rossore sulle guance di lei c'era eccome.

"Per quanto lei sbrighi velocemente i suoi affari non potrà partire che dopo il prossimo fine settimana. La mamma mi ha detto che l'ha invitata a trascorrere con noi il sabato e la domenica nella nostra casa fuori città, e che lei ha accettato."

"È vero, signorina, ha ragione," disse Nikolas, e avvampò di nuovo, questa volta senza guardarla, essendosi ricordato del proposito di concludere gli impegni entro il venerdì e di partire il sabato non alla volta della casa di campagna dei Karazàoglos ma alla volta di casa sua. Nada preferì ignorare il rossore di lui, che d'altra parte non poteva sapere a cosa fosse dovuto, e non fece altri commenti sul clima. Per essere un uomo adulto le sembrava molto impacciato.

Il tempo trascorreva piacevolmente, le fanciulle chiacchieravano per lo più tra loro e di tanto in tanto interpellavano Nikolas perché dicesse, "dal momento che aveva visitato sia Atene sia Smirne, quale fosse la città più bella".

Nikolas le aveva trovate belle entrambe, ognuna di una bellezza propria. Non si potevano mettere a confronto. "L'una ha certe bellezze, l'altra altre," disse enumerando i pregi delle città, e le ragazze sembrarono tutte e due soddisfatte. Quando si salutarono era quasi mezzogiorno.

Mentre si allontanavano, Nikolas sentì Luisa che diceva:

"Il signor Aghisilau è un vero gentiluomo".

"Sì, senza dubbio," rispose Nada.

Dopo pranzo il gentiluomo andò a riposare – un lusso che si concedeva soltanto la domenica. La visione mattutina della fanciulla non gli aveva procurato il turbamento che gli aveva procurato quella della sera. Nel tailleur verde oliva era apparsa più timida, più fragile, più infantile, come se il colore scuro la rendesse più piccola invece che più grande; la faceva sembrare una bambina seria invece della vivace, vitale, desiderabile giovane fanciulla che gli era comparsa davanti con l'organdi rosa chiaro la sera precedente. "Grazie a Dio," pensò osservando la polvere che danzava nella luce meridiana filtrata dalle imposte, mentre a poco a poco gli si appesantivano le palpebre.

Quando uscì a passeggiare lungo il Quai il sole era tramontato. Il cielo rosseggiava e il mare cominciava a tingersi di scuro. La gente camminava avanti e indietro sul molo, imperturbabile. Gli stessi abbinamenti del mattino: coppie di anziani, domestiche con i passeggini, famiglie, gruppi di ragazzi e ragazze a braccetto. Solo che ora le signore non avevano gli ombrellini ma scialli gettati sulle spalle.

In albergo gli avevano dato l'indirizzo di un ristorante francese. L'addetto alla reception glielo raccomandò vivamente. "Jacques è il migliore chef che sia comparso in città negli ultimi dieci anni. Nemmeno a Parigi mangerebbe così." Nikolas decise di assaggiare le specialità di Jacques.

Il ristorante era quasi pieno. Gli si accostò il mâitre.

"È solo?"

"Sì."

"Nome?"
"Prego?"
"A che nome ha prenotato?"
"Non ho prenotato."
"In tal caso mi dispiace, signore, sono tutti tavoli riservati."
Nikolas si guardò intorno. In effetti sulla maggior parte dei tavoli vuoti c'era il relativo biglietto. Ma non su tutti.
"Tutti?" domandò.
"Tutti," rispose il maître, a dire il vero senza essere troppo convincente.
Nikolas non aveva scelta. Naturalmente non era disposto a discutere per assaggiare le specialità di Jacques, e aveva già fatto marcia indietro quando gli si avvicinò un cameriere.
"Signore, la cercano."
"Mi cercano?"
"In fondo, il signor Karazàoglos la invita al suo tavolo."
Il maître, sentendo il nome di Karazàoglos, spinse da parte il cameriere e disse: "Venga, signore, le faccio strada".
"Lasci, la ringrazio, so andarci anche da solo," ribatté secco Nikolas, e gli lanciò un'occhiata carica di disprezzo.
Il maître arretrò. Nikolas si diresse verso il tavolo in fondo alla sala.
"Oh, il signor Aghisilau, il caro signor Aghisilau. Accomodati, Nikolas. Posso chiamarti Nikolas, non hai niente in contrario, vero? Basta signore di qua, signore di là, cosa ne dici? Altrimenti che soci siamo?"
"Certo, naturalmente, signor..."
"Niente signore. Chiamami Iàsonas."
"Bene, Iàsonas."

“Vieni, siediti. Per poco non ci scappavi. Fortuna che ti ha visto Nada. Questa ragazza vede tutto, non le sfugge niente.”

Nikolas si sedette di fronte alla ragazza a cui non sfugge niente.

“Che bella combinazione, signor Aghisilau,” commentò la madre.

“Sì, davvero.”

Ancora una volta Nikolas non era certo che si trattasse di una bella combinazione, esattamente come la mattina non aveva avuto l’impressione che si fosse trattato di una felice coincidenza. Piuttosto il contrario. Gli sembrava che bello e felice fossero una presa in giro. Come se qualcuno volesse burlarsi di lui. Combinazioni e coincidenze erano parte di un gioco. Un gioco che minava la sua tranquillità psicologica. Infatti, se dall’incontro del mattino era uscito indenne, non era sicuro che ora sarebbe accaduto lo stesso.

Di fronte a lui la giovane Nada era splendida. Aveva i capelli di nuovo raccolti in alto, il collo che somigliava a finissima porcellana, e indossava un collier di zaffiri, l’ultimo dei quali si perdeva nella fessura tra i seni che il decolleté dell’abito da sera grigio azzurro lasciava intravedere. Gli zaffiri che le pendevano ai lobi luccicavano appena voltava la testa, ora verso il padre, ora verso la madre.

“Nada ci ha detto che l’ha incontrata questa mattina. Ecco quindi che ci si presenta l’occasione di ricambiare la sua gentilezza,” proseguì la signora Karazàoglu, poi si mise a consigliargli quale piatto assaggiare.

“Siamo arrivati anche noi da poco, caro Nikolas, e abbiamo appena ordinato,” gli disse il signor Karazàoglos. “Veniamo qui spesso. Ci piace la cucina. Soprattutto a Nada. Io a dire il vero appartengo alla vecchia scuola, preferisco i cibi tradizionali, ma le signore hanno gusti più raffinati. A te che cosa piace di più?”

"Se devo essere sincero non sono un intenditore della cucina francese."

"Allora lascia che scelga Anna per te. Cameriere, per favore."

Furono fatte le ordinazioni e il signor Karazàoglos riempì il bicchiere di Nikolas di vino.

"Alla salute e ai buoni affari."

"Alla salute."

"Cameriere, apra la finestra, per favore," disse il signor Karazàoglos, e rivolgendosi a Nikolas aggiunse: "Questo tavolo mi piace perché è accanto alla finestra e si può prendere una boccata d'aria. Più tardi, quando il ristorante si sarà riempito, farà caldo. Inoltre, tra poco l'orchestra comincerà a suonare e nei primi tavoli ci sarà molto baccano".

Arrivò il cibo e tutti si dedicarono alle prelibatezze di Jacques. Nikolas cercava di tenere gli occhi fissi sul piatto, ma suo malgrado ogni volta che li alzava vedeva di fronte a sé lo zaffiro tuffarsi nella fenditura tra i seni di Nada, mentre lei si chinava verso il piatto.

Il vino e la visione avevano sortito il loro effetto. Nikolas malediceva le coincidenze e si sforzava di concentrarsi ora sulla signora, ora sul signor Karazàoglos.

Una o due volte incrociò lo sguardo di Nada. Gli parve che lo osservasse con interesse. Sì, negli occhi di lei scintillava qualcosa, constatò allarmato.

Dopo che ebbero terminato di mangiare, mentre aspettavano il dolce, il discorso si spostò sugli affari.

"Oh, Iàsonas, parlate una buona volta di qualcos'altro," protestò la signora Karazàoglu. "Le piace la poesia, signor Aghisilau?"

"Purtroppo non ho tempo per leggere, signora. Quando ero giovane leggevo. Mi piaceva la poesia, e in particolare il nostro poeta Kleanthis. Lo conosce?"

"Non ho letto niente. Quando sarà a casa ci spedisca

un libro. A noi piace molto la poesia, vero Nada? Ma da come ha detto 'quando ero giovane', sembra che lei si ritenga una persona di cent'anni."

"Intendevo semplicemente prima che il lavoro mi assorbisse del tutto. Certo che non ho cent'anni, ma ormai sono troppo vecchio per la poesia. La poesia parla meglio alla sensibilità di chi è giovane, come la signorina Karazàoglu."

"Ah, non sono d'accordo, signor Aghisilau. Non c'è un'età giusta per la poesia. Tutte le età lo sono. Tu che cosa ne pensi, Nada?"

"Tutte le età sono giuste, basta che se ne avverta la necessità. Basta che la poesia ci parli. E questo non dipende dall'età, ma dalla sensibilità. E ci mancherebbe che accettassi l'opinione del signor Aghisilau, ossia che la poesia parla meglio alla sensibilità dei giovani. Dovrei ammettere che la sensibilità 'svapora' con il passare degli anni; poveri noi se coloro che tracciano la politica e dirigono le nostre vite, i quali ovviamente hanno una certa età, fossero privi di sensibilità. Se ammetto che accade ciò, allora il futuro si prospetta cupo, e questo non posso accettarlo perché se non altro i giovani devono essere ottimisti. Altrimenti lo sforzo di voi adulti per procurarci una vita migliore è vano, e noi giovani, da parte nostra, se non abbiamo qualcosa a cui aspirare non abbiamo nessuno stimolo per tentare di raggiungere il meglio. Capisce di che tipo di società parliamo se affermiamo che la sensibilità diminuisce con l'andare degli anni, come la vista, per dire?"

"Bene, cara, è sufficiente, hai fatto un bel discorso ma adesso basta. Hai visto Nikolas, che figlia saggia ho?"

"Davvero."

Nikolas faticò ad articolare anche solo quel "davvero". Le riflessioni della giovane Nada lo avevano lasciato senza parole. Si era completamente confuso e cercava di mettere in ordine le immagini della cerbiatta rosa chiaro, l'apparizione rorida di luna, la fanciulla seria con il completo verde oliva, la giovane intellettuale romantica che gli si era appena rivelata, e lo zaffiro che luccicava insistente in un pericoloso strapiombo biancorosa. Era troppo per lui. Lo capiva. Doveva raccogliere armi e bagagli e partire prima che fosse tardi.

"Mi dica, lei che cosa pensa del mio discorso?" gli domandò Nada fissandolo negli occhi.

Gli parve che nello sguardo le brillasse una punta d'ironia, qualcosa che somigliava a una provocazione.

Lo salvarono il cameriere, che in quell'istante gli posò davanti il dolce, e la signora Karazàoglu, che esclamò impaziente:

"Ah, lo assaggi e ci dica...".

E non fu salvo soltanto lui. Si salvò anche la serata: prima di abbassare lo sguardo sul dessert, infatti, Nikolas aveva notato che il viso di Karazàoglos si era corrucciato e rabbuiato. Di solito la sua parola era considerata legge, probabilmente, ed era chiaro che aveva interpretato la domanda della figlia come un'offesa all'autorità paterna: un momento prima infatti aveva chiesto che il discorso avesse termine. Comunque il dolce era veramente squisito. Poco dopo si salutarono augurandosi la buonanotte e ringraziandosi a vicenda; Nikolas aveva gentilmente declinato la proposta di Karazàoglos di accompagnarlo all'albergo in carrozza.

"Non è lontano. Ho mangiato molto, e una passeggiata prima di dormire mi farà bene. E poi una serata così bella è l'occasione migliore per ammirare il mare argenteo sotto il chiaro di luna, e per affinare la mia sensibilità," disse con un sorriso, mentre lanciava un rapido sguardo complice a Nada e si chinava a baciare la mano della signora Karazàoglu.

"Buona notte, Nikolas, ci vediamo domani. Ti ringraziamo della compagnia."

"Buona notte, Iàsonas, grazie per la cena."

La notte era lunga per Nikolas.

Nei due giorni successivi aveva concluso il lavoro in mattinata evitando di fissare appuntamenti per il pomeriggio. Non appena il sole diventava meno caldo, si avviava alla pasticceria in cui l'aveva incontrata la domenica. Sia il lunedì sia il martedì la incontrò "per caso".

Arrivava alla pasticceria in preda all'agitazione, con il cuore che gli batteva all'impazzata. Era dall'adolescenza che non provava più un'emozione simile. L'avrebbe vista? Gli bastava vederla.

Il lunedì pomeriggio passò sul lungomare a braccetto con un'amica. Lo fissò. Era uno sguardo molto eloquente. Tornando indietro lo fissò di nuovo. Nikolas voleva farle segno di avvicinarsi ma non osò. Gli passò davanti un'altra volta. Lo guardò, e sulle labbra le si disegnò un sorriso fuggevole. La osservò allontanarsi.

Pagò il conto, si alzò e si avviò nella direzione in cui erano andate le due fanciulle. Nel frattempo loro erano arrivate abbastanza lontano, avevano fatto dietrofront e stavano tornando. Quando si incontrarono, Nada gli sorrise.

"Buonasera, signor Aghisilau," disse, tenendo a lungo la mano in quella di lui. "Le presento la mia amica, Maria Avdelidu. Siamo state compagne di scuola. Maria, il signor Aghisilau, socio di papà."

"Molto piacere, signorina," disse Nikolas guardando Nada.

Non gli veniva nient'altro.

"Come le pare la promenade?" domandò Nada.

"Molto bella."

"Allora lasceremo che se la goda. Arrivederci", e gli strinse per la seconda volta la mano.

Ebbe di nuovo l'impressione che lo canzonasse. Anche se fosse... non chiedeva di più. Per il momento gli bastava quello. L'aveva vista e l'aveva sfiorata.

"Arrivederci. È stato un piacere, signorina."

Il martedì pomeriggio comparve da sola.

"Torno ora dalla sarta," disse mentre si sedeva al tavolo. "Mi offre una limonata?"

Nikolas la guardava senza parlare.

"Insomma, posso restare?"

"Resti. Ci mancherebbe, certo che può restare. Cameriere, una limonata per favore."

"Ecco che ci incontriamo di nuovo. Si capisce che è destino. Lei crede nel destino?"

"Non so. Ho cominciato a credere negli incantesimi."

"Negli incantesimi? Interessante. Qui ci sono molte maghe, lo sa?"

"Se ce ne siano molte non lo so. Però di sicuro ne conosco una."

Lei rise.

"Non ridere, Nada, ti prego. Mi sento già abbastanza ridicolo. Ma non mi importa. Lo confesso. Mi hai stregato. Dal primo istante in cui ti ho visto non c'è più niente che conti. Il lavoro, la famiglia, i luoghi: tutto è un paesaggio sfocato. Sei tu la mia unica luce. Il tuo sorriso, la tua vitalità, i tuoi occhi, la tua presenza. Se una settimana fa qualcuno mi avesse detto che avrei parlato così a una ragazzina, gli avrei dato del pazzo. Adesso sono io il pazzo, quando non ti vedo: e quando ti vedo ancora di più."

Si interruppe perché arrivò il cameriere a portare la limonata per Nada.

"Signor Aghisilau, lei mi lusinga ma esagera. Non... sono una ragazzina."

"Nada, non prenderti gioco di me. Non ti dico banalità per lusingarti. Ti sto mettendo a nudo il mio cuore come non ho mai fatto."

"Allora mi commuove."

"Hai ragione. Ben mi sta. Sono ridicolo. Lo so. Però avevo bisogno di dirtelo. Di togliermelo da dentro. Bene, parliamo d'altro."

Lei allungò la mano sul tavolo e strinse quella di lui. Così, senza nascondersi, senza paura di essere vista.

"Pensi di essermi indifferente? Ti sbagli. L'incanto ha funzionato anche per me. È stata la luce della luna? O il fatto che tu non parlassi? Sembravi così introverso e impacciato. Che strano! Un'immagine così lontana dall'idea che si ha di un uomo adulto, di un professionista affermato. Tu sei affermato. Altrimenti papà non lavorerebbe con te... Non so che cosa sia accaduto. Anch'io non faccio altro che pensarti. Anche se non volessi sarebbe sempre più difficile, visto che continuiamo a imbatterci l'uno nell'altro. *C'est le destin.*"

Ritirò la mano da quella di Nikolas e si appoggiò allo schienale della sedia. Nikolas era felice. Sentiva la felicità penetrargli da tutti i pori, gonfiarlo come l'aria i palloncini. Si sentiva un palloncino colorato pieno di felicità. Anzi, no, non un palloncino, era una mongolfiera, pronta ad alzarsi in volo nel cielo di Smirne.

"Non posso fermarmi oltre. Ti rivedo qui domani alla stessa ora," disse la piccola.

"Aspetterò."

Gli strinse la mano e scomparve. Per il mercoledì, dunque, avevano appuntamento.

La sera stessa, sdraiato sul letto, Nikolas tracciava i suoi bilanci ubriaco, sebbene non avesse bevuto un sorso d'alcol. L'ubriacatura era così forte che gli permetteva di constatare lucidamente che era ebbro di felicità. I suoi propositi di resistere si erano indeboliti. Gli si affacciava alla mente il dilemma: "Bevo ancora o è meglio che smetta?". Ma una risposta sensata non era registrata da nessuna parte. Al contrario, la bilancia pendeva dalla parte del "Perché no? Perché lasciar perdere? È così bello!". Sentiva la trepidazione di uno scolaretto al suo primo appuntamento, ma nello stesso tempo avvertiva il bisogno di tornare alla ragionevolezza che capiva di perdere. L'adolescente innamorato lottava contro l'uomo adulto. La guerra l'avrebbe vinta l'uomo adulto. Ne era certo, non poteva essere altrimenti. Ma prima dell'esito definitivo l'impetuoso adolescente avrebbe probabilmente trionfato in alcune battaglie.

"È un sentimento che non ho mai provato. Non mi capiterà di riviverlo. Insomma, posso ignorarlo? Fingere che non ci sia? E per quale ragione? Per avere qualcosa di cui pentirmi in futuro?" mormorò. "Riprenditi, Nikolas," disse poi a sé stesso. "Ormai è tardi perché io mi riprenda. Non riesco. Non voglio," si lamentò. "Almeno tieni separate le cose. Sei venuto qui con uno scopo. Non lasciare che gli affari vadano in malora. E sta' attento. Attento. Sennò Karazàoglos ti farà saltare non solo la società ma anche le cervella."

Il mercoledì mattina Nkolas era perfettamente concentrato nel lavoro. Passò dall'avvocato a prelevare i contratti, li esaminò, apportò qualche modifica, corresse alcuni particolari, qualcosa aggiunse; poi li restituì affinché fossero consegnati a Karazàoglos. Se anche lui li avesse approvati, allora sarebbero potuti andare dal notaio. Era in splendida forma. Nel pieno possesso delle sue facoltà intellettive, con le antenne tese a percepire il minimo movimento che potesse danneggiare i suoi interessi.

Nel pomeriggio arrivò alla pasticceria quasi correndo, come un ragazzino, e si sedette al solito tavolo. Il tempo passava e Nada non compariva. Il sole era tramontato, i colori del cielo a poco a poco si stemperavano. Nikolas aspettava senza più riuscire a tenere a freno la delusione, che si rizzava sulle zampe posteriori e gli sferrava calci nello stomaco e al cuore. Aveva bevuto tre caffè, mangiato un dolce, e si chiedeva se fosse meglio andarsene oppure ordinare qualcos'altro, In quell'istante la vide avvicinarsi e trasalì. Gli passò accanto.

"Seguimi," gli disse senza fermarsi. Nikolas lasciò due banconote sul tavolo e balzò in piedi. Cominciò a seguirla. Teneva gli occhi fissi sulla figura slanciata, nell'ansia di non perderla, mentre lei con passo rapido si insinuava tra la gente.

Dopo un po' Nada abbandonò la strada che costeggiava il mare e si infilò in una via perpendicolare. Nikolas dietro.

Poi lasciò la via, imboccò un vicolo e poi un altro e un altro ancora. Nikolas la seguiva. Si stavano allontanando dal mare. Cominciarono a salire verso luoghi che Nikolas non conosceva, con case basse e stradine strette. Passarono davanti a una chiesa. Esattamente alle spalle di questa c'era una macchia di alberi. Nada scomparve tra le piante. Nikolas la perse. Si mise a correre nella sua direzione. Mentre passava accanto a un albero, la mano di lei lo toccò.

"Qui," disse, e lo tirò a sé.

Sentì la fragranza dei capelli appena lavati. Sentì il profumo del corpo mentre le si accostava. Era imporporata per il camminare. Gocce di sudore le imperlavano la fronte. Nikolas si chinò ad asciugarle con le labbra. La strinse tra le braccia.

"Mio amore," le sussurrò all'orecchio. "Mio amore, finalmente ti abbraccio."

Nada si lasciò andare su di lui con tutto il peso. Poi sollevò una mano e gli carezzò il viso. Nikolas le prese la mano e cominciò a baciarla. Il profumo lo eccitava. Lei, come se avesse capito, lo sospinse lontano da sé.

"Lo sai che quello che stiamo facendo non va bene?"

"Lo so, tesoro mio. Magari le cose fossero diverse."

"Ma non lo sono."

"Non mi importa, amore. Non voglio niente. Mi basta vederti, sfiorarti."

"A me non basta," ribatté lei seria. "Perciò ti ho chiesto che ci incontrassimo stasera. Non mi basta vederti o toccarti la mano. Non importa se non va bene."

Nikolas era stupito da quell'audacia e determinazione. Si sarebbe detto che fosse lui il giovane e lei la donna matura. Lo teneva a distanza con le braccia tese, con le mani appoggiate al suo petto. Nikolas non fece alcun movimento per attrarla a sé.

"Non posso restare a lungo," gli disse.

Rilasciò le braccia e gli si avvicinò. Gliele cinse attorno al collo. Premette le labbra su quelle di lui. Il bacio gli mozzò il respiro. La strinse a sé. Le mani le accarezzavano il corpo. La sentì sussultare sotto le carezze. Poi, proprio quando cominciava a infiammarsi, Nada lo scostò piano ma in modo deciso.

"Devo andare," disse.

A Nikolas tremavano le gambe.

"Ti vedo domani?"

Non gli rispose. Scosse ambiguamente la testa mentre si allontanava. Nikolas vagò a lungo per i vicoli, finché si trovò sul lungomare e raggiunse esausto l'albergo. L'incontro lo aveva fatto avvampare di desiderio ma gli aveva anche lasciato un turbamento, un'amarezza.

Il giorno seguente si alzò presto. Voleva passare dall'avvocato per poi andare con lui dal notaio a firmare il contratto. Si sbrigarono in fretta. Dopo che ebbero firmato, Karazàoglos gli disse:

"Nikolas, questa sera vieni a casa nostra che ceniamo insieme per festeggiare".

"Non ce n'è bisogno, Iàsonas, in ogni caso ci vedremo il fine settimana."

"No, insisto. Ma guarda un po', non ce n'è bisogno! Figurati! Ti aspettiamo."

Il pomeriggio si trovò di fronte a un dilemma: doveva andare alla pasticceria o no? Mah, tanto lei non sarebbe comparsa. Si sarebbero incontrati la sera. Quel pensiero lo riempì di ansia. Come avrebbe fatto a sopportare di vedersela seduta di fronte a tavola, tutta compassata, dopo che aveva conosciuto il calore del suo corpo e la dolcezza del bacio? Sorrise delle proprie considerazioni. "Sto diventato decisamente sentimentale. Forse dovrei lasciare gli affari e mettermi a scrivere romanzi d'amore per giovani signorine", e scoppiò in una risata. Tuttavia, lì non riusciva a trovare pace. Si vestì e uscì. Le gambe lo portarono verso la pasticceria. Non era ancora arrivato che si sentì chiamare:

"Nikolas! Nikolas! Signor Aghisilau...".

Iàsonas Karazàoglos con moglie e figlia erano seduti a uno dei primi tavoli.

"Hai visto, Nikolas? Se anche volessi sfuggirci non riusciresti! Fermati a bere qualcosa e poi ci avvieremo assieme verso casa."

Nikolas salutò e si sedette. Nada non sollevò nemmeno gli occhi. Per tutto il tempo in cui rimasero alla pasticceria e anche dopo, a cena, non lo degnò di uno sguardo. Nikolas cercava una spiegazione a quel comportamento e contemporaneamente, con l'animo cupo per la freddezza di lei, si sforzava di apparire di buonumore, visto che le circostanze lo richiedevano: la cena infatti era in onore dell'accordo firmato.

Come se ciò non bastasse, la conversazione ruotò attorno alla sua famiglia. La signora Karazàoglu lo sottopose a un vero e proprio interrogatorio. Da quanti anni era sposato? Come aveva conosciuto la moglie? Era anche lei originaria delle sue parti? Quanti figli avevano? E di che età? Dovevano mancargli molto. Comunque non c'era ragione che si crucciasse, non sarebbe rimasto lontano ancora a lungo.

"Ci onorerà della sua compagnia durante il fine settimana, e appena avrà concluso gli impegni potrà riabbracciare i suoi famigliari. Ah, lei è davvero fortunato! Anche io desideravo una famiglia numerosa, ma Dio ha voluto altrimenti. Così abbiamo soltanto la nostra Nada."

Per Nikolas fu un tormento rispondere a tutte quelle domande, sentire la signora Karazàoglu che parlava ammirata della sua famiglia felice, e vedere di fronte a sé Nada corrucciata, a capo chino.

"È stata una giornata difficile. Domani parto," pensò più tardi in camera. "I contratti sono stati firmati. Il resto si può sistemare per corrispondenza. Domani parto, è deciso."

Aprì la valigia e cominciò a radunare i suoi effetti. La mattina sarebbe andato all'agenzia per accertarsi dell'orario di partenza della nave e poi sarebbe tornato a prelevare le valigie.

Quella notte sognò Nada a lungo. La mattina non ricordava nulla. Aveva soltanto impressa nella mente l'immagine di lei. Non andò all'agenzia. Rimase a guardare la valigia che se ne stava lì aperta, e invece di metterci dentro il pigiama ne estrasse una camicia bianca, che indossò. Non aveva voglia di uscire. Avrebbe aspettato il pomeriggio, l'ora in cui si sarebbe seduto al posto consueto in attesa di lei.

Arrivò. Non lo guardò, non gli rivolse la parola. Gli passò accanto come un soffio, e prima che lui potesse accorgersene, si trovò in mano un biglietto scritto in francese: "*Vous savez que vous n'êtes pas libre. Ne m'ap-*

prochez pas. Eloignez vous de moi. Si non, je ne serai pas responsable".

Allontanarsi? Lasciarla tranquilla? Ma era proprio quello che aveva in mente di fare. Voleva soltanto vederla ancora una volta, parlarle.

Così, la mattina del sabato, con una valigia in mano, aspettava alla reception dell'albergo la carrozza dei Karazàoglos.

La casa di vacanze non era lontana. Arrivarono abbastanza in fretta. Durante il tragitto Nada, seduta accanto a Nikolas, non si voltò nemmeno una volta a guardarlo. Indossava un ampio cappello di paglia decorato con frutta e fiori finti, fermato da una sciarpa legata sotto il mento. Nikolas ne scorgeva il viso a fatica. I genitori chiacchieravano di argomenti vari. A un certo punto la madre le disse: "Nada, parla un po' anche tu". E rivolta a Nikolas: "Non se la prenda, a volte la nostra Nada è così. Ha ventidue anni ma quando è di cattivo umore si comporta come una bambina cocciuta. Ma non devo certo dirlo a lei, che i ragazzi li conosce eccome".

"Mamma!"

Ventidue anni, pensò Nikolas mentre sorrideva comprensivo alla signora Karazàoglu. E io che la credevo una diciassettenne!...

La casa era a due piani, piuttosto grande, con vista sul mare e un immenso giardino nella parte retrostante ricco di pini, noci e alberi da frutto. A Nikolas riservarono una stanza al piano di sopra, da dove poteva ammirare meglio il mare.

In tutta la giornata Nada non gli rivolse la parola neppure una volta, non lo degnò di un solo sguardo, e da un lato questo gli faceva venir voglia di andarsene, dall'altro lo rendeva più caparbio.

Che cosa le era preso? In fondo lo sapeva fin dall'inizio che lui aveva una famiglia. Eppure lo aveva condotto nel boschetto dietro la chiesa e si era abbandonata tra le sue braccia... Se almeno le avesse potuto parlare un attimo. Forse lo considerava un essere spregevole. Sposato, con famiglia, dava la caccia all'unica figlia del suo socio. Se vedeva la cosa in questo modo aveva ragione, aveva ragione. Ma non era così. Lui non era un essere spregevole. Era un disperato. Un naufrago aggrappato alla zattera, che dopo aver perso bussola e orientamento aveva visto una sirena e l'aveva seguita. Come poteva spiegarle cosa lei significasse per lui? Come farle capire che la fiamma che lo divorava era troppo potente perché la contrastasse con la razionalità e la morale? Non voleva ferire nessuno. Non voleva offendere nessuno. Non voleva distruggere nulla. Soltanto vivere un sogno per qualche istante. Era un desiderio così orribile? Gli sarebbe bastato anche solo sfiorarla, o insomma, gli sarebbe potuto bastare. Era stata lei a portarlo al boschetto, a stringersi a lui, a offrirgli le labbra. E adesso, perché quella freddezza? Né una parola né uno sguardo. Sarebbe partito. L'indomani mattina presto sarebbe partito.

La sera, chiuso nella sua stanza, camminava avanti e indietro pensando a quale pretesto trovare per congedarsi il mattino dopo. Si fermò davanti alla finestra aperta e guardò il mare. C'era la luna calante, il chiarore non offuscava più le stelle che si estendevano a milioni davanti a lui. Che bello il cosmo! È un peccato avere così poco tempo per ammirarlo.

Lo sciabordìo del mare fu interrotto dalla voce di lei. Nikolas si sporse. Non riusciva a vederla. "*Mia luna, amate stelle, mio cielo.*" La voce proveniva da una finestra aperta proprio sotto di lui. L'ombra di Nada si stagliava netta nel rettangolo di luce che cadeva sulle piastrelle del terrazzo. La voce si fece sommessa, era un sussurro. Poi tornò forte, in una canzone che lui non conosceva. Era una melodia dolce, che suonava curiosa alle sue orecchie. "*Ogni stella un augurio, ogni stella un desiderio, deve tornare il mio bello a prendermi, deve tacere la tempesta. Mia luna, mie stelle, dolce mare, portate il mio uomo tra le mie braccia.*" Le parole dicevano più o meno così.

Nikolas ascoltava rapito. Nada aveva una voce vellutata, cristallina. Le note trasmettevano dolore, desiderio, attesa. "Sono qui," stava per gridarle, ma all'improvviso il canto tacque e si udirono soltanto i grilli e lo sciabordìo delle onde. L'ombra scomparve dal rettangolo di luce, e poco dopo scomparve anch'esso. La casa sprofondò nell'oscurità. Le stelle brillarono più vivide. Davanti a lui si estendeva il mare oscuro che egli doveva attraversare. "Non posso partire. Non posso. Non prima di averle parlato."

L'intera domenica trascorse senza che Nikolas avesse l'occasione di accostarla. Erano arrivati amici e conoscenti dalle ville dei dintorni e avevano bevuto limonata ghiacciata sul terrazzo. A mezzogiorno avevano pranzato. Nel pomeriggio erano andati a passeggio, erano rincasati, gli amici si erano accomiatati. Una giornata sprecata. Nikolas aspettava con impazienza la sera per poter ascoltare la voce di Nada. Si ritirarono nelle rispettive stanze abbastanza presto, perché Nikolas e Karazàoglos sarebbero partiti la mattina di buonora per tornare ai loro affari a Smirne. Le donne sarebbero rimaste fino al mercoledì, dopodiché sarebbero rientrate perché c'era una festa di fidanzamento alla quale non potevano mancare.

"Ah, e di sicuro resteremo a Smirne fino a venerdì per salutarla," disse la signora Karazàoglu a Nikolas augurandogli la buonanotte.

Il tempo scorreva. Nikolas, in piedi davanti alla finestra, aspettava di sentire la voce. Niente. Silenzio. Passò la mezzanotte, arrivò l'una. Nikolas si sporse nella speranza di riuscire a vedere se anche la finestra di lei fosse aperta. Era deciso. Per quanto rischioso potesse essere, sarebbe andato a cercarla. Era l'ultima occasione. Sporgendosi, la vide in piedi sul terrazzo, che guardava verso di lui e gli faceva segno. Una visione candida. Sbatté le palpebre per esserne certo. Si ritirò, corse alla porta, la aprì con cautela e cominciò a scendere le scale piano piano, per non far scricchiolare il legno.

Gli sembrò di impiegarci un'eternità, mentre i battiti del suo cuore riecheggiavano in tutta la casa.

Uscì e le corse incontro. Lei lo prese per mano e girarono attorno alla casa. Passarono tra i noci, gli aranci, i limoni e arrivarono a una casetta. Nada aprì la porta e si tirò da parte perché lui entrasse. Era un grande lavatoio, con vasche e calderoni. In un angolo c'erano due enormi ceste piene di lenzuoli, quelli con cui d'inverno, quando la casa restava chiusa, venivano coperti i mobili perché la polvere non li rovinasse.

Nikolas fece per dire qualcosa. Nada si chiuse la porta alle spalle e gli si avvicinò. Gli prese il viso tra le mani e cominciò a baciarlo appassionatamente. Lui la abbracciò e si abbandonò al bacio. Nada lo allontanò, poi si sciolse i lacci della camicia da notte scoprendo i seni. Gli prese le mani e se le accostò ai capezzoli. Sotto le dita, Nikolas li sentì inturgidirsi. Chinò il viso e lo tuffò tra i seni della ragazza.

La baciava, la assaporava, stava perdendo la testa. Sentiva i lievi gemiti che le sfuggivano di bocca. Risalì la gola con le labbra a cercare quelle di lei. Con le mani sollevò la camicia da notte e carezzò le cosce chiuse. Quando arrivò in alto si accorse che era nuda. Ebbe un brivido, e immediatamente il sesso gli si indurì. La sospinse contro la porta e cercò di sollevarle una coscia per entrarle dentro. Gli si era svuotata la mente. Non c'era più bene o male, giusto o sbagliato. C'erano le labbra di Nada, gli splendidi seni chiari, il corpo gonfio di succhi giovani che lo aspettava trepidante.

"Non avere fretta," disse lei, e posandogli le mani sulle spalle lo spinse verso il basso. Nikolas si trovò in ginocchio.

"Baciami."

Le affondò il viso tra le cosce e la baciò. Ne sentì il gusto salmastro.

"Ancora," ordinò Nada, e lui obbedì.

Un fiume scorreva da lei, e Nikolas non resisteva più. Voleva farla sua.

"Smettila," gli disse, "sono vergine, e questo lo riservo al mio legittimo sposo."

Nikolas sentì un'ondata di furia selvaggia montargli dentro. Fu preso dalla smania.

"Ci hai pensato troppo tardi," mugghiò rabbioso.

Si alzò, rovesciò una cesta e, vuotati i lenzuoli sul pavimento, afferrò Nada e cercò di adagiarvela sopra per possederla.

"Non fare il bambino," disse lei mentre gli si inginocchiava davanti, "due persone possono provare piacere anche in altri modi."

Prima che Nikolas avesse il tempo di reagire, Nada gli aveva preso il sesso tra le dita e aveva cominciato a baciarlo. Poi lui lo sentì dentro la bocca della ragazza. Era una sensazione che non conosceva, che lo faceva impazzire.

Nikolas non era un novellino, eppure quella cosa non l'aveva mai provata. Niente di paragonabile agli sfoghi ansimanti con la domestica della casa paterna, o con la vedova Frosso che gli aveva dato sollievo fino al giorno delle nozze.

E dopo, nei diciotto anni di matrimonio con Evridiki, non aveva vissuto niente del genere. Se l'era immaginato molte volte ma non aveva mai osato proporlo alla moglie. Rimase lì in piedi, immobile, a guardare la testa castana di lei che si muoveva su e giù, che lo portava al settimo cielo. Lei sollevò il viso e gli disse: "Non startene lì impalato, sdràiati, baciami anche tu".

Obbedì. Sentì il suo sapore nella bocca e cominciò a seguire il suo ritmo, che diventava sempre più rapido. Divennero un solo ingranaggio che emetteva dolcezza e mugolìi soffocati. Nikolas concluse e fece per fermarsi.

"Un attimo ancora, amore," disse lei, e pochi secondi dopo la sentì fremere.

Si ritrasse e gli si sdraiò accanto. Gli posò la testa sulla spalla e le dita sul membro rilassato, che ebbe un fremito.

"Hai visto!..." gli disse.

Nella mente annebbiata di Nikolas spuntò un interrogativo. Non avrebbe mai formulato la domanda.

Come se lo avesse capito, Nada proseguì:

"Hai visto quante cose può imparare una ragazza dalle sue amiche? Non siete solo voi uomini a sapere...".

Nikolas si voltò a cercare le labbra di lei. Sentì tornargli l'eccitazione.

"Voglio entrarti dentro," le sussurrò.

"Io lo voglio più di te, ma non si può."

Lo accarezzò, e accompagnò la mano di lui ad accarezzarla. Si sollevò, e chinandosi su di lui gli posò il seno sulla bocca. Lasciò che succhiasse come un neonato. Poi si ritrasse dolcemente.

"Dobbiamo andare."

Nada si alzò e si infilò la camicia da notte.

Mentre Nikolas si vestiva, Nada rimise al suo posto la cesta, vi infilò dentro i lenzuoli, aprì la porta e scomparve.

Nikolas si avviò barcollante verso la casa.

L'indomani mattina partirono presto. Non la vide. Doveva aspettare fino al mercoledì. Trascorse le notti ripensando con struggimento agli attimi che avevano vissuto, in attesa di incontrarla. Ma il mercoledì aspettò invano, e anche il giovedì.

Il venerdì mattina tutta la famiglia era sulla banchina per salutarlo.

"Perché non sei venuta?" le bisbigliò mentre le stringeva la mano.

"Perché è stato bellissimo e non volevo niente di meno," rispose bisbigliando anche lei, poi ad alta voce aggiunse: "Buon viaggio. Mi ha fatto molto piacere conoscerla, signor Aghisilau".

Appoggiato al parapetto della nave che si allontanava, Nikolas vedeva la banchina e le figure della famiglia rimpicciolirsi. Il signore e la signora Karazàoglu agitavano la mano; Nada, in mezzo ai genitori, guardava con le braccia conserte.

2
Itinerari nel tempo

(2 febbraio 1912)

Pioveva ininterrottamente da giorni. Marigula aveva sistemato sul comò i due bambini che piangevano e cercava di spazzare via l'acqua che allagava la casa.

Il farabutto non c'era. Il fragore del torrente in piena diventava sempre più minaccioso. Marigula sguazzava nell'acqua, si affannava per salvare quel che poteva e rimpiangeva i tempi in cui era a servizio in casa della signora Aghisilau.

Ah, quella sì che era vita. Poteva anche venire giù come Dio la mandava. Che cosa gliene importava, allora? ...Tutte e tre rinchiuse – la signora Mariò, la cuoca, Magdalinì la cameriera e Marigula la serva – nella cucina sotterranea dove faceva sempre caldo, sentivano aprirsi le cateratte del cielo ma non avevano niente di cui crucciarsi. A quel tempo, però, non capiva quanto fosse fortunata. Non lo capiva, la sciocca. Le mancavano il villaggio, gli amici, le capre che correvano a precipizio giù per i pendìi, il paesaggio. Marigula si ricordava che seduta sulla sua roccia contemplava il pendio fitto di cipressi, pini e ulivi che arrivava fino alla piana con i vigneti, e i vigneti si estendevano fino al mare, dove il verde si mescolava all'azzurro ed era impossibile distinguerli. E in lontananza, pallide, le montagne color ardesia dell'Asia Minore. "Marigò, ehi, Marigò, raduna le capre," le gridava il padre. Allora Marigò abbandonava la sua roccia e correva a chiamare le capre. In basso luccicava il mare, e il verde si confondeva con l'azzurro, e a lei piaceva – non il mare: l'azzurro. Del mare aveva paura.

A volte, di rado perché la strada era lunga, se il padre aveva qualche faccenda da sbrigare, scendevano alla piana e si spingevano fino al mare per lavare i cavalli.

Marigò sguazzava nell'acqua ma non le piaceva. Aveva paura di essere trascinata al largo dalle onde e di annegare. Ogni volta che l'onda si ritirava, Marigò correva fuori per sentire sotto i piedi la terra solida, i sassolini, perché il mare non la inghiottisse. Non amava l'acqua salata. Preferiva il torrente. Le piaceva sguazzare sotto i platani, catturare granchietti e rane. Certo, non è che avesse molto tempo libero. C'erano un sacco di lavori da sbrigare, e se non si doveva impastare il pane o infornare, se non bisognava seminare nell'orto, scavare solchi in cui far scorrere l'acqua per irrigare, se non bisognava sistemare i pomodori, legare il tabacco, raccogliere le olive, intrecciare tappeti di stracci, allora bisognava correre ad aiutare il papà con le capre. Per due anni era anche andata dal pope per imparare a leggere e a scrivere. Due anni si fa per dire: quando era libera dal lavoro. Va be'...

"A cosa serve alla bambina imparare a leggere e a scrivere? Qui nemmeno i maschi sono capaci. La manda a studiare perché impari a cuocere le frittelle come si deve?" Così la gente del paese si faceva beffe di suo padre, ma lui non cedeva.

"I miei figli impareranno tutti a leggere e a scrivere," diceva.

"Devono diventare dragomanni a Costantinopoli?" incalzavano gli altri con le battute, ma lui, testardo, continuava con il suo ritornello.

"Poveri noi se la generazione futura non sarà migliore della nostra," ribatteva, fiero di saper scrivere il proprio nome e di saper firmare invece che apporre una croce come facevano gli altri.

Così anche Marigò imparò a scrivere il proprio nome e a far di conto; e leggeva speditamente le lettere maiuscole, quelle minuscole con un po' più di difficoltà.

I suoi genitori erano persone oculate. Non mancava loro nulla. Ma i figli erano molti. Così quando Marigò compì i dodici anni venne per lei il momento di lasciare la casa. Doveva provvedere alla propria dote. Sua madre aveva già pensato a tutto. Marigò sarebbe andata a servizio nella casa della sua madrina, la signora Aghisilau. La vita fa i suoi giri, che non cambiano mai; e per Marigò era il momento di seguire le orme della madre, che a suo tempo era stata a servizio presso la madre della signora Aghisilau. Le avevano procurato la dote, l'avevano maritata, e quando Evridiki Aghisilau era una ragazza – di cognome faceva Papachristu, allora – aveva battezzato Marigò la prima figlia della sua ex serva.

"Non sai quanto sei fortunata," le diceva la madre, e la trascinava mentre lei singhiozzava disperata. "La tua madrina è una signora. Non ti mancherà nulla. Ah, se tu sapessi quante ragazze invidiano la tua fortuna. Smettila. Sarai in buone mani. Imparerai le buone maniere, maschiaccio che non sei altro. Imparerai a badare alla casa. Metterai insieme la dote, e la signora Evridiki ti farà sposare con un bravo ragazzo, così anche tu ti sistemi. E bada bene di non farmi fare brutte figure, guai a te. Obbedisci e sii rispettosa. Che non debba sentire nessuna lamentela sennò povera te, vedi quel che ti succede."

Durante il viaggio, a cavalcioni di un asino fino al mare, sul carro da lì fino in città, poi a piedi dalla città fino alla casa padronale, la madre non smise un attimo di parlare.

Marigò fu stanca di piangere e la seguiva come un automa. Finalmente arrivarono al palazzo.

Allora Marigò rimase a bocca aperta e si fermò attonita. Non aveva mai visto niente del genere. Le sembrava il palazzo di un re.

"Questa è la casa padronale," disse la madre mentre camminavano lungo il muro di cinta dell'immenso giardino.

Attraverso la cancellata Marigò osservava gli alberi altissimi, slanciati e sottili, con il tronco nudo e un ciuffo verde in cima, non ne aveva mai visti di simili; e dietro di essi l'edificio più grande che avesse mai immaginato. Lungo, alto, imponente. Le stanze seminterrate avevano lungo tutta la facciata finestre con inferriate romboidali. Al centro della facciata un'ampia scala di marmo, che salendo si restringeva leggermente, conduceva a un enorme portone d'ingresso a due battenti, con i vetri, attraverso il quale si accedeva al piano terra, sopraelevato. Grandi finestre, lunghe e strette – tre a destra e tre a sinistra della porta, e altre sette uguali al piano superiore – corrispondevano ad altrettante stanze.

"Su, piccola," disse la madre spingendo il pesante cancello.

Avanzarono verso la casa e poi, percorrendo un vialetto di ghiaia, fecero il giro dell'edificio e si trovarono sul lato posteriore. Scesero pochi gradini e varcarono la porta del seminterrato.

Era l'anno di grazia 1895, la fine di maggio, quando Marigò mise piede nel palazzo Aghisilau e divenne Marigula.

La pioggia non accennava a placarsi. Era chiaro che Marigula lottava inutilmente. Il livello dell'acqua continuava a salire e lei ormai era sfinita. Avvolse i bambini in un'incerata, li prese in braccio e camminando nell'acqua alta uscì di casa.

Imboccò la breve salita e bussò alla porta della sua vicina Aglaìa.

"Stavo proprio per venire da voi," disse la donna aprendo. "Entra," proseguì, e prese per mano i bambini.

Esausta, Marigula si accasciò su una sedia e scoppiò a piangere.

"Ho perso tutto," diceva tra i singhiozzi. "I mobili galleggiano nell'acqua. Non sono riuscita a mettere in salvo nulla, e se il torrente si gonfierà ancora si porterà via anche la casa."

Vedendo la madre, i bambini scoppiarono a loro volta a piangere.

Aglaìa non sapeva a chi dare retta per primo.

"Smettila, Marigula, non fare così. Pensa ai bambini."

Sotiris, il marito di Aglaìa, che fino a quel momento non aveva aperto bocca, si alzò.

"Vieni, Ghiannis," disse al figlio maggiore, "andiamo a dare un'occhiata alla casa di Marigula, vediamo che cosa possiamo fare." Indossarono le incerate, presero ognuno una scopa e uscirono sotto la pioggia.

Marigula si calmò e cercò di tranquillizzare i bambini.

Aglaìa tagliò dalla pagnotta una gran fetta per ciascuno, la inumidì con acqua e la cosparse di zucchero. I piccoli dimenticarono i dispiaceri e si dedicarono al dolce, leccandosi i grani di zucchero sulle dita.

Poco dopo li colse il sonno sul letto di legno posto a un'estremità della cucina che veniva usato come panca. Le donne stesero su di loro due coperte e sedettero accanto al camino.

"Polikratis non c'è?" domandò Aglaìa.

"Ovvio che non c'è," rispose Marigula. "Mica gli importa se moriamo annegati. Sarà al *kafenìo* a sbronzarsi di nuovo. Sono stanca, Aglaìa. Dove andrà a finire questa storia? Non ne posso più."

"Lo so, Marigula, ma d'altra parte cosa puoi fare con due bambini piccoli? Porta pazienza."

"Pazienza, pazienza: fino a quando?"

"Si porta pazienza fino a quando si ha la forza. E di forza se ne ha molta. Quindi non angustiarti. Pensa ai tuoi bambini."

"Ma è proprio a loro che penso. È vita questa? Che vita hanno davanti?"

Aglaìa non sapeva che cosa ribattere. Scosse la testa compassionevole, mentre fra sé e sé meditava su quanto fosse fortunata con il suo Sotiris. Non era bello, al contrario di Polikratis, ma che cosa te ne fai della bellezza? Mica ti dà da mangiare! Ti sta accanto nei momenti difficili, la bellezza? Proprio no! Ti procura soltanto guai. Cammini per strada e tutte fanno gli occhi dolci a tuo marito, che se lo mangerebbero. No, per carità. Povera Marigula...

E Marigula dal canto suo pensava: "Maledetto il momento in cui l'ho visto, mille volte maledetto". E si dimenticò di Aglaìa che aveva accanto e dei bambini che dormivano e della pioggia che diroccava la casa e di Polikratis ubriaco, e tornò a quel dannato giorno, a quel giorno dolcissimo, a quel Polikratis bello come un angelo, valente, con lo sguardo dolce e ammiccante.

"Madonna santissima," si era detta allora, "il cielo si è aperto per far scendere questa creatura sulla terra. È un angelo, un angelo fatto e finito."

E che angelo! Ben piantato sulle gambe, alto una spanna più degli altri, con due occhioni che ti ci perdevi dentro, la pelle biondo miele, i ricci neri scompigliati che gli incoronavano la testa, i baffi all'insù che lasciavano intravedere due labbra rosse come ciliegie mature, da far invidia alla più bella tra le donne. E Marigula si dimenticò della festa e della sagra e non le importava di nulla se non di quell'angelo – e non era la sola. Però fu la fortunata. Fortunata? Tornò con il pensiero a quel giorno di sette anni prima...

La gente aspettava la festa con trepidazione. Non si parlava d'altro. Non soltanto in casa Aghisilau, ma nella città intera. L'inaugurazione di qua, l'inaugurazione di là. E per l'orgoglio si gonfiavano tutti come tacchini. "Non c'è nessuno che ci eguaglia. Tanto importanti sono le nostre conquiste. Questa città può competere con le capitali europee. È fonte di civiltà." E via, si sentivano tutti fieri e ricominciavano da capo con gli stessi discorsi.

Venne la domenica e sembrava l'inizio del nuovo anno. Anzi, che nuovo anno, sembrava di essere tornati a quando era cominciato il nuovo secolo, cinque anni prima. Tante erano le aspettative. Anche allora avevano creduto che tutto sarebbe cambiato. 1900: cominciava il ventesimo secolo, avrebbero fatto tutti una vita da signori. "Finalmente saremo all'altezza dei Paesi civilizzati, il fiume non scorre all'indietro," diceva Nikolas Aghisilau, e la signora Evridiki pendeva dalle sue labbra. "Tempi nuovi, nuove opportunità." E invece, cosa non accadde quell'anno! Fu un anno nero, un settembre nero. Aveva detto bene il signor Nikolas: il fiume non scorre all'indietro. E infatti. E ahimè, li sommerse. Era la fine di settembre quando si aprirono le cateratte del cielo e venne il diluvio di Noè. E i poveri non avevano un'arca.

L'acqua allagò perfino il seminterrato di casa Aghisilau.

Tutti si affannavano a dare una mano.

E quando Dio mandò il nuovo giorno cominciarono i pianti. Non era rimasto nulla. Distrutta la strada costiera, distrutto il ponte che collegava gli opifici con il porto. Le coltivazioni della zona bassa erano diventate laghi. Dall'acqua spuntavano soltanto le cime dei limoni. Decine di case crollate. Gli sfollati dormivano nelle scuole. Due famiglie piansero i loro annegati. Ma cosa gli era venuto in mente, benedetti uomini, di uscire con un tempo del genere! La città si vestì a lutto.

Il tanto promettente nuovo secolo aveva preso avvio nel peggiore dei modi. E come si faceva a rimettere a posto tutto? Nuove tasse per ricostruire le strade, nuove lotte per reimpiantare le colture. L'intera regione regredì. L'ira del Signore su di noi. Vuole metterci in guardia. Il nuovo secolo non porterà altro che sventure. Poveri noi! Si avvicina il giorno in cui retti ed empi verranno giudicati. Guai agli avidi! Ma la vita continua, tutti si lasciarono alle spalle il 1900, l'anno nero, e rappezzarono le loro esistenze. E il nuovo secolo cominciò a scorrere come quello vecchio, con le gioie e le amarezze.

Era di nuovo settembre. Era il 1905. La città risplendeva. Si era compiuto un miracolo. La strada costiera era appena stata terminata e il ponte, più solido e imponente, costruito in pietra, sentiva sopra di sé come se fossero piume i carri stracolmi di pelli che viaggiavano dagli opifici al porto. Comparvero nuove coltivazioni, e i contadini vivevano giorni prosperi. Gli operai facevano i turni doppi, e i binari del tram luccicavano lungo la strada come un lucente rettile innocuo, prova inconfutabile del desiderio di vitalità, di inventiva, di benessere che pervadeva la città.

Venne la tanto attesa domenica e sembrava il primo dell'anno. Marigula si ricordava di tutti i particolari in modo perfettamente nitido, come se si trattasse di fatti accaduti il giorno precedente, benché fossero trascorsi sette anni: sette anni che parevano secoli.

La signora Evridiki aveva annunciato a loro tre – Mariò, Magdalinì e Marigula – che erano libere dal servizio. Avevano preparato il pranzo il giorno prima e la signora aveva detto:

"Non preoccupatevi, per oggi la famiglia se la caverà. È festa, è un giorno importante per la città. Cercate di divertirvi e di vedere tutto, perché quello che vedrete oggi lo dovrete raccontare ai vostri figli".

Di sicuro l'ultima frase riguardava la sola Marigula, visto che Mariò, la cuoca, era ormai sulla quarantina e non si era sposata, e aveva soltanto dei nipoti; quanto a Magdalinì, aveva perso il marito soltanto il secondo anno di nozze, ed era rimasta vedova senza figli; e a quanto diceva, alla sua età non aveva più intenzione di impegolarsi in certe cose. "Mi sono sposata ma evidentemente non era destino che mi godessi il matrimonio. Ho perso mio marito, e altri guai non ne voglio."

E così solo Marigula, la quale aveva da poco compiuto ventidue anni, poteva sperare in una discendenza. Comunque, discendenza sì o no, si era riproposta di vedere ogni cosa quel giorno, di saziarsi di tutto, di ricordare ogni particolare. In verità le parole della padrona l'avevano un po' rattristata, perché ormai non era più una ragazzina ma prospettive di matrimonio non se ne intravedevano. Secondo le notizie che di rado le arrivavano dal paese quasi tutte le sue coetanee erano sposate e avevano figli; lei invece si stava ancora preparando la dote, ma fidanzati all'orizzonte non ne comparivano. Che cosa se ne fa una della dote se non ha il fidanzato? La tiene da parte per le nipoti, come la signora Mariò? Scacciò dalla testa quei pensieri e si mise a scegliere i vestiti che avrebbe indossato. La sua madrina, la signora Evridiki, le aveva regalato tutti i vestiti che non usava più. La signora Mariò era troppo in carne per reclamarli, e Magdalinì vestiva soltanto di nero.

Così Marigula si era ritrovata con un sacco di gonne, una più bella dell'altra e tutte in perfetto stato, perché la signora non regalava i vestiti quando erano vecchi: li regalava quando cambiava la moda o quando se ne stancava, e ovviamente erano nuovissimi perché per fortuna se ne stancava molto in fretta. Stese dunque sul letto i tre vestiti più belli e cercò di decidere quale indossare.

"Su, Marigula, muoviti," le gridò Magdalinì. "Arriveremo là che sarà notte! Lo sai che Mariò con i suoi reumatismi cammina lenta come una tartaruga. Se poi tu ci metti un'ora a prepararti, arriveremo che la cerimonia di inaugurazione sarà già terminata."

Marigula optò per l'abitino azzurro a fiorellini rosa, quello che la vestiva anche meglio.

Dopo le gravidanze la madrina si era un poco allargata, e Marigula doveva adattare gli abiti alle sue misure.

Si vestì in un baleno. Però non sapeva come acconciarsi i capelli. Li doveva legare? O era meglio lasciarli sciolti? Doveva annodarli in una treccia? Indugiava, ora raccogliendoli in alto, ora lasciandoli cadere sulle spalle.

Magdalinì sbottò:

"Se non arrivi immediatamente, noi ce ne andiamo," le gridò da fuori la porta.

Marigula si legò i capelli con un laccetto e uscì di corsa.

Imboccarono la salita verso Pefkakia. Marigula ancheggiante, Mariò che si strascicava e Magdalinì che non cessava di lamentarsi:

"Vista l'ora in cui siamo partite non troveremo nessun posto in cui stare e non vedremo niente".

"Ma è appena suonato mezzogiorno, Magdalinì," osò protestare Marigula, cosa per cui Magdalinì diede il via a una nuova serie di lagnanze.

Arrivate a Pefkakia videro il palco allestito per le autorità e addobbato con le bandiere del governatorato e con gli stemmi della città. Intorno al palco c'era una gran folla, le strade brulicavano di gente, e i muretti della collinetta, sotto i pini ombrosi, erano tutti occupati.

"Ve l'avevo detto, io."

"Magdalinì, basta," intervenne Mariò, "Andremo un po' più in alto e ci sistemeremo sotto i pini. Non si è ancora riempito. Troveremo un punto da cui guardare."

Salirono e trovarono un bel posto dove fermarsi. Perfino Magdalinì parve soddisfatta.

"Dài, siamo state fortunate, ce l'abbiamo fatta."

Il tempo passava. Il luogo era gremito.

Per fortuna c'era un'arietta fresca. Fino al venti di settembre aveva fatto caldo, ma negli ultimi giorni la temperatura era scesa, così quella domenica, il venticinque del mese, il clima era proprio quello che ci voleva per la cerimonia di inaugurazione. Anche il tempo contribuiva a far sì che tutti potessero ricordare quella giornata nelle condizioni migliori.

Lungo la strada erano allineati stendardi e gonfaloni. I sacrestani tenevano alte le sacre icone. Il clero cittadino al gran completo, con i paramenti che luccicavano, era assiepato attorno e sopra il palco, insieme con i sindaci degli altri due comuni, i consiglieri, le forze dell'ordine e i docenti della Porfiriada. Trombe e tromboni della banda scintillavano al sole, e il giovane direttore Pandazonis, con la bacchetta in mano, somigliava a un Mosè pronto a dividere le acque.

Si erano fatte le tre e mezza e la pancia della signora Mariò aveva cominciato a emettere forti gorgoglìi. Per fortuna la signora Mariò era una donna previdente. Estrasse dalla borsa una frisella e si mise a sgranocchiarla. Poi, come se ci avesse pensato solo in quel momento, domandò alle altre:

"Ne volete una?".

"Buona idea," rispose Magdalinì.

"No grazie, io ho una gran sete e se mangio me ne verrà ancora di più," disse Marigula.

In quell'istante un movimento serpeggiò tra la folla. La gente si tirava da parte aprendo un varco. Dalla svolta della strada spuntò la carrozza scoperta del governatore Ioànnis Vithinù. Accanto a lui, seduti nella carrozza, c'erano Chatzighiannis, il deputato della città, e Mitsakis, il sindaco di Neon.

La bacchetta del direttore d'orchestra si abbassò e la banda intonò una trionfale marcia eroica. La folla sussultò e tutti si alzarono in punta di piedi per non perdersi lo spettacolo.

E in quell'istante, mentre si sforzava di stare in equilibrio sulle punte dei piedi, Marigula lo vide.

Di tutto quello che accadde dopo, Marigula non ricordava più nulla. Né la benedizione, né i saluti che seguirono, né le grida di evviva della gente, né le marce suonate dalla banda. I dolci e le bevande del rinfresco, a cui Mariò e Magdalinì fecero onore come si doveva, lei neppure li sfiorò. E quando partì il "primo convoglio nuovo fiammante della Tramvia, il numero 1", nemmeno se ne accorse. Il tram a cavalli era diventato realtà; la città fremeva d'orgoglio, Marigula fremeva d'amore.

Con lo sguardo inchiodato a quella creatura sublime, non vedeva niente di ciò che le accadeva intorno. Era fermo in strada, là in basso, e sovrastava tutte le teste – alto, dritto, ben piantato, bello da mozzare il respiro – Marigula lo contemplava come ipnotizzata.

Lui dovette avvertirne lo sguardo, perché a un certo punto si voltò di scatto e puntò dritti gli occhi in quelli di lei, con un'aria di sfida. Lei si spaventò. Poi li vide addolcirsi, come se avesse appurato che la ragazza era una creatura innocua, inoffensiva. La guardò ancora un istante e poi sorrise. In modo così dolce, furbesco, inatteso, che Marigula si sentì mancare.

"Che cosa c'è, cara?" le domandò Magdalinì allarmata.

"Ho sete," rispose Marigula.

"Vieni a bere qualcosa! Ancora un po' e svieni." E la trascinò verso i banchi su cui erano disposti in bell'ordine dolci e bevande. I botti dei fuochi d'artificio fecero sobbalzare Marigula. Le parvero colpi di pistola.

Si spaventò. Frugò la folla con lo sguardo. E se avevano ucciso il suo angelo? Una corona di riccioli neri e scompigliati attirò la sua attenzione.

"È salvo! Eccolo! È bello come un angelo... Provocante quanto un angelo delle tenebre... Ah, che baffi! E che labbra! E gli occhi! Chi sarà mai?"

L'arrivo di Sotiris e Ghiannis interruppe i ricordi di Marigula e la ricondusse al 1912, alla casa di Aglaìa, ai figli che dormivano, alla sua casa allagata, a quel disgraziato che si ubriacava.

Aglaìa si era appisolata. I due uomini erano bagnati fradici.

"Abbiamo buttato fuori più acqua che potevamo e abbiamo sistemato i mobili sopra i letti. Per ora non si riesce a fare altro. Domani vedremo. C'è un tempo da lupi. Mi ricorda l'alluvione del '900, quando annegarono Andreas, figlio di Frosso, e Ghiorgos, figlio di Asimakis. Per fortuna adesso si sta placando. Direi che l'abbiamo scampata. Certo, il torrente è ingrossato, però gli archi sono sgombri. Questa volta non si è trascinato dietro alberi, perciò l'acqua scorre verso il mare. Che passi la notte, poi domani si vedrà."

Aglaìa si alzò.

"Ti preparo il letto qui così dormi con i bambini," le disse.

"Ma no, figurati, vi ho già disturbato abbastanza."

"Non si discute. Non puoi andare a casa tua, stasera," intervenne Sotiris.

"Sono in ansia per Polikratis."

"Non preoccuparti, Polikratis non ha bisogno di niente, starà benissimo. Coraggio, andiamo a riposare, domani avremo molto lavoro."

Aglaìa stese un telo di lana, portò un materasso e ve lo pose sopra. Porse a Marigula due coperte e le augurò la buonanotte.

Marigula coprì i bambini con una, l'altra la tenne per sé assieme a un copriletto.

Si coricò e rimase con gli occhi aperti a pensare all'indomani, a pensare dove poteva essere Polikratis in quel momento, a pensare al 1905.

Che anno anche quello! Come se la sua vita fosse cominciata allora. Così le era parso. Come se fosse nata quel venticinque settembre. E davvero quel giorno era nata un'altra Marigula. Una Marigula che sperava, che sognava, si preoccupava, si disperava: una Marigula sconosciuta, che era e non era lei.

"Ho il diavolo in corpo," diceva tra sé e sé, inquieta e felice. "Come farò? Se non lo rivedo divento matta! Chi è? Dove lo cerco? Come faccio a incontrarlo?"

Ma a chi poteva domandare, e chi avrebbe saputo risponderle?

Nei giorni successivi non riusciva a pensare che a lui. Viveva in quella città da dieci anni, com'era possibile che non lo avesse mai notato? D'accordo, non andava in giro spesso, ma la città non era nemmeno così grande. Si conoscevano quasi tutti, almeno di vista. Dov'era rimasto nascosto quell'angelo? E chi era, chi era? Dove poteva rivederlo?

In casa parlavano della cerimonia di inaugurazione, del tram, di quanto sarebbe stato bello ora andare a fare un giro fino a Riva Kaliviòtiki, rendere omaggio a Santa Pelaghìa e tornare indietro senza essersi stancati.

A Marigula quei discorsi non interessavano più. La sua testa era altrove. Erano altre le cose che voleva sapere, però non aveva idea di come. Ma il dado era tratto, e la sorte compiva lenta la sua opera.

Durante la passeggiata domenicale si trovava sempre di fronte quel giovane bruno. Quando lei saliva verso Pefkakia, lui scendeva. Quando lei e la sua amica Maria scendevano verso San Nikola, lui saliva. Lo sguardo del giovane la infiammava. Se lo sentiva addosso come un ferro ardente. Non osava guardarlo. Non riusciva a non guardarlo. Lui le diceva con gli occhi: "Non puoi sfuggirmi". Marigula chinava il capo. Le diceva con gli occhi: "Mi piaci". A Marigula sembrava di volare. Gli occhi di lui le dicevano: "Se voglio sei mia", e Marigula diventava rossa come un peperone, si vergognava e nello stesso tempo s'indispettiva. "Mi ami," dicevano gli occhi di lui, e quelli di Marigula esprimevano sottomissione.

Il tempo passava, e ogni volta che Marigula usciva a fare spese, a sbrigare qualche commissione o a passeggiare con i piccoli, si imbatteva nel giovane. Ormai aveva la sensazione che la seguisse. Ma era assurdo, perché lui lavorava. Però, com'era che il lavoro lo portava continuamente vicino a lei? Piano piano, col timore che qualcuno notasse qualcosa, cominciò a raccogliere informazioni su di lui. Le informazioni l'addolorarono.

La prima notizia che apprese fu che non c'era femmina della sua classe sociale che non fosse innamorata del bel Polikratis. Un tiranno per i cuori delle servette. Ecco cos'era. Tiranno di nome e di fatto. "In che guaio ti sei cacciata, povera Marigula!" compiangeva sé stessa. Però lei non era una serva. Era domestica in casa della sua madrina, e in sostanza era la governante dei bambini, visto che ormai il suo lavoro era quasi esclusivamente quello.

Inoltre le informazioni dicevano che non solo le servette, ma anche le signore avevano un debole per lui. Era una situazione spinosa. Quello che non era riuscita a sapere era se lui avesse concesso a qualcuna il suo cuore. Ma per guardarla in quel modo!

Dagli altri punti di vista, le notizie erano positive. Si era trasferito di recente dal villaggio ed era diventato carrettiere. Era uno che lavorava sodo ed era riuscito a comprarsi il carro e il cavallo; e così era il padrone. Non avrebbe avuto problemi a mantenere una famiglia con il suo lavoro. Fin qui tutto bene: ma da qui in poi cosa accade?

Una sera Mariò aveva preparato le frittelle. Su alcune affettò del formaggio di capra, le altre le cosparse di miele. La signora Evridiki ne prese qualcuna salata e qualcuna dolce, riempì due scodelle, le coprì con tovaglioli freschi di bucato e disse a Marigula di fare un salto a portarle alla zia Parthenopi che abitava poco distante.

Marigula si imbacuccò per bene, si annodò il fazzoletto di lana, quello caldo, e uscì. Da lì alla dimora di Parthenopi ebbe la sensazione che qualcuno la seguisse. Consegnò il dono e si avviò di corsa verso la casa padronale.

Mentre svoltava l'angolo, una mano la afferrò per il polso. Cacciò un grido ma nessuno la sentì. La via era deserta.

"Non aver paura," le disse a bassa voce la figura che la tratteneva. "Voglio soltanto parlarti." Marigula tentò di divincolarsi per darsela a gambe. Ma lui le stringeva forte il braccio e non lasciava la presa.

"Non fare così. Mica ti mangio. È da molto che desidero parlarti ma non ti trovo mai da sola. Sta' calma. Voglio dirti alcune cose."

Marigula sollevò la testa e lo guardò. Nel buio lo riconobbe, ne riconobbe gli occhi. A poco a poco si abituò all'oscurità. Riuscì a distinguerne i baffi all'insù e i capelli ricci. Si sentì cedere le ginocchia. Aveva e non aveva paura.

Lui la spinse nel vano di un portone e la imprigionò tra le proprie braccia, che aveva aperto ad angolo.

L'unica cosa che Marigula desiderava in quel momento era scappare. Ma non poteva.

"Ascoltami," le disse, "mi chiamo Polikratis e ti voglio parlare. Non ho cattive intenzioni. Però ascoltami. Mi piaci. È da tanto che ti seguo e ti osservo. Mi sono accorto che anch'io ti piaccio. O no? Mi sbaglio? Sei tanto dolce. Mi piaci molto. Sembri una ragazza per bene. Ho intenzioni serie."

Le posò una mano sulla spalla. Le cedettero le ginocchia. Stava scivolando. Lui la afferrò per la vita e la sostenne contro il proprio petto, abbracciandola, mentre le spingeva la schiena contro il battente del portone.

"No, lasciami," disse Marigula ansante.

"Non ti lascio andare, carina. È troppo che aspetto questo momento."

Si chinò su di lei. Marigula voltò la testa dall'altra parte.

"Dimmi che non mi vuoi, che non ti piaccio, e me ne vado in questo istante, e non ti disturberò più," disse, e la premette ancora più forte.

Lei non aprì bocca.

"Tesoro bellissimo," sussurrò, e Marigula sentì i baffi solleticarle la guancia.

Polikratis premette le labbra su quelle di lei. Con la lingua cercava di aprirsi un varco tra i denti serrati della ragazza, mentre con la mano, che aveva infilato sotto il soprabito, le accarezzava il petto.

Lei smise di opporre resistenza e si abbandonò al suo abbraccio.

"Così, tesoro, brava. Anche tu mi vuoi, vero?"

Marigula schiuse la bocca e sentì la lingua di lui giocherellare con la sua. Fu inondata da un languore.

La mano, esperta, le aveva sbottonato il vestito e le

accarezzava i seni, prima dolcemente e poi con furia. Prese a sfregarle il capezzolo tra il pollice e l'indice, sempre più forte, sempre più forte. Marigula provò un dolore piacevole.

"Devo andare," pensava, ma restava immobile. "Ancora un poco, ancora un poco."

Lui chinò il viso e cominciò a succhiarle il capezzolo. Le infilò una mano tra le cosce. All'improvviso il languore che Marigula sentiva scorrere da dentro si arrestò come per una coltellata. Serrò le gambe.

"Smettila," gli gridò, e lo spinse via.

Lui, infiammato, fece per trattenerla, ma non ci riuscì perché aveva allentato la stretta. Marigula gli diede un altro spintone e scappò via, con il fazzoletto in mano, i capelli sciolti e il vestito sbottonato sul petto.

"Verrò a chiedere la tua mano," le gridò dietro Polikratis.

Marigula correva e si sentiva tremare le gambe. Prima di entrare nel seminterrato si fermò un momento a rassettarsi, si abbottonò i vestiti e annodò il fazzoletto.

Mariò la stava aspettando.

"Caspita, Marigula, ci hai impiegato un'eternità. Ti avevo messo da parte qualche frittella ma ormai si sono raffreddate."

"Non ho fame, signora Mariò. Grazie. Non mi sento molto bene, vado a dormire; mi alzerò domattina presto a lavare i piatti," disse, e scappò nella sua stanzetta.

In casa c'era silenzio. I ragazzi andavano a letto presto. Anche Mariò e Magdalinì si erano ritirate nelle loro stanze. Il signor Nikolas e la signora Evridiki non si sentivano.

Marigula si coricò, si scoprì il petto e rimase a osservare il capezzolo arrossato. L'immagine di Polikratis le comparve davanti agli occhi. Non pensava a nulla. Le vennero in mente le labbra di lui sul proprio corpo e si sentì inondare di dolcezza. Si girò su un fianco e strinse le cosce, mentre con una mano si sfiorava delicatamente il seno.

Al piano di sopra, quella stessa notte del 1905, la signora Evridiki chiacchierava con il marito. L'annata era positiva, il futuro si prospettava roseo. Nikolas Aghisilau era in una disposizione d'animo particolarmente felice. La sua attività andava a gonfie vele e gli era venuta voglia di fare nuovi progetti.

Nel 1877, quando era scoppiata la guerra tra russi e turchi, Nikolas aveva dodici anni. La sua famiglia era benestante: il padre era un demonio nel commercio. Faceva la spola con Smirne, Costantinopoli, Trieste, Odessa, Marsiglia. Commerciava prodotti di ogni genere. Qualunque cosa potesse essere venduta, lui la vendeva. Olio, vino, tessuti.

Nikolas ricordava benissimo quell'anno. Suo padre si fregava le mani. La guerra! Un'occasione d'oro! Nikolas non capiva perché fosse "un'occasione d'oro". Sapeva che la guerra era una cosa brutta. La gente soffriva, veniva ferita, pativa la fame, moriva. Ma suo padre aveva guardato la faccenda da un'altra prospettiva.

Come si fa una guerra? Con i soldati. E i soldati di cosa hanno bisogno? Di cibo, vestiti, armi. E allora? Allora questo significa che l'esercito ha bisogno di approvvigionamenti. "E noi siamo qui apposta," diceva suo padre. Però, anziché commerciare in viveri e indumenti, attività che conosceva molto bene, Aghisìlaos Aghisilau decise di occuparsi d'altro. Nel 1880, tre anni più tardi, inaugurò una modernissima conceria poiché la fanteria aveva bisogno di scarponi, pellame e suole, la cavalleria di finimenti e selle, gli ufficiali di cinture per i loro spadoni e, ovviamente, di scarponi e suole.

Dieci anni dopo l'opificio era in continua espansione,

e il venticinquenne Nikolas, che ormai conosceva perfettamente l'attività, ne assunse la direzione.

Lavorare troppo fa male. Aghisìlaos Aghisilau, dopo un gravissimo attacco di cuore, nonostante fosse ancora giovane, viveva rinchiuso in casa. Dall'ufficio passava una volta ogni tanto, e solo per fare un giro. Il figlio, degno prosecutore del cammino tracciato dal padre, sapeva guardare lontano. L'opificio si ingrandì. A metà degli anni Novanta dell'Ottocento, seguendo l'esempio degli Ipsilandi, Nikolas installò una macchina a vapore per la macinazione di sostanze vegetali concianti, un mazzapicchio meccanico per la battitura delle pelli e botti da conciatura. La meccanizzazione della lavorazione della pelle consentì di triplicare la produzione.

Nikolas Aghisilau era ormai una delle potenze economiche più ragguardevoli della zona. Il matrimonio con Evridiki Papachristu e la ricchissima dote che accompagnava la sposa gli permisero di ingrandirsi ulteriormente e di investire.

Evridiki non si immischiava nelle questioni di lavoro di Nikolas. Lui però faceva affidamento sull'opinione di lei e gli piaceva discutere di affari con la moglie. Il carattere ottimista di Evridiki e la sua mentalità tradizionalista fungevano da contrappeso alla natura impulsiva di Nikolas. La verità è che le conversazioni con lei gli lasciavano sempre una nota positiva, visto che se non altro lo costringevano a riflettere sulle proprie decisioni.

Quella sera dunque chiacchierava con lei, entusiasta per i progetti futuri. Nuove idee gli affollavano la mente e aveva bisogno di parlarne con qualcuno per riuscire a dar loro forma, per trovare l'applicazione concreta di cui c'era bisogno per portare avanti i progetti. Perché i progetti sono validi soltanto se si traducono in un'azione che dà frutti.

Evridiki dal canto suo era contenta di ascoltarlo. Gli

piacevano l'impetuosità e la passionalità del marito, l'entusiasmo quasi infantile che dimostrava ogni volta che aveva nuovi piani, nuove idee. Era come un bambino a cui avessero regalato un trenino rosso nuovo fiammante. Per questo lo amava. Era stato quel suo ardore a farla innamorare. Ed era fortunata. Quante erano le sue amiche che avevano sposato l'uomo di cui erano innamorate? Quante donne vivevano quotidianamente la felicità con l'uomo che avevano sposato? Era fortunata e lo sapeva, e ringraziava Dio ogni giorno per la sua felicità. Era sposata da tredici anni, aveva tre figli, e ogni volta che Nikolas tornava a casa, al vederlo provava lo stesso batticuore che aveva provato la prima volta che si erano incontrati, nel 1891. Si conoscevano fin da quando erano piccoli, è vero, ma non era mai capitato che si trovassero insieme come la sera in cui, mentre erano seduti su un piccolo canapè, lui aveva cominciato a parlarle dei suoi progetti per la fabbrica. Ne aveva appena assunto la direzione. Ascoltava le risposte di lei e sembrava considerare con serietà le sue opinioni, mentre la guardava negli occhi pieno di ammirazione.

Quando Nikolas si presentò a casa per chiederla in moglie, il padre di Evridiki per poco non ci rimase secco. Certo, Evridiki aveva una buona posizione e una bella dote, ma che potesse diventare la moglie del signor Aghisilau, suo padre non l'aveva mai nemmeno sognato. Il signor Papachristos assisteva alla crescita della fabbrica, vedeva che il giovane era bravo quanto il padre, se non di più, e non ci pensò su due volte ad accordare la sua benedizione.

Furono nozze regali. Le più magnifiche che si fossero mai viste in città. E la vita matrimoniale di Nikolas e di Evridiki era felice. Una felicità così perfetta non si trova nemmeno nelle favole.

"Cosa è successo, amore, che stasera sei tutto raggiante?"

"Ti dirò. Ma prima di parlarti voglio mostrarti una cosa. Chiudi gli occhi."

Evridiki ubbidì e chiuse gli occhi. Sapeva quello che stava per accadere.

"Stendi le mani. Uniscile a coppa."

Fece come lui diceva, e quando riaprì gli occhi si vide tra le mani una scatolina di velluto blu.

"Be', che cosa aspetti? Aprila!" la incalzò impaziente.

"*Mmm...*" ridacchiò maliziosa Evridiki, "sai cosa si dice degli uomini quando fanno un regalo alla moglie di punto in bianco? Che hanno combinato qualcosa e cercano di alleviare i sensi di colpa!"

"Malfidente... Lascia perdere le teorie e guarda."

Evridiki aprì la scatolina. Un meraviglioso bracciale d'oro con diamanti grandi come noccioli di ciliegia le brillava tra le dita.

"Amore, è splendido. È il gioiello più bello che abbia mai visto. È un gioiello da principessa. Grazie," disse abbracciandolo.

Lui le strinse le spalle e la scostò un poco. La guardò negli occhi.

"Ma tu sei la mia principessa," disse tirandola a sé, e la baciò. "Aspetta che te lo metto... Ti sta bene. Guarda come luccica."

Evridiki distese il braccio e lo ruotò a destra e a sinistra osservando il luccichìo dei brillanti.

"Però non mi hai detto il motivo. Non festeggiamo niente, se non sbaglio."

"E invece festeggiamo."

"Che cosa? Una tua nuova idea, forse?"

"Non riuscirei mai nasconderti niente, tesoro. Vieni, siediti qui che ti spiego. Non c'è bisogno che ti racconti tutto dall'inizio, sono cose che sai. Da quando si è concluso quel tragico anno, il 1900, con l'alluvione e le sue catastrofi, le nostre sorti sono cambiate. A ogni stagione le cose vanno di bene in meglio. Gli ordini alla fabbrica sono in continuo aumento, e da due anni, da quando sono terminati i lavori e finalmente abbiamo un porto, si è in gran parte ridotto anche il problema delle spedizioni. Adesso, con il tram, il problema sostanzialmente cesserà di esistere. Il trasporto delle merci, oltre a essere più rapido e più sicuro, comporterà anche una considerevole diminuzione dei costi. Primo perché le pelli verranno caricate direttamente sulle navi senza che sia richiesto il lavoro di operai in più, e secondo perché non ci sarà più bisogno di custodi per la merce. Voglio dire, con i carri ero costretto a mandare anche un paio di operai che li seguissero, perché durante il tragitto poteva capitare che cadesse parte del carico, quando i carrettieri incappavano in solchi o buche. Adesso il tram scorrerà a meraviglia sulle sue rotaie e pericoli del genere non sussistono. Quindi il costo del trasporto diminuisce della metà e oltre. Come puoi capire, in questo modo risparmio un bel po' di denaro. E la questione è come dovrò impiegarlo. La fabbrica è modernissima, con i macchinari più innovativi e forza lavoro a sufficienza. Perciò non ha bisogno di altro capitale, per il momento. Però, come diceva mio padre, i guadagni vanno investiti sennò diventano perdite. Perciò pensavo di buttarmi in un altro settore."

"Quale, tesoro? Quello del vino?"

"Certo che no. Quella del vino è una storia finita. Da quando c'è stata la filossera non è rimasta una vite che sia una. Sono andate distrutte quattro milioni di viti, e quelle che sono rimaste non bastano a produrre vino nemmeno per la gente del posto. Il futuro è altrove."

"A cosa ti riferisci?"

"Al tabacco."

"Tabacco! E che cosa ne sai tu di tabacco?"

"Quello che so di vino! Imparerò. In ogni caso, non intendo occuparmene io di persona."

"E chi se ne occuperà? Io?"

"Magari tu potessi! Sono certo che come commerciante di tabacco non avresti rivali! Ma qualcuno deve pur prendersi cura dei bambini e della casa! Del tabacco si occuperà Ghiorgos."

"Ghiorgos!"

Evridiki non seppe dire altro. Ghiorgos era l'ultima persona che si sarebbe immaginata. Il fratello minore di suo marito non sembrava avere niente in comune con Nikolas. Era uno con la testa tra le nuvole. Le pareva incredibile che Nikolas pensasse sul serio che il fratello si sarebbe dedicato agli affari. La sua unica occupazione, fino ad allora, erano stati i grandi ideali e le utopie.

"Sì, Ghiorgos. Perché ti meravigli? Ormai ha compiuto venticinque anni. Alla sua età io gestivo la fabbrica. E non me la sono cavata tanto male," disse Nikolas con una punta di orgoglio nella voce.

"Ma un conto sei tu, un conto è Ghiorgos."

"Non siamo diversi. Abbiamo lo stesso sangue. Siamo fatti della stessa pasta. Semplicemente, Ghiorgos è un sognatore. Ma sta crescendo e gli passerà."

"Figuriamoci se gli passa," disse Evridiki tra sé e sé, ma non aprì bocca. Ghiorgos non era nato né commerciante né imprenditore. E neppure lo sarebbe diventato.

"Ci hai pensato bene, Nikolas?"

"Non ci ho pensato bene. Ci ho semplicemente pensato. Per questo ne stiamo parlando e voglio che tu mi dica il tuo parere."

La moglie fece per interromperlo ma lui proseguì.

"Prima ascoltami, poi mi dirai quello che pensi," precisò. "Allora, come sai, dopo il disastro delle viti, Paschalis, i Karathanasides e Negris hanno importato da Smirne tabacco aromatico, che nella terra di qui ha attecchito come fosse fatto apposta. Per qualità il nostro tabacco può competere con quello di Smirne, e forse è addirittura migliore. Da quando poi Sutos è riuscito a promuovere il nostro tabacco in Egitto e ha stretto d'assedio i commercianti di Smirne, le ordinazioni sono in continuo aumento. La gente ha visto che si fanno affari d'oro e ci si è messa d'impegno. E non è tutto. L'esportazione di tabacco è redditizia, ma quella di sigarette ancora di più. Paschalis ha deciso di fabbricare sigarette, e da quando ha cominciato, nel 1875, il suo patrimonio è decuplicato. Ha il cervello fino, quell'uomo. Karambetsos, il capitano, mi ha detto che ha trovato le sigarette di Paschalis in Giappone. Ci pensi? Senza contare l'Europa e l'Africa. E così tutti i produttori di tabacco sono diventati produttori di sigarette. Perché io dovrei rimanerne fuori? Se conquisteremo il mercato americano, vedrai, diventeremo ricchi sfondati. Quindi ho pensato: visto che c'è ancora spazio, mi ci butto anch'io. Avvierò l'attività e poi la gestirà Ghiorgos. È ora che anche lui metta la testa a partito."

Nikolas tacque in attesa. Ma Evridiki rimaneva in silenzio.

"Be', non dici niente? Perché non parli? Cosa ti pare della mia idea?"

"Cosa vuoi che ti dica, marito mio. Quello che dici è giusto, però..."

Quando Evridiki lo chiamava "marito", Nikolas sapeva che sarebbe seguito un parere discorde.

"È giusto quello che dico, però?"

"Però, però... è come paragonare uno stivale a una ciabatta. Un conto sono le pelli, un altro il tabacco."

"E allora?"

"Ma come allora, Nikolas? Che cosa ne sai tu di tabacco? E vuoi addirittura avviare l'attività per tuo fratello!"

"Ma scusa, Evridiki, gli altri che si sono messi a lavorare con il tabacco che cosa ne sapevano? A parte le sigarette che fumavano o il tabacco che usavano per la pipa non ne sapevano niente."

"Ammettiamo che tu conosca il mestiere, però non basta. Hai bisogno di persone che si intendano di tabacco, che scelgano quello di buona qualità. A parte che, con tutti questi commercianti di tabacco e di sigarette, chi si accaparrerà per primo i raccolti?"

"Chi offrirà di più."

"Così però il prezzo sale, e di conseguenza tutti saranno costretti ad alzare i prezzi. E allora gli Egiziani torneranno dai mercanti di Smirne. Andrà a finire che dovrete comprare il raccolto al momento della semina. Lo sai cosa significa questo? Sai quali rischi comporta? E ammesso che io sia profeta di sventura e che tutto quello che ho detto sia assurdo; ammesso che il mondo sia pieno di tabacco, il quale non aspetta altro che nuovi compratori: hai pensato dove lo metterai dopo averlo acquistato? Dove lo conserverai? Perché da qualche parte dovrai pure stoccarlo, finché avrai concluso gli accordi e finché verrà caricato sulle navi. Hai il posto? Dove lo troverai?"

"Ecco perché mi piaci, moglie. Perché sei la voce della ragione. Solo che con la pura ragione non si va da nessuna parte. C'è bisogno anche di fantasia e audacia, e qualche volta perfino di incoscienza. Ma no, non sono matto. Ho pensato a tutto quello che dici. Hai ragione. È un'impresa rischiosa ma sono certo che ce la farò. Ho in mente un terreno a Riva Kaliviòtiki. Lo comprerò e ci costruirò i magazzini di cui parli. E troverò le persone adatte. Ho già avuto uno o due incontri e il clima è favorevole. Organizzerò tutto come si deve. Vedrai."

Evridiki non era convinta. Voleva domandargli dove avrebbe trovato i soldi per iniziative così importanti. Quelli che risparmiava e avrebbe risparmiato grazie alla diminuzione dei costi del trasporto delle merci erano briciole in confronto alle cifre che servivano per avviare un'attività così complessa. Però non voleva guastargli la festa. Non in quel momento, almeno. C'era tempo per riparlarne.

"Bene, marito mio, sei tu l'esperto."

A Nikolas non piacque affatto quel "marito", ma non intendeva continuare la discussione, non per ora, almeno. Era già tardi, era stanco, e il giorno seguente, fitto di impegni e di scadenze, si avvicinava. Era tempo di andare a dormire.

"Ne riparleremo, Evridiki," le disse. "Andiamo a riposare, adesso."

(3 febbraio 1912)

La mattina Marigula si svegliò con il mal di testa. Si sentiva il corpo pesante. Non aveva dormito bene. Tutti quei ricordi l'avevano angustiata. "Cos'è che è andato storto, Vergine Santa? Cos'è che è andato storto?" Lo sapeva cos'era andato storto. Ma non voleva più pensarci. I bambini dormivano ancora. "Sono stanchissimi, poveretti."

Aglaìa entrò in cucina e si apprestò ad accendere il camino. Mise una pentola sugli alari, avrebbe preparato una tisana per tutti. Quel che rimaneva della pagnotta l'avrebbero diviso grandi e piccoli – prima i bambini. Marigula si sentiva molto a disagio. Aglaìa era sua amica ed era una brava persona, compassionevole, e conosceva le belle imprese di quel mascalzone di Polikratis; tuttavia Marigula si vergognava. "Non potevo avere anch'io una famiglia come la sua? Perché a me è toccato quel che mi è toccato?"

Com'era cambiato il suo Polikratis! Da quel giovane in gamba che era, come si era ridotto nel giro di pochi anni. Che vita crudele. Maledetta, lei e le sue sorprese.

I bambini si svegliarono. Bevvero il tè in silenzio e mangiarono il poco pane che c'era. Marigula li vestì. Era tempo che tornassero a casa.

"Vengo con voi, Marigula," disse Sotiris. "Al lavoro vado tra qualche ora, c'è tempo. Vengo a vedere come stanno le cose."

"Ti ringrazio Sotiris, non c'è bisogno. Guarda, non piove più. È mattina, me la caverò. Vi ho disturbato abbastanza."

"L'hai già detto e non voglio più sentirlo. Gli amici ci sono apposta. L'amico si vede nella tempesta. Non si dice così? E se si vede nella tempesta, perché non si deve vedere nell'alluvione? Su, andiamo."

La casa offriva uno spettacolo pietoso. L'acqua si era ritirata e il fango aveva lasciato sulle pareti una riga marrone. Il pavimento era ancora un lago.

Per fortuna la sera prima Sotiris aveva spostato i mobili sui letti, così si erano salvati. Ma c'era da piangere. Marigula fu assalita dallo sconforto. Non sapeva da dove cominciare. E dove avrebbe lasciato i bambini? Doveva riportarli da Aglaìa, lì non potevano restare.

Polikratis arrivò al momento giusto. Aveva gli occhi rossi, le occhiaie, i capelli scompigliati. Era intontito.

"*Mmm*... che bel disastro," disse, invece di salutare. "È splendida la reggia che ti ha lasciato in dote la tua signora madrina. Che fortuna abbiamo avuto, tu e ancora di più io."

"Io vi lascio," disse Sotiris. "Marigula, se hai bisogno di qualcosa non esitare. Aglaìa è in casa."

"Grazie, Sotiris. Le porterò i bambini, per vedere se riesco a mettere un po' d'ordine qui dentro."

"I veri amici si riconoscono nella tempesta. Arrivederci, caro Sotiris," disse Polikratis in tono canzonatorio.

Sotiris se ne andò senza aprire bocca.

"Perché parli così? Per fortuna che ieri c'è stato lui ad aiutarmi, e ha salvato quel che ha salvato. Tu dov'eri quando avevo bisogno di te?"

"Dov'ero? Dove altri avevano bisogno di me. O vuoi dire che nessuno ha bisogno di me? Ah, certo, la signora ha i suoi amici. L'ha sfiorata il pensiero che magari suo marito era annegato in un fosso? La signora dormiva della grossa. Perché se proprio vuoi saperlo, tesoro, ieri sera io ero qui. Eri tu che non c'eri. E dov'eri? Tra le braccia del caro Sotiris mentre Aglaìa russava due metri più in là?"

"Al diavolo, smettila, non sai neanche quello che dici. Disgraziato, adesso sarai tu a dirmi dov'ero! Certo, tu giudichi quello che fanno gli altri in base alla tua faccia tosta. Per te è inconcepibile che ci siano persone brave e oneste che aiutano il prossimo perché ne hanno compassione e non perché vogliono fargli aprire le gambe. Tu giudichi secondo i tuoi canoni, tu vuoi che le tue sgualdrine spalanchino le gambe."

"Ah, però, che lingua la signora! Brava! Dov'è finita la ragazzina trepidante? Un'arpia. Una fogna. Ma cerca di tenere a freno la lingua, brutta troia, sennò ti mollo un ceffone e ti faccio vedere io chi comanda qui dentro. Non permetterò certo che uno straccio merdoso mi manchi di rispetto. Va' al diavolo, stronza. E poi mi si dice di tornare a casa! Che cosa torno a fare? A trovare la mia moglietttina dolce che mi stringe tra le braccia? Ma va' al diavolo tu e la tua casa di merda."

Uscì sbattendo la porta.

"Per fortuna è passata anche questa, ce la siamo cavata con poco," pensò Marigula.

I bambini si erano rintanati in un angolo e non fiatavano.

"Anche voi, poverini, vi porto da Aglaìa e poi torno qui a rimettere a posto." E si avviarono di nuovo su per la salitella.

Marigula passò la giornata cercando disperatamente di rimettere in sesto la sua casetta disastrata. Lavorava e piangeva, lavava via il fango e pensava, e con la mente tornava indietro sempre allo stesso anno. Anno d'oro il 1905, lo dicevano tutti. Un anno d'oro anche per Marigula. Chi poteva immaginare!... Erano in corso grandi cambiamenti; ma a lei dei cambiamenti, del tram, del tabacco, dei pellami, dei prezzi, della ricchezza non importava niente. I cambiamenti riguardavano altri, non lei. Così pensava. Ne era convinta, ma ovviamente si sbagliava perché i cambiamenti riguardavano la vita di tutti, e insieme anche quella di Marigula: anzi, molto più di quanto potesse immaginare. L'unico suo pensiero era Polikratis.

Dopo il primo incontro non si erano più trovati a tu per tu. Le occhiate di fuoco del giovane, però, la seguivano dappertutto. Polikratis aveva raccolto informazioni. La piccola doveva avere un bel gruzzolo. Era anche carina. Gli piaceva. E poi era la figlioccia della signora Evridiki. E la madrina non l'avrebbe lasciata a mani vuote.

Da qualunque punto di vista la considerasse, a Polikratis l'idea sembrava buona, e poiché era buona non restava che passare all'attuazione del piano. "Testa alta e passo fiero," pensò. Più o meno così aveva sentito dire, e quel motto gli piacque. L'aggettivo "fiero" gli faceva venire in mente un cavallo superbo. Correndo dunque a passo fiero anche lui, una domenica dopo la messa si trovò con indosso il vestito buono a bussare alla porta della casa padronale.

"Il signore?" domandò Magdalinì aprendogli.

"Sono venuto per parlare con la padrona. Si tratta di una questione importante."

"Entra e aspetta," gli disse Magdalinì, e lo fece passare nell'anticamera.

In quello spazio così vasto, Polikratis sentì di perdere un po' della sua spavalderia. Si guardava attorno e gli pareva che tutto il lusso e lo splendore che lo circondavano gli annodassero la lingua. "Riprenditi, ragazzo mio," pensò, "sei venuto a chiederle la mano di una serva, mica della figlia. Cosa vuoi che dica la signora? No, Polikratis, non hai i requisiti perché io ti conceda la mia serva?" A furia di pensare così si fece coraggio, ma la signora tardava a comparire e Polikratis fu colto dall'ansia. "Non sarà che adesso la vecchia torna," – intendeva Magdalinì –, "e mi dice che la signora non è in casa? Povera lei, bugiarda della malora, se mi dice una cosa del genere. Ho visto con i miei occhi che la signora Evridiki è entrata qui dopo essere stata in chiesa."

Il tempo passava e non accadeva nulla.

Ad ogni modo Marigula, che era in cucina e aveva saputo dell'ospite da Magdalinì, si mangiava le unghie per l'agitazione. Cos'era venuto a fare? Che cosa voleva? Era lì per quello che pensava Marigula o per qualche lavoro? Ma se fosse stato lì per qualche lavoro avrebbe chiesto di vedere il signore, non la signora.

A un certo punto Evridiki comparve sullo scalone. Stava scendendo. Indossava un vestito diverso da quello che aveva in chiesa.

"Ah, ecco perché ci hai messo un'eternità, cara signora," pensò Polikratis. "Le donne! Che siano serve o dame, sono tutte uguali. In testa non hanno altro che ninnoli e ornamenti."

Salutò gentile e rispettoso, chinando il capo.

"Buongiorno, signora Aghisilau."

"Buongiorno, signore. In cosa posso esserle utile?"

"Mi chiamo Polikratis Serdaris e sono carrettiere, ossia proprietario di un carro e di un cavallo."

"Signor Serdaris, mi dispiace ma non posso aiutarla. Le questioni di lavoro le gestisce esclusivamente mio marito."

"Questo però è un lavoro di cui posso discutere soltanto con lei."

"Bene! Prego, si accomodi. La ascolto, ma l'ho avvertita."

"Il mio lavoro, che non è un lavoro, ha a che fare con una persona che vive nella sua casa. Per questo mi sono permesso di disturbarla, perché in quanto padrona di casa e in quanto prossima alla persona in questione, è lei l'interlocutore di cui ho bisogno. Come le ho anticipato, ho il mio patrimonio e sono proprietario di un carro, ossia di un cavallo, con il quale effettuo trasporti; in tal modo guadagno i mezzi con cui mi sostento, che spero da qui a poco sostenteranno anche la persona a cui mi riferisco."

Polikratis si era fatto coraggio e sentiva che la lingua gli si scioglieva. Ma con la lingua, a poco a poco mutò anche il suo atteggiamento. La deferenza eccessiva che aveva mostrato all'inizio si andava perdendo, e nello sguardo gli scintillava quella malizia che era la sua caratteristica principale.

"Donne," pensò. Le donne erano sempre facile preda della sua malizia. Ma su quella donna in particolare si sbagliava.

Il suo fascino lasciò Evridiki del tutto indifferente, e il luccichìo degli occhi la rendeva guardinga più che ispirarle fiducia. Ma Polikratis aveva preso l'abbrivio ed era estremamente sicuro di sé.

"Di quale persona parla, signore?"

Evridiki aveva capito benissimo di chi si trattava, ma cercava di guadagnare tempo perché quel giovane con i baffi arricciati non era esattamente il marito che riteneva adatto alla sua figlioccia. La prima impressione che Polikratis suscitò in lei non fu del tutto positiva, ed Evridiki aveva assoluta fiducia nella prima impressione che riceveva da una persona. Fino ad allora non si era mai sbagliata. Anche nel caso in cui in seguito rivedeva l'opinione iniziale e biasimava sé stessa accusandosi di essere stata troppo severa o iniqua nel suo giudizio, alla resa dei conti l'impressione negativa era confermata dal comportamento dell'altro. Questo lo sapeva anche Nikolas, che la considerava straordinaria nell'intuire il carattere delle persone.

"Mi riferisco alla donna che vive in casa sua come domestica. Il destino vuole che io nutra un forte sentimento per lei e, in quanto uomo d'onore, sono qui per chiederne la mano, essendo a conoscenza del fatto che la persona di Marigula si trova a essere sua figlioccia."

Il dado era tratto. Evridiki doveva dare una risposta.

"Marigula è al corrente del suo passo?"

"Come dice?"

"Voglio dire, Marigula sa che lei aveva intenzione di chiederne la mano?"

"Non lo sa perché non ne è stata informata."

"E non crede allora che glielo si debba domandare?"

"Domandare se lo sa?"

"Domandare se è d'accordo e se desidera che le vostre vite si uniscano. Certo, mi stupisce che lei abbia dato per scontata l'approvazione di Marigula dal momento che sostiene che Marigula non ne sappia nulla."

"Mi sono permesso perché lei non ne è al corrente ma lo desidera."

"Come può esserne certo?"

"Dagli occhi, signora. Gli occhi sono lo specchio dell'anima, e l'anima di Marigula è d'accordo."

"Può darsi che lei abbia ragione, ma prima bisognerà accertarsi che lei sia d'accordo anche con la voce e non soltanto nell'anima."

Evridiki suonò il campanello che stava accanto a lei sul tavolino tondo della sala. Magdalinì comparve subito, visto che naturalmente era rimasta in piedi dietro la porta e non si era persa una parola del dialogo.

"Magdalinì, chiamami Marigula, per piacere."

"Subito, signora."

Poco dopo entrò nella stanza Marigula, che tremava come una foglia.

"Coraggio, tesoro, avvicìnati," disse la signora Aghisilau.

"Come vedi abbiamo un ospite. Lo conosci?"

"Certo, signora."

"Sai per quale ragione si trova qui?"

"No, signora."

"Proprio per questo ti ho fatto chiamare. Per dirti la ragione, che ti riguarda direttamente."

Marigula, con il capo chino, non guardava né la padrona né tantomeno Polikratis. Lo sapeva, certo che lo sapeva per quale motivo Polikratis era lì. In una chiacchierata così lunga con la madrina di cos'altro avrebbero dovuto discutere? E però che cosa volevano da lei? Che cosa avrebbe potuto dire, lei? E chissà che cosa aveva detto la signora. Il suo unico desiderio era fare dietrofront e rifugiarsi al sicuro in cucina; ma d'altra parte era in gioco il suo destino, e non poteva mancare. Che cosa poteva aver chiesto Polikratis? E che cosa aveva risposto la madrina?

"Allora, Marigula, ragazza mia, il signor Serdaris qui presente è venuto a chiedere la tua mano."

"Il signor Serdaris? E chi è mai?" pensò Marigula, che non aveva mai sentito prima il cognome di Polikratis. "Serdaris? È lui", le si accese una lampadina, e vide scritto davanti a sé a chiare lettere il proprio nome: Marigula Serdaris.

"Il signor Serdaris – proseguì la madrina – è proprietario di un cavallo e di un carro, ed effettua trasporti. Dice di essere in grado di formarsi una famiglia e nutre vivo affetto per te. Perciò chiede di sposarti. Tuttavia vorrei sapere che cosa pensi tu della proposta."

Marigula non apriva bocca. Le veniva da mettersi a

saltare, a gridare "sì, sì", e invece restava lì pietrificata, senza riuscire a proferire parola.

"Allora, figlia mia," domandò di nuovo la madrina, "tu che cosa dici? Accetti?"

Marigula accennò di sì con la testa, visto che la voce non voleva saperne di uscire.

"In tal caso, poiché Marigula è d'accordo, non ci resta che chiedere il parere dei suoi genitori. Perché certo, signor Serdaris, la ragazza vive in casa mia e l'ho battezzata io, ma responsabili del suo futuro sono prima di tutto i genitori. Li informerò al riguardo, e la prego di non cercare Marigula fino ad allora. Per il momento la saluto."

"Arrivederci signora Aghisilau, arrivederci Marigula," concluse Polikratis, e le lanciò uno sguardo molto eloquente.

Evridiki tornò nelle sue stanze per riflettere, e Marigula si rinchiuse nella sua cameretta per fare lo stesso.

Nei giorni seguenti Evridiki indagò sul futuro genero. Le informazioni erano perlopiù positive. Il giovanotto era un buon lavoratore, onesto e laborioso. Indiscrezioni volevano che fosse un donnaiolo, ma questo poteva essere dovuto all'aspetto. Evridiki dovette ammettere che era proprio un bell'uomo. Eppure c'era qualcosa che non quadrava. Ne parlò con il marito, il quale, nonostante le urgenze e la mente ingombra di progetti per la nuova impresa che si accingeva ad avviare, trovò il tempo per ascoltarla e per discutere la cosa con lei. Certo non aveva intenzione di spaccarsi la testa per le sorti di Marigula. Come che fosse, visto che la ragazza lo desiderava, la questione finiva lì; ciò nonostante ascoltò attentamente le perplessità della moglie. Alla fine disse:

"A quel che dici il giovane sembra essere una bella opportunità per Marigula. L'unica cosa negativa pare essere la sensazione che hai tu. Sai bene che io ho fiducia nel tuo istinto, però io non sono Marigula, e Marigula non capirebbe perché tu sei scettica quando tutte le informazioni sono favorevoli. Non tocca a te assumerti la responsabilità. Scrivi ai genitori, informali della faccenda, e se anche loro approvano non spetta a noi intervenire".

"Ma capisci, Nikolas, loro non sono qui, e la responsabilità della ragazza è mia."

"Il tuo compito è quello di darle da mangiare e da bere, di stare attenta che non imbocchi una brutta strada e di consegnarla intatta e immacolata allo sposo. Fin qui ci siamo. Altri doveri non ne hai, secondo me. E nel caso specifico non parliamo né di un fannullone, né di uno che ha il vizio del gioco, né di un ubriacone, né di un ladro o di un disonesto. Parliamo di un ragazzo a posto, di cui mi dici che forse è un po' donnaiolo. Eh, bello com'è, buon per lui. D'altronde, se si sposa e mette su famiglia avrà altro a cui pensare."

"Il lupo perde il pelo ma non il vizio."

"Ma dài, Evridiki, non sappiamo nemmeno se è un vizio. Sai qualcosa di sicuro al riguardo? Soltanto voci. Vuoi condannare un uomo basandoti su delle voci?"

"Dove c'è fumo c'è un fuoco."

"Oddio, Evridiki, con le tue massime. In ogni caso io ti ho detto quello che ne penso, e non ho altro da aggiungere."

Evridiki scrisse dunque una lettera ai genitori di Marigula illustrando la situazione e chiedendo il loro parere. Chiamò Marigula e la invitò a fare lo stesso.

"Tesoro, ho scritto ai tuoi genitori riguardo alla proposta del signor Serdaris, ma credo che dovresti scrivere anche tu, così che conoscano la tua opinione al riguardo."

Marigula si chiuse ancora una volta nella sua stanza, e dopo aver riflettuto un po' cominciò a scrivere della sua felicità.

Onoratissimi genitori,

godo di buona salute e lo stesso spero di voi.

Riceverete questa lettera insieme con una della signora Evridiki: esse vi metteranno al corrente della mia felicità. Polikratis è un bravo ragazzo, laborioso, onesto e ammodo. Mi ama e io lo amo, e ha chiesto ufficialmente la mia mano alla madrina. La madrina dice che si farà quello desiderate voi, poiché siete i genitori, e in questi casi sono i genitori a decidere. Onoratissimi genitori, dovete dire di sì perché Polikratis è un bravo ragazzo, laborioso, è proprietario di un carro e di un cavallo, è un gran lavoratore ed è serio. Io voglio sposarlo, e se voi volete la mia felicità dite di sì che io lo sposo, perché soltanto così sarò felice, e so che voi volete che la vostra bambina sia felice. Vi prego dunque di dire sì, così lo sposo. Date un bacio ai miei fratelli. Saluti allo zio Vasilis e alla zia Dèspina e allo zio Ghiorgos e alla zia Katina e ai cugini Nikolas e Anghirula e Ghiorgos e Ghiannis e Sofula e Grammatikì e alla piccola Dèspina che non ho mai visto e a tutti quelli di cui non scrivo.

Vi bacio con rispetto
La vostra amata figlia
Marigula

La risposta dei genitori non tardò ad arrivare, per mano del pope Ioannis.

Cara e adorata figlia Marigula,

godiamo di buona salute e lo stesso speriamo di te.

Siamo stati messi al corrente delle tue novità dalla lettera della rispettabile signora Evridiki e dalla tua, e ci rallegriamo moltissimo del fatto che, come dicono le lettere, il giovane sia un bravo ragazzo. Con i nostri auguri, dunque, sposatevi e abbiate ogni bene.

I tuoi genitori, che ti baciano sulla guancia.

Saluti da tutti.

Una lettera simile fu inviata dai genitori anche alla signora Aghisilau, con i ringraziamenti per la premura e l'affetto che ella riservava alla loro figlia. Il fidanzamento di Polikratis e Marigula era ormai cosa fatta.

Diventava buio presto, la sera. Era inverno e non c'era luce a lungo. Marigula, sfinita al punto che non si reggeva in piedi, imboccò la salitella per andare a riprendere i bambini. Aveva riordinato la casa e sperava che il Signore avrebbe avuto pietà di loro e che la pioggia sarebbe cessata. Polikratis non si era visto per tutto il giorno. Per fortuna. Marigula non era in grado di affrontare altri litigi. Non aveva più forze. Se non ci fossero stati i bambini si sarebbe stesa in un angolo, si sarebbe raggomitolata lì e avrebbe aspettato la fine, per trovare la pace. Aveva ventinove anni e si sentiva una vecchia di cento. Nessuna gioia, nessuna speranza. Eppure all'inizio era stato tutto così bello.

Polikratis la adorava. E lei, come si sentiva fiera nel camminargli al fianco, la domenica, durante il breve periodo del fidanzamento! Un giovanotto così bello! Sentiva su di sé occhi carichi d'invidia, e pensava: "È mio! Questo angelo è mio!". E lui non si scomponeva. Qualche volta, al riparo dagli sguardi, le teneva per un po' la mano, o la salutava con un bacio sulla porta del seminterrato. Certo, la maggior parte delle volte quando uscivano a passeggiare li accompagnava Magdalinì, perché la madrina voleva che si facesse tutto "per bene".

Così era raro che i due fidanzati avessero la fortuna di restare soli; quando non c'era Magdalinì la signora affibbiava a Marigula uno dei figli: o Aghis, che aveva dodici anni, oppure Dinos, che ne aveva sette, oppure tutti e due. A Marigula non dava fastidio che ci fossero i ragazzi. Aghis di solito incontrava qualche amico e le proponeva: "Cosa dici, Marigula, se resto a Pefkakia a giocare un po' con i ragazzi e mi recuperate al ritorno?". Quanto a Dinos, era troppo piccolo per capire i discorsi di Marigula e del suo bello, e non dava nessun disturbo. Invece le passeggiate con Magdalinì erano un incubo. Per quanto discreta e amabile fosse, Marigula la sentiva come un carceriere.

Le nozze non tardarono a essere celebrate. Nove mesi dopo il primo incontro con Polikratis, Marigula era già la signora Serdaris.

Con i soldi che la ragazza aveva messo da parte in tutti quegli anni e con quelli che aggiunse la madrina, comprarono una casetta a Kanapzèica. Era bella e aveva anche un giardinetto, però era vicina al torrente. Marigula ne aveva paura. Temeva che d'inverno potesse arrivare una piena e che si sarebbero trovati in pericolo. Non riusciva a dimenticare la tremenda alluvione del 1900. Polikratis la tranquillizzava: "Non aver paura, amore, sono cose che succedono una volta ogni cent'anni. Hai mai sentito dire che in città è annegato qualcuno? È successo una volta, punto e basta". E così, mentre la sorella Eleni prese il posto di Marigula nella casa avita per badare ai ragazzi, Marigula si stabilì nella nuova dimora. Che gioia fu per lei! Finalmente era padrona di sé stessa e della propria casetta. Tutto era suo. Poche cose ma sue. Come padrona di casa era imbattibile. In tanti anni nel palazzo qualcosa aveva ben imparato. E che piatti cucinava, veri manicaretti. Non aveva osservato invano la signora Mariò per tanto tempo. Da un niente creava meraviglie. Suo marito era costretto ad ammetterlo. E non solo lo ammetteva, ma lo dimostrava anche, visto che piano piano gli stava venendo la pancia. Era lontana la vita da scapolo, quando mangiava quel che capitava. Adesso sapeva che tutti i mezzogiorni lo aspettavano un piatto caldo, una tovaglia linda e un bicchiere di vino, che Marigula faceva in modo non gli mancasse mai. E anche lui non perdeva l'occasione di godersi quel lusso. Organizzava il trasporto in modo da passare sempre un'oretta a casa, il mezzogiorno. E Marigula lo accoglieva vestita con la gonna bella, pettinata con cura, raggiante di felicità.

Il primo anno di nozze fu un paradiso.

"Ah, signora mia, se avessi saputo che il matrimonio era così bello mi sarei sposato prima," diceva Polikratis.

"Sì, ma non avresti sposato me perché non mi conoscevi," rispondeva ammiccante Marigula, e lui spalancava le braccia e la stringeva.

Lei si sentiva le ossa scricchiolare e il cuore palpitare.

"Quanta felicità, quanta felicità. Madonna, speriamo che la gente non sia invidiosa e che non mi porti male," si allarmava ogni tanto, quando le veniva in mente il malocchio. "*Puh, puh, puh*! Vi getterò aglio negli occhi! Che il mio uomo stia sempre bene, il mio cavaliere, e che io stia sempre bene per essere felice con lui."

Ma quel che di brutto accadde non c'entrava con il malocchio. C'entrava con i cambiamenti. Quei cambiamenti di cui Marigula non teneva conto, che non le interessavano, che credeva non la riguardassero. L'anno d'oro del 1905, l'anno fortunato per Marigula, fu anche l'inizio dei suoi guai. Sì, quell'anno avvennero grandi cose. L'isola si era trasformata in meglio, dicevano tutti. I ricchi diventavano sempre più ricchi, e accanto a loro avrebbero mangiato anche i poveri. C'era moltissimo lavoro, le concerie andavano a gonfie vele, le industrie per la lavorazione del tabacco spuntavano come funghi, c'era il tram e le fanciulle avrebbero potuto finalmente ricevere un'istruzione alla Scuola femminile, che era stata costruita da poco e si ergeva linda e fiera al posto della vecchia Porfiriada, distrutta da un incendio nel periodo ormai lontano della rivoluzione. Tutto era bello e tutto andava bene. O quasi.

La sorte giocò un brutto tiro alla povera Marigula. La tramvia, la "conquista" come la chiamava anche il sindaco di Neon, la meraviglia, fu la fonte della sventura. Prima che fosse costruita, il trasporto delle merci, soprattutto dalle concerie, veniva effettuato esclusivamente per mezzo di carri. I carrettieri avevano un lavoro sicuro, garantito e ben pagato, visto che i proprietari delle fabbriche non avevano altro modo di far viaggiare le loro merci. Che alternativa avevano? Trasportarle a braccia?

Così Polikratis, forte e gagliardo, instancabile, strenuo lavoratore, oltre a guidare il carro caricava lui stesso le merci, tenendosi i soldi del caricatore. Ne ricavava una paga discreta, tanto che riusciva anche a mettere qualcosa da parte. Non grandi somme, ma qualcosa restava. Era orgoglioso del suo lavoro. Non c'era nessuno bravo come lui. Quanti in così poco tempo erano riusciti a comprare un carro e ad essere proprietari anche di un cavallo?

Poi però arrivò quel maledetto tram. All'inizio la situazione non parve tanto grave. Suonarono le fanfare e ci fu un gran chiasso, ma il giorno seguente il lavoro riprese come sempre. Nel giro di quindici giorni, però, fu dato ufficialmente il permesso di trasportare merci per mezzo del tram. E cominciarono i guai. I binari arrivavano fino alle concerie, fino al deposito di fiammiferi. I vagoni merci scivolavano sui binari, caricavano le piattaforme e si avviavano verso il porto. Arrivavano i carrettieri. "Lavoro non ce n'è, ragazzi, la merce è già partita," si sentivano dire.

I carri erano piccoli, dicevano, e non contenevano molta merce. E poi, durante il tragitto ondeggiavano ed erano pericolosi.

Figuriamoci, pericolosi! Per tanti anni avevano svolto benissimo il loro lavoro e adesso diventavano pericolosi.

Che cosa ti aspetti, d'altronde? Che i ricchi si preoccupino della gente comune?

Polikratis era amareggiato, e tuttavia non perdeva le speranze. Era un gran lavoratore e cercava di mantenere la sua clientela. I primi tempi si accaparrava tutti i carichi in eccedenza del signor Aghisilau.

"Signor Nikolas, non c'è lavoro per me?" domandava.

"C'è sempre qualcosa da fare, sta arrivando una nave e la piattaforma non è sufficiente per trasportare tutto," rispondeva il signor Aghisilau. "Vieni a prelevare la mercanzia."

Il signor Aghisilau non aveva un gran bisogno del carrettiere, ma visto che ormai era il fidanzato di Marigula, per fare un favore a sua moglie gli rimediava sempre qualche lavoretto.

Polikratis lavorava anche con i conciatori che avevano le fabbriche più lontano, dove il tram non arrivava. Ma non erano molti, e avevano la parte minore della produzione. Le cose andarono allo stesso modo anche nel 1906. Marigula dal canto suo, vedendo il marito così angustiato, fece ricorso all'arte di cui aveva appreso i rudimenti da Magdalinì: il cucito. Certo, non si trattava di lavori importanti. Qualche gonna, qualche vestaglia per le vicine, ma così contribuiva anche lei agli introiti della famiglia.

Grazie a questo lavoro conobbe Aglaìa e divennero amiche. Aglaìa fu tra le prime clienti, visto che la sua condizione economica non le permetteva di farsi confezionare i vestiti dalle sarte affermate, che avevano prezzi proibitivi per le sue tasche. Aglaìa procurò altre clienti a Marigula. E Marigula era fiera di poter aiutare il marito. E così ampliò la cerchia delle sue conoscenze e sentì di contare qualcosa. Non era più una semplice domestica ma una signora, di cui la gente aveva bisogno e che la pagava, anche.

Ma il lavoro, purtroppo, diminuì con la nascita del primo figlio, nel 1907. Il bambino le sottraeva molto tempo.

Quando, tre anni più tardi, si aggiunse alla famiglia il secondo figlio, Marigula non aveva più tempo di occuparsi di nient'altro che della casa e dei bambini.

La situazione cominciò a diventare difficile. Polikratis si ingegnava in ogni modo per racimolare un po' di soldi. La famiglia si era ingrandita ed erano aumentate le spese, ma le entrate si riducevano sempre più. Il quinquennio, che era cominciato con una prospettiva così rosea, andava di male in peggio. Quell'anno gli abitanti arrivarono al punto di protestare con il governatore per il prezzo del pane, che nella loro città era più caro che in qualunque altro luogo del governatorato.

Due anni prima, nel 1908, gli operai delle concerie avevano fondato l'associazione "Àghios Pantelèimon". Anche gli operai dovevano lottare per i loro diritti. Ma quali diritti! Era meglio che prima si guadagnassero il pane, e poi caso mai si sarebbero occupati dei diritti.

Per i ricchi furono anni d'oro, per i poveri anni di miseria nera. Del resto non è sempre stato così da quando Dio ha creato il mondo? I proprietari delle concerie si arricchivano, mentre gli operai venivano pagati in natura. Il proprietario della conceria concedeva un prestito al negoziante, il quale non aveva il denaro che gli doveva restituire; allora il conciatore si prendeva la merce e la distribuiva tra gli operai come paga invece delle piastre. Ti capitava, mettiamo caso, un macinino? Toccava a te trovare da venderlo e ricavare i soldi per comprarti il pane. E fosse stato solo questo.

Ogni domenica avevano la cosiddetta "manga". Erano cioè obbligati a lavorare gratuitamente fino al pomeriggio. Niente paga, né in piastre né in natura. La domenica è consacrata al Signore e al padrone.

"Ah, Polikratis, di cosa ti lamenti tu, che sei il padrone. Eh, si vede che non hai provato la frusta, caro mio, per questo parli così," gli diceva il suo amico Stavris, che la frusta l'aveva provata eccome.

Il padrone infatti aveva praticamente diritto di vita e di morte sugli operai, e chi non rigava dritto provava la frusta sulla schiena. Certo, non tutti ci stavano!

Vanghelis Kakòkefos una volta aveva tirato fuori il coltello e si era messo a inseguire il padrone fino al deposito di fiammiferi, e quello, gettata via la frusta, scappava come se gli avessero messo l'acquaragia nel culo! Fu la vendetta degli operai.

Per fortuna nel 1907 arrivò il governatore Kopasis che abolì tutte quelle usanze e ordinò che nessuno osasse riportare in vigore niente del genere, perché l'avrebbe spedito legato mani e piedi a Costantinopoli.

Così non si sentì più parlare di "manga" né di frusta, e da allora gli operai cominciarono a essere pagati in piastre. E l'anno successivo costituirono anche l'associazione. Questa, però, non portava nessun giovamento a Polikratis. Cosa se ne faceva lui dell'associazione? Non gli serviva a nulla. Con due bambini e Marigula che non poteva più cucire vestiti, pativano la fame. Certo, dalla casa padronale della signora Aghisilau arrivava sempre un aiuto, ma non si può vivere di elemosina. Polikratis non sarebbe diventato un mendicante. Se fosse stato solo, sarebbe partito. Tantissimi emigravano. La metà dei suoi amici si era imbarcata per l'America. L'aveva detto anche il sindaco in occasione del bilancio del consiglio comunale, e lo andava ripetendo anche il maestro al *kafenìo*: "Il 1910 è stato un'annata nera per la città. Abbiamo perso il 19,5 per cento della popolazione maschile attiva". Perfino le ragazze partivano: andavano in Egitto in cerca di lavoro, in cerca di marito. E credi che emigrassero soltanto i poveri? Era emigrato perfino Ghiannis Papachristos.

Sì, proprio lui, il fratello della signora Evridiki. Al padre gli affari non giravano bene, pare. Un giorno litigarono, Ghiannis fece le valigie e se ne andò. I particolari li appresero dalla sorella di Marigula.

Evridiki scoppiò in lacrime e lo implorò:

"Resta qui, fratellino, dove vuoi andare? Partono i poveracci. Tu che bisogno hai?".

"No," disse lui. "Figurati se resto qui a vedere nostro padre che fa una stupidaggine dopo l'altra e non vuole sentire ragione. Mi tratta come se fossi un neonato. Me ne vado, vado in America in cerca di fortuna. Un sacco di gente è partita ed è diventata straricca. Perché non dovrei diventarlo anch'io?"

"Ma Ghiannis, chi conosci che è partito ed è diventato straricco? Non sai che cosa troverai."

"Eh già, chi è diventato ricco è così scemo da tornare qui a farsi mangiare tutto? Per quello non conosciamo nessuno, sorellina. E quanto a quello che troverò, be', se non ci vado non lo saprò. Non guardare te stessa, tu sei in una condizione privilegiata, signora e padrona. Io cosa devo fare? Oltretutto sono un uomo, non una fanciullina che aspetta un buon partito."

Salpò dunque anche Papachristos, e Polikratis restava lì inchiodato al suo posto, con una zavorra al piede. Come poteva prendere e andarsene? Come faceva ad abbandonare la moglie e i due figli piccoli? Ogni giorno che passava gli sembrava che la situazione diventasse sempre più grama. Per quanto ce la mettesse tutta, il lavoro non voleva saperne di aumentare e il salario non faceva che diminuire. Perse la sua fierezza, la sua valentìa. Camminava curvo, a testa bassa, e quando era sul carro non provava più nessuna gioia nel vedere la criniera del suo cavallo ondeggiare al vento.

"Un buono a nulla! Un buono a nulla! Sono un buono a nulla," pensava. "Che cosa sono stato capace di combinare? Che cosa ho realizzato? Tra poco non sarò più in grado nemmeno di sostentare la mia famiglia."

I debiti al negozio di alimentari crescevano. Polikratis cambiava strada per non trovarsi a passare davanti al negozio, nel timore che il signor Andreas chiedesse di essere pagato. Dove andava a trovarli i soldi? Se la prendeva con sé stesso. Alla fine cominciò a prendersela anche con Marigula.

Un cappio al collo erano, lei e i figli insieme. Non sopportava più di tornare a casa. Non sopportava di vederli. Le grida e il pianto dei bambini lo mandavano su tutte le furie. L'affetto per Marigula si trasformò piano piano in un sentimento che somigliava all'odio. Magari non l'avesse chiesta in moglie! Se fosse stato da solo se la sarebbe cavata a meraviglia. Ora come doveva fare a tirare avanti con quel fardello sulle spalle?

E così trovò anche lui conforto al *kafenìo*. Si riunivano tutti lì – carrettieri, manovali, contadini che cercavano di sopravvivere scendendo dai paesi intorno per vendere il raccolto – e discutevano della loro sventura. Maledicevano la sorte e i ricconi che succhiavano loro il sangue, così, in modo generico e vago; ma quali ricconi poi, la città era piccola e si conoscevano tutti, e se capitava di sentire un nome, esclamavano in coro: "No, no, quello è una brava persona. Ce ne sono di peggiori".

Il nome dei peggiori non saltava mai fuori. E si bevevano una *suma*:

"Forza ragazzi, scacciamo i brutti pensieri".

La *suma* scaldava le viscere di Polikratis e si portava via le preoccupazioni. La vita è bella. Vedrai che le cose si sistemeranno.

"Su ragazzi, alla salute", e la seconda *suma* era ancora migliore, riscaldava l'atmosfera.

Erano un bel gruppo. Tutti amici, tutte brave persone.

"Morte ai nostri nemici. Forza ragazzi, alla salute."

Alla terza *suma* le cose cominciavano ad apparire rosee. Andava tutto bene. Avrebbero trovato lavoro e sarebbero tornati i bei tempi. Anzi, macché tornare, erano già lì.

"Alla salute, ragazzi." E "Polikratis Alla Salute", un tempo valente, ora ingobbito, si alzava barcollando e tornava a casa. La vita! Come riduce le persone a volte! E spalancava la porta con un gran fracasso. "Salve a tutti," ruggiva. "Salve a tutti, belli e brutti."

Gli cadeva lo sguardo su Marigula e si rabbuiava.

"Cos'hai da squadrarmi così, signora? Non ti piaccio?"

"Non ho detto niente, Polikratis."

"'Non ho detto niente, Polikratis.' Polikratis, eh? Eh? Ah, certo, la signora si è sistemata, mi ha incastrato e adesso fa la santerellina. Cos'hai da guardarmi così, carina? Non parli, eh? Taci? Ah, non siamo degni di lei. È abituata ad altro. Ai palazzi dei nobili. Noi persone semplici non le andiamo a genio e ci guarda storto. Devi rassegnarti, carina. Tu non conti niente, niente. Voglio lasciarti vivere? Vivi. Voglio che tu muoia? Muori. Non parli, eh? È superiore la signora, non parla. Di' qualcosa, caspita!"

"Che cosa vuoi che dica, Polikratis? Non parlare a voce così alta. I bambini finiranno per svegliarsi."

"*Mmm*, certo. I bastardi si svegliano. Senti un po', da chi li hai avuti quei bastardelli? Miei non sono quei mocciosi, non fanno altro che piangere. Io sono uno in gamba, non un moccioso. Hanno preso da te. Non sono figli miei, quelli."

"Sono tuoi, Polikratis, sono figli nostri. Vieni a letto, adesso, che sei stanco."

"Che cosa sono io? Sono un bambino, forse, che mi devi dire tu quando andare a dormire? Io ci vado quando voglio. Ma guarda se devo anche renderti conto di dove sto e di dove vado!"

"Non ti ho chiesto nulla, Polikratis."

"'Non ti ho chiesto nulla, Polikratis...' Credi che non mi accorga di come mi guardi? Mi controlli continuamente. E io non sopporto di essere controllato. Sono libero come un uccellino. Faccio quello che mi pare. Non mi comanderai a bacchetta, vecchia ciabatta, chissà che cosa ho trovato in te per sposarti. Mi volevano le dame e io ho perso la testa e ho scelto una nullità. La figlioccia della signora! Sai che colpo di fortuna!"

Quella storia andava avanti da due anni, e Marigula era allo stremo delle forze. Ogni sera pregava fra sé e sé che il marito tornasse a casa così ubriaco da cadere a letto stecchito. Non sopportava più i litigi. Non sapeva come comportarsi. Parlava? Qualunque cosa lei gli dicesse, lui avrebbe rigirato le sue parole in modo da trovare un pretesto per gridare più forte. Non parlava? Polikratis cominciava a dire che lei lo disprezzava e che si comportava da principessa, che non lo considerava alla sua altezza, e ovviamente finiva di nuovo per urlare.

Marigula non aveva più forze, e con un brivido constatava che sì, lo disprezzava. Gli faceva ribrezzo. Non riusciva a perdonargli di essersi ridotto in quel modo. Come aveva potuto distruggere l'angelo che lei aveva conosciuto per diventare quel "coso" con gli occhi rossi, le mani tremanti, le urla spaventose, il comportamento da pazzo, quel "coso" che puzzava di alcool e di sudore... un vero schifo.

Ormai aveva cominciato a pensare sul serio che per i bambini sarebbe stato meglio se lei avesse raccolto la sua roba e se ne fosse andata. Ma dove? E di cosa sarebbe vissuta? Perché, adesso come viveva? Era vita? Lontano da lui! Magari se ne fosse potuta andare lontano da lui! Senza più sentirne le urla, respirarne il lezzo, vederne gli occhi arrossati da folle. Ah, se il tempo fosse potuto tornare indietro! Magari non avesse mai lasciato la casa avita. Magari fosse stata ora nella calda cucina del sotterraneo a chiacchierare con la signora Mariò e con Magdalinì!

Quella sera Marigula dormì sola in casa con i due bambini. Nel cuore della notte si alzò e chiuse la porta a chiave. Non riusciva a riprendere sonno. Suo marito non ricomparve fino all'alba.

3
Lettere

Karlòvasi, 12 marzo 1912

Ghiannis, fratello mio,

è da tempo che non ricevo una tua lettera e sono preoccupata, e come me tutti, in particolare la mamma. Papà non gode più di buona salute ed esce di rado. La mamma viene a trovarci spesso. La sua gioia più grande è curare la piccola Meropi. La mamma desiderava tanto sentire il suo stesso nome: perciò ha un debole per la piccola. In realtà tutti abbiamo un debole per lei, e Nikolas in particolare. Per fortuna i ragazzi sono ormai grandi, e non sono gelosi. Forse Kleanthis un poco sì: infatti da quando la piccola ha cominciato a parlare e tutti la vezzeggiamo, anche lui si è messo a cercare di nuovo le coccole, cosa che non faceva più poiché riteneva che a nove anni fosse ormai grande per essere trattato come un bambino. Peccato che tu non abbia conosciuto la mia bimba. Non immagini quanto sia carina. La mamma dice che ti somiglia, e davvero credo che abbia i tuoi occhi. Ha già due anni e tutti concordano nel dire che è molto sveglia per la sua età. I ragazzi stanno bene! Aghis termina quest'anno la scuola commerciale. Mi preoccupa perché non ha affatto un buon rendimento, tuttavia Nikolas non condivide la mia ansia. Dice che lo aspetta un posto all'opificio e che non c'è bisogno che diventi uno scienziato. Dinos è di-

verso. A scuola ha ottimi risultati, così Nikolas l'ha mandato a frequentare le scuole medie a Vathì. Viene a trovarci soltanto la domenica, e nemmeno sempre. Perciò, come puoi capire, aspetto con impazienza le feste per vederlo. Mi manca molto. Per fortuna si avvicina la Pasqua, e comunque abbiamo davanti tutto marzo e quasi tutto aprile. Nikolas lavora molto, come sempre, e in casa trascorre ormai pochissimo tempo.

Fratello mio, per quanto riguarda noi, fin qui buone notizie, e fortunatamente, eccetto papà, godiamo tutti di buona salute. Tre giorni fa però è accaduto un evento terribile, di cui non si sa quali saranno le conseguenze. Mi ero ripromessa di non parlartene per non farti preoccupare: del resto vivi così lontano e magari t'immagini diverse cose, tuttavia poi ho pensato che è una notizia importante e che senza dubbio ne saresti informato a breve. Insomma, tre giorni fa al Porto di Vathì è stato assassinato il governatore. Le voci sono confuse e nessuno sa di preciso che cosa sia successo. Si dice che sia stato assassinato da uno sconosciuto, che è stato poi ucciso dalla guardia del governatore stesso. La situazione è critica e non sappiamo, come ti ho detto, quali conseguenze avrà. Nikolas è rimasto molto addolorato. Come è noto, lui riteneva Kopasis, che in effetti lo era, una persona eccezionale; e contrariamente ad altri, i quali sostengono che Kopasis abbia danneggiato i loro interessi, Nikolas sostiene che i suoi provvedimenti hanno garantito un funzionamento armonico delle concerie e la fine dei soprusi di cui gli operai erano vittima, fatto che ha giovato alla nostra industria nel complesso. Nikolas dice che l'operaio contento è un buon operaio, perciò è convinto che i provvedimenti del governatore risalenti al 1907 fossero giusti e assolutamente necessari. Nikolas è terribilmente amareggiato per la morte del governatore, e non ti nascondo che sono preoccupata perché si esprime in modo imprudente. Ieri sera, durante una riunione per la quale erano venuti a casa nostra Tamvakakis con la moglie e Topùzo-

glu, Nikolas ha cominciato a dire che le persone tollerano soltanto i mediocri e ammirano chi non vale nulla, mentre tentano di mettere a tacere gli uomini che davvero valgono, come Kopasis, che era una persona colta quanto Karatheodorìs: archeologo eccezionale, storiografo, filologo, figura politica riconosciuta a livello internazionale, che parlava l'inglese, il francese, il tedesco e il turco, membro di accademie estere, insignito della Croce d'Oro del Santissimo Sepolcro e incomparabile servitore del Patriarcato Ecumenico.

Tutto questo, ovviamente, è giusto, e tuttavia il modo in cui Nikolas ha parlato, e il suo ardore, mi hanno spaventato, in particolare quell'"ammirano chi non vale nulla", che può essere interpretato come una frecciata contro gli avversari di Kopasis, di cui naturalmente sai chi era il peggior nemico.

Il tempo mostrerà dove ci condurranno queste vicende. Io cerco di mantenere il sangue freddo e di "far rinsavire" un poco Nikolas; però, come sai, mio marito è il tipo che quando è convinto della giustezza delle sue opinioni manifesta un furore che difficilmente, o niente affatto, si riesce a mitigare.

Riprenderò l'argomento con le informazioni che avrò; aspetto a breve una tua lettera, e ti abbraccio.

La tua amata sorella
Evridiki

New York, 10 giugno 1912

Cara sorella,

perdona il mio ritardo. Mi mancate tutti moltissimo, e ora che sono lontano vi voglio bene due, tre volte tanto. Però la vita dell'emigrante è difficile e le mie novità non sono sempre positive.

Ho ricevuto la tua lettera, che mi ha suscitato sentimenti contrastanti. Sono contento che stiate tutti bene. Tuttavia quanto mi hai scritto riguardo all'uccisione di Andreas Kopasis, di cui nel frattempo mi era giunta notizia anche attraverso la stampa greca, che ovviamente arriva da queste parti con grande ritardo, mi ha provocato un'indicibile tristezza. Condivido pienamente le opinioni di tuo marito, ma nello stesso tempo non credo sia prudente che lui le riferisca davanti a persone il cui valore morale suscita perplessità. Sorella, tu sei sempre stata in grado di mitigare la veemenza di Nikolas, e penso che tu debba agire nello stesso modo anche in questa circostanza.

Comunica per favore il mio affetto e i miei saluti alla mamma. Le invierò un'altra lettera nel giro di qualche giorno, ma come ti ho detto non sempre sono padrone del mio tempo. Arrivato qui ho constatato che in sostanza non ho una professione, e durante il primo anno ho pensato spesso di tornare nella mia terra. Non ti nascondo che l'unica ragione che mi ha trattenuto dal compiere il viaggio è stato il pensiero di nostro padre, che sono certo mi avrebbe trattato con il consueto sarcasmo. Fortunatamente con il passare del tempo la situazione migliora, e sono ormai convinto di trovarmi in un Paese in cui l'operosità viene ripagata, e per chi si dà da fare le occasioni non mancano. Mi sono messo in società con un compatriota, il quale vive qui dall'inizio del secolo e si occupa di importazioni. Sono responsabile delle importazioni di vino e ho molti contatti con la Francia e il Belgio. È davvero triste il fatto che gli ultimi anni del secolo scorso i nostri vigneti siano andati in rovina, visto che qui il mercato è immenso e sarebbe in grado di assorbire tutta la produzione che c'era in passato.

Non trascurare di riferirmi nella prossima lettera qualunque nuova informazione tu abbia riguardo all'omicidio.

Un abbraccio a tutta la famiglia e alla piccola Meropi, che non conosco. Se mi avessi inviato una foto della fami-

glia vi avrei tutti vicino! Per parte mia accludo una fotografia recente, così potrai ammirare anche i baffi che mi sono fatto crescere!

È tutto, il tuo amato fratello
Ioànnis Papachristos

Karlòvasi, 7 settembre 1912

Ghiannis, fratello caro,

abbiamo ricevuto la tua lettera, sia io sia la mamma, e siamo state contente delle tue notizie. La mamma mi ha detto che ti ha già risposto: così credo che tu sia informato riguardo alla salute di nostro padre. Purtroppo la situazione sta peggiorando, e il medico non ci lascia sperare in un miglioramento. Noi stiamo tutti bene. I ragazzi si preparano per la scuola. Aghis non vede l'ora di terminare questi "maledetti" studi. Non so cosa finirà per fare, quel ragazzo. Non sono affatto ottimista. L'anno scorso ha passato a stento l'esame di contabilità. Gli voglio molto bene e ti assicuro che per una madre è assai doloroso ammettere una cosa del genere: tuttavia temo che non abbia grandi capacità e che nella ditta non avrà vita facile. Nikolas dice che lo metterà a lavare le botti, e che per diventare direttore deve cominciare da operaio. Per fortuna invece Dinos ha ottenuto risultati eccellenti. L'unica preoccupazione che ho riguardo a lui deriva da alcuni pettegolezzi che mi sono giunti all'orecchio, secondo cui pensa un po' troppo alle ragazze. Ma ti sembra possibile, alla sua età! E tuttavia, che cosa dire? È innegabile che stia diventando un gran bel ragazzo, e penso che anch'io se fossi una fanciulla gli farei gli occhi dolci. I piccoli stanno benone. Kleanthis è un capitan fracassa e gira sempre con le ginocchia sbucciate e la testa piena di bernoccoli. È un bambino davvero vivace! Quanto a Meropi, è un angioletto – che stia bene, il mio tesorino! È così dolce e tranquilla! Adesso però basta parlare di noi.

Come mi hai chiesto nella tua lettera, ti scrivo quello che si sa della vicenda Kopasis. Prima di tutto devo riferirti che da queste parti sono ormai quasi tutti convinti che dietro l'assassinio ci sia la persona che dal primo istante in cui il governatore aveva messo piede qui lo aveva minacciato, dicendogli "pagherai con il sangue". Circolano molte voci. Notizie contrastanti. Tuttavia ho appreso da fonti certe che l'esecutore, tale Stavros Baretis, a quanto dicono individuo della peggior specie e con ogni probabilità prezzolato, non era stato ucciso dalla guardia del governatore; era rimasto gravemente ferito e aveva trovato rifugio nel monastero di Aghìa Zoni. Lì, poco prima di morire, aveva chiesto di vedere il procuratore. Che cosa si siano detti, nessuno lo sa. Tutti suppongono che Baretis abbia rivelato i nomi di coloro che hanno disposto l'omicidio di Kopasis. Alcuni sostengono che l'omicidio sia stato ordinato dal comitato macedone. A me sembra un'assurdità. Che cosa ha da spartire il comitato macedone con questi luoghi! Insomma, comunque siano andate le cose niente può toglierci dalla testa l'idea che dietro questa storia, come autore morale o in qualunque altro modo lo si voglia definire, ci sia Sofulis. Così, eccomi a oggi. Stamattina, dunque, è comparso in città Themistoklìs Sofulis accompagnato da circa duecento uomini armati. Si è scatenato un pandemonio. Il tram si è riempito di persone che volevano salire a Neon per vedere Sofulis e i rivoltosi del suo seguito. C'era una gran ressa. Si è radunata una folla numerosissima, ognuno diceva la sua, e si è decretato l'allontanamento dell'esercito turco dall'isola. Insomma, abbiamo un nuovo eroe locale. "Così Sofulis crede di avere ottenuto giustizia," ha detto Nikolas al ritorno. "Fanno di tutto per convincerci che Kopasis fosse filoturco. Come se un difensore del cristianesimo che tanto ha lottato per la fede potesse diventare musulmano. Voglio vedere che cosa succederà adesso." Non credere che Nikolas sia contrario all'unione con la Grecia, tutt'altro, però la scomparsa di Kopasis è stata un brutto colpo per lui. In una misura che mi sorprende.

Comunque sia, una cosa è certa: d'ora in poi ci toccherà vedere molti cambiamenti. Non dimenticare di scriverci. Nella foto sei un incanto. I baffi ti stanno benissimo. Accludo una fotografia della famiglia, come mi hai chiesto, sempre

la tua affezionata sorella che ti adora

Evridiki

New York, 28 novembre 1912

Mia amata sorella Evridiki,

la tua lettera mi trova in salute e in una fase di sviluppi positivi riguardo agli affari. Pochi giorni fa ho ricevuto anche la lettera della mamma. La condizione di nostro padre mi addolora. Capisco che la mamma vorrebbe che io fossi lì accanto a voi, come lascia intendere nella sua missiva; ma puoi immaginare quali enormi difficoltà comporti un viaggio simile, tanto più in questo momento, quando gli affari richiedono un'assoluta dedizione da parte mia. Per quanto riguarda Aghis, credo che ti preoccupi eccessivamente. D'altra parte, "ognuno ha la sua strada". Complimenti a Dinos per i suoi ottimi voti. Mi auguro che seguiranno il suo esempio anche Kleanthis e la piccola Meropi.

Ti ringrazio per le notizie che hai riportato sull'argomento Kopasis. Apprendo anche la faccenda della rivolta. Sono convinto che il momento dell'unione con la Grecia sia vicino, tuttavia non sono così ottimista riguardo al tornaconto dell'isola. Credimi, in questo momento lo Stato greco deve far fronte a molteplici problemi. I rapporti d'affari che intratteniamo da qui mi permettono di conoscere bene la situazione, e la distanza consente di stimare in modo più obiettivo le reali dimensioni dei fatti, visto che si è affrancati dalla componente affettiva. Ritengo perciò che il regime di semiautonomia di cui gode la nostra isola sia molto più vantaggioso di qualunque unione. In ogni caso, il corso della storia non tiene certo presenti le mie opinioni personali.

Mi mancate tutti molto, in particolare adesso che si avvicina il Natale e ripenso con nostalgia all'atmosfera dell'isola e di casa nostra. Ma quest'anno spero che le feste lontano da voi saranno un po' meno tristi, visto che penso di poter sopportare meglio la sferza della solitudine. Sì, sorellina, ho buone notizie. Ho conosciuto una ragazza giovane, di buona famiglia, con cui ho un'affinità intellettuale; il suo carattere e la sua bellezza mi emozionano quanto quelli di nessun'altra creatura. Ho l'impressione che ci sia un interessamento reciproco. Perciò mi sento felice, e per la prima volta da quando sono arrivato in questo posto penso di poter "mettere radici" e avere una vita felice. Non ne ho fatto cenno alla mamma – del resto sarebbe prematuro – per non darle un dispiacere, perché la ragazza in questione, che si chiama Maureen, è di origine irlandese e ovviamente di religione cattolica. Capisci che questo metterà in agitazione la mamma, la quale penserà: "Addio, abbiamo perso il ragazzo in quella terra lontana, non lo rivedremo più", e come ti ho accennato è ancora presto per azzardare ipotesi. Quindi ti prego di aspettare a parlargliene. Tuttavia la mia felicità è tanto grande che non potevo non comunicarlo a te, amata sorella.

Abbraccio con affetto Nikolas e i tuoi figli,

sempre
il tuo fratello felice
Ioànnis Papachristos

Karlòvasi, 2 febbraio 1913

Caro fratello,

come si suol dire, i guai non arrivano mai soli. Due sventure ci hanno colto l'una dopo l'altra nel giro di quattro giorni. Della prima, la morte di papà, sei già stato infor-

mato dal telegramma che ti ha inviato Nikolas l'altro ieri. Ieri è stato celebrato il funerale e siamo tutti profondamente addolorati, anche se per il povero papà è stato un sollievo, visto che negli ultimi tempi ha sofferto molto. Come potrai immaginare la mamma è a pezzi, e ieri e l'altro ieri sono rimasta con lei tutto il giorno. Oggi l'ho costretta ad andare a dormire poiché erano quarantottore che non chiudeva occhio. La casa è stata invasa da parenti e amici, che erano venuti a vegliare il defunto. Il giorno seguente, dopo il funerale, quasi l'intera cittadina è sfilata dalla nostra casa paterna. Ho avuto paura per la mamma e oggi ho mandato via tutti, l'ho messa a letto e ho lasciato lì solo la zia Parthenopi, per ogni evenienza. Dovevo tornare dai miei a prendermi cura dei ragazzi, che per tutti quei giorni erano rimasti in balìa di loro stessi. Puoi dunque immaginare il mio dolore quando, poco dopo che ero rincasata, è comparsa Marigula in lacrime; strappandosi i capelli e graffiandosi il viso ha annunciato che Polikratis era morto. Incredibile. Un giovanotto del genere, morto! Doveva essere poco più che trentenne: non so esattamente che età avesse ma credo tre o quattro anni più di Marigula.

Capisci in che situazione si trova Marigula: è rimasta sola con due bambini piccoli, il maggiore ha sei anni, l'altro è coetaneo di Meropi, ha soltanto tre anni. Mi ha fatto una pena tremenda, poverina. D'altra parte, certo, era in una situazione grama. Lei non ne parla molto, ma ho saputo da sua sorella Eleni che faceva una vita da martire. Tu non hai visto il peggio, e io non ho avuto occasione di parlartene, ma Polikratis era diventato un ubriacone, ormai inabile al lavoro: alla famiglia procurava soltanto problemi. Comunque è stato proprio il bere a ucciderlo. A quanto ha saputo Marigula, e secondo le informazioni che la polizia ha fornito a Nikolas, Polikratis è rimasto ucciso oggi all'alba quando, ubriaco, è scivolato ed è caduto dal carro, e la ruota posteriore gli ha spezzato il collo. Povera Marigula. A me non era piaciuto fin dall'inizio ma non era compito mio intervenire, visto che la ragazza era sicura e i genitori non avevano avuto niente in contrario. Certo non potevo immaginare come si sarebbe ridotto, perché naturalmente se mi fosse passato per la testa qualcosa del genere mi sarei adoperata in ogni modo per impedire le nozze. Come ti ho accennato, però, le mie perplessità si basavano più sull'istinto che su dati reali, perché anzi, le informazioni che avevo ricevuto allora su di lui erano tutte positive. Ovviamente è ancora presto, ma troverò il modo di occuparmi di Marigula e dei bambini. In ogni caso, un conto è il nostro lutto, un altro la sua situazione. Papà era malato da molto tempo e aveva, come si suol dire, "compiuto i suoi giorni", avendo visto figli e nipoti. Polikratis, fosse quel che fosse, era una persona giovane. Sono troppo turbata per scriverti altro. Inoltre la casa è sottosopra e devo prendermi cura io di tutti.

Ti abbraccio con affetto, fratello, e mi rifarò viva presto.

Tua sorella
Evridiki

Karlòvasi, sabato 2 marzo 1913

Adorato fratello Ghiannis,

da dove comincio a scriverti? Non so davvero da dove cominciare. Sono in casa da sola e il mio primo pensiero è stato quello di mantenere la promessa contenuta nella lettera precedente di rifarmi viva al più presto: promessa che ho disatteso per tutto questo tempo. Per una ragione o per l'altra tutte le volte che mi riproponevo di scriverti sopravveniva qualcosa che me lo impediva. In questo modo è trascorso un mese. Figurati, oltre alle faccende di casa e alla cura della famiglia ho avuto anche il problema della mamma, che non dà affatto segno di riprendersi dalla morte di papà e piange tutti i giorni. L'andare avanti e indietro mi aveva sfinito. Alla fine l'ho convinta a restare da noi, così che io possa prendermi cura di lei. La casa, come sai, è grande, e la mamma si è sistemata benissimo. Il trasloco però è stato un incubo: nemmeno se fosse partita per il Nuovo Mondo come hai fatto tu si sarebbe portata dietro così tante mercanzie. Comunque è passata anche questa. Certo, ormai mi ritrovo qui quasi ogni giorno zia Parthenopi, ma la sua compagnia fa bene alla mamma; del resto, come immaginerai, con tutte le cose di cui io mi devo occupare non riesco a esserle sempre accanto. Inoltre è venuta a stare da noi anche Marigula insieme con i bambini. Nikolas era un po' contrariato, però come sai ha un cuore d'oro e alla fine ha accettato, visto che ormai la signora Mariò è molto invecchiata e non regge il troppo lavoro: così Marigula ha assunto l'incarico di cuoca.

Ed eccomi ora alle tue novità. Con tutte le cose tristi che ti ho dovuto scrivere nella lettera precedente non ho nemmeno commentato le tue belle notizie. Naturalmente non ne ho fatto parola con la mamma: è già abbastanza scossa e hai perfettamente ragione a dire che è un argomento che la agiterebbe. Io però sono molto contenta di quello che mi hai scritto. Non credo al proverbio "mogli e buoi dei paesi tuoi". Dappertutto ci sono brave persone, e qui come altrove ci sono altrettanti farabutti. Certo, è chiaro che quando uno si sposa lontano dal luogo d'origine a poco a poco abbandona le proprie radici, e questo mi addolora perché io non vorrei perderti, fratellino.

Se tuttavia per te la felicità è nelle mani di quella ragazza, e di questo mi sembri convinto, devi seguire la tua felicità. Non aver paura, in ogni caso. Quando sentirai che la situazione sarà matura e vorrai comunicarlo, sono certa che la mamma accetterà la cosa: quale madre infatti non desidera il bene dei propri figli? Quando, a Dio piacendo, avrai anche tu dei figli, ti accorgerai che la loro felicità viene prima di tutto il resto, perfino nel caso in cui questo comporti sofferenza per i genitori. Non c'è dolore più grande per i genitori del vedere il proprio figlio infelice. Quindi ti auguro ogni gioia, fratello: spero che a suo tempo ci sarà possibile conoscere da vicino la tua amata.

Ho lasciato per ultima la notizia più importante. A quanto pare, quella di oggi sarà una giornata campale per questo posto. Come ti ho detto all'inizio della lettera, sono sola a casa. Sono usciti tutti per le strade. Stamattina la gente che era sulla strada litoranea ha visto le sagome grigie delle navi della marina militare greca che facevano rotta verso la capitale dell'isola. La notizia si è sparsa con velocità fulminea e tutti, grandi e piccoli, si sono riversati nelle strade. Nikolas sostiene di aver riconosciuto la corazzata Spetses, *che era già comparsa da queste parti nel 1901. Tutti cercavano di dare una spiegazione all'evento. Il sindaco ha telefonato nella capitale riferendo che la flotta greca si dirigeva da quella parte. Siamo stati informati telefonicamente del fatto che alle dieci del mattino circa l'esercito greco è sbarcato sul molo della capitale.*

Nikolas aveva ragione, era proprio quella la corazzata che aveva visto. Ormai la liberazione formale è avvenuta, come pure è un dato acquisito l'unione con la Grecia. Ricordo i timori che esprimesti nella tua lettera e mi auguro che tu venga smentito. La gioia di tutti è tale che non ho nemmeno intenzione di riferirli a Nikolas, perché sono certa che riderebbe. Devo ammettere, però, che i tuoi argomenti non mancano di logica. Che Dio ci aiuti.

Ti abbraccio con dolcezza e prego per la tua felicità.

Tua sorella
Evridiki

4
Ritorno – La vita nella casa padronale

La vita nella casa padronale era più difficile, ora. Non c'era più un minuto libero. Marigula doveva occuparsi della cucina, della spesa, doveva preparare da mangiare, lavare i piatti, pulire, accudire i bambini. Non aveva un attimo per sé. Si alzava prima dell'alba ed era l'ultima a coricarsi, quando la casa era già sprofondata nel silenzio. Sfinita, si godeva quell'ora tarda di quiete. Tutti dormivano, non si sentiva il minimo rumore, e ciò le donava un senso di libertà. Le sarebbe piaciuto riuscire a stare sveglia un po' più a lungo per assaporare quella sensazione, ma c'erano i mestieri che il giorno dopo l'aspettavano. Non aveva scelta. Non faceva in tempo a posare la testa sul cuscino che sprofondava immediatamente in un sonno privo di sogni, un'oscura assenza. Si svegliava al canto del gallo e si affannava per l'intera giornata. Non aveva nemmeno il tempo per pensare. Questo era un bene.

La signora Mariò non era più in grado di svolgere nessun lavoro. Si era appesantita molto. Riusciva a stento a trascinarsi dalla stanza alla cucina. Si sedeva al tavolo e svolgeva soltanto quei mestieri che le permettevano di stare seduta. Sbucciava le patate, puliva i fagiolini, le cipolle, impastava le polpette. Però anche questo con difficoltà. Non ci vedeva nemmeno più bene. I nipoti non davano segno di volersene occupare. Tanto l'eredità era assicurata, visto che Mariò non aveva altri parenti. Quanto alla signora Evridiki, non le era neanche passato per la testa che Mariò fosse inutile per la casa. A quei tempi nel palazzo avito o ti facevano sposare o ti facevano il funerale: non ti sbattevano in strada. Mariò era una persona di casa, di famiglia. Viveva con loro e con loro sarebbe vissuta per tutto il tempo che fosse rimasta al mondo.

Su Marigula dunque gravava il carico maggiore di lavoro. È vero, c'era anche Eleni, la sua sorella minore. Però Eleni aiutava Marigula soltanto a fare la spesa, e Magdalinì nelle pulizie della casa, visto che il suo compito principale era accudire Kleanthis e Meropi. Insieme a loro accudiva anche i bambini di Marigula. Il grosso, però, l'organizzazione della casa, se lo sobbarcava Marigula. Lei ovviamente non si lamentava. Al contrario. Si faceva il segno della croce al pensiero che tutto fosse andato come ci si poteva solo augurare. Quale soluzione migliore avrebbe potuto trovare, sola con due bambini? Vivere di cucito? I soldi che avrebbe racimolato non le sarebbero bastati nemmeno per il pane. Perciò era riconoscente alla sua madrina, che l'aveva ripresa nella casa padronale e assicurava un tetto e il vitto a lei e ai bambini. Certo, Evridiki era stata chiara: "Non posso pagarti, Marigula," le aveva detto. "È un momento molto difficile. Ci aspettavamo che le cose andassero in un certo modo e invece sono andate in un altro. L'unione dell'isola con la patria ha comportato molti problemi, e la nostra situazione economica non è più tanto florida. Però posso dare un tetto e da mangiare a te e ai bambini." A Marigula quello bastava, ed era anche tanto. Lo sapeva.

Aveva affittato la casetta – non che ricavasse chissà quale cifra, ma sempre abbastanza per mettere piano piano da parte un gruzzoletto – e si era trasferita con i bambini nella dimora padronale. Sì, era proprio grata alla sua madrina. Per tutto quanto. Non era a lei che doveva anche l'immobile di cui era proprietaria e che ora affittava? Le era grata per tutto, e per una cosa sopra le altre: non sarebbe riuscita a vivere da sola dopo la morte di Polikratis. I pensieri l'avrebbero fatta impazzire. Invece nella grande casa, con così tanto lavoro, con tutto quell'andirivieni di gente, non aveva il tempo di pensare, di provare nostalgia, di amareggiarsi, di piangere, di domandarsi dove avesse sbagliato, di accusare sé stessa anche se non aveva colpa, di impazzire. E quando ogni tanto ripensava al passato sceglieva di ricordare i momenti belli; allora il corpo le doleva, doleva per l'assenza del corpo di lui, ma non durava a lungo perché Marigula era sfinita e il sonno la affrancava dal dolore.

Era destino. Le cose belle durano poco. Era rimasta vedova a trent'anni. Però c'è anche di peggio. Guarda Magdalinì, per esempio. Sola, senza nessuno. Almeno Marigula aveva i bambini. E col suo povero marito aveva vissuto anche momenti belli, perché in fondo Polikratis era buono. Maledetta la sorte ingrata dei poveri. Maledetta la vita grama che aveva ridotto così il suo uomo. Ah, magari le cose fossero andate altrimenti. Quando arrivava a quel punto, Marigula cessava di pensare e si metteva di buona lena a fare il bucato.

"Eleni, dove sono la liscivia e le foglie di alloro?" gridava. "Non hai messo le foglie di alloro nell'acqua. Portami acqua. Ho bisogno di altra acqua nel calderone. Su, gettane ancora due secchi."

E strofinava con foga sui panni bianchi il sapone verde che fabbricavano con la morchia dell'olio, con le loro olive, e le lenzuola diventavano candide come neve e si asciugavano al sole guaritore e venivano stirate con il ferro massiccio che Marigula riempiva di tizzoni del camino; poi venivano riposte nei cassetti e in mezzo si infilavano i rametti di lavanda, e quando venivano stese nelle stanze, le stanze splendevano e profumavano, e Marigula, guardandosi le mani tutte arrossate, si sentiva orgogliosa. "È opera mia, questa. Il profumo e il lindore sono usciti dalle mie mani. Ah, magari le cose fossero andate in un altro modo."

"Eleni, non ho acqua per i piatti. Attingila dalla cisterna."

"Attingila tu, ora non posso."

E Marigula si asciugava frettolosamente le mani e immergeva il secchio nella cisterna, che si trovava in fondo alla cucina, dove si raccoglieva l'acqua piovana con cui lavavano i piatti e che andava bene per i capelli: per i capelli non c'era acqua migliore.

Il tempo scorreva. Nikolas Aghisilau era sempre più preoccupato. La situazione si aggravava di giorno in giorno. I privilegi del governatorato erano soltanto un bel ricordo. Lo Stato greco avanzava un sacco di pretese e in cambio non dava niente. "Sembra che ad Atene pensino di aver trovato la vacca grassa che bisogna mungere fino all'ultima goccia." Tasse, tasse e ancora tasse. Per fortuna Nikolas era stato previdente e aveva avviato l'attività del tabacco. E quello che aveva pensato si era rivelato giusto. Nonostante i timori di Evridiki, Ghiorgos si era messo a lavorare sul serio e otteneva ottimi risultati. Addio fantasticherie e idee campate per aria. Il fratello di Nikolas era diventato un imprenditore abile quanto lui, e un commerciante di gran lunga più abile. Ormai gestiva tutto da solo.

Nikolas non si occupava affatto del tabacco. Era tornato a concentrarsi sulla fabbrica, nel tentativo di escogitare un modo per compensare i danni provocati dalla politica dell'insaziabile Stato greco. "Ah, Kopasis," pensava, "se tu vedessi in che guai siamo. Che rovina per questi luoghi. Al diavolo i rivoluzionari."

Chiacchierare con Evridiki era sempre un sollievo per Nikolas, una cura ai suoi dispiaceri, il balsamo che gli permetteva di trovare pace. Parlando con lei esternava le ansie che lo tormentavano e riusciva a calmarsi, ad esaminare i problemi con maggiore lucidità. Ma quello che Evridiki non era più in grado di fare era temperare il pessimismo che piano piano s'impadroniva di lui.

"Amore mio, ma non vedi che ormai siamo dimenticati da Dio? Chi avrebbe detto che sarebbe giunto il momento in cui avremmo rimpianto il governatorato! E invece, eccolo qui. I nostri rivoluzionari vengono osannati 'nel Parlamento dei Greci ad Atene', e qui chi li vede più. Che cos'ha fatto il grande rivoluzionario per la sua terra? Che cosa sta facendo? Siamo stati abbandonati al nostro destino, e si ricordano di noi soltanto quando devono spremerci. Tasse su tasse. Chi sono io? Rothschild? Dove andrà a parare questa situazione? Come potrà crescere la fabbrica? Come farò a tenere gli operai? Per fortuna abbiamo avviato l'attività del tabacco. Ghiorgos fa miracoli. Hai visto, tu che dicevi che non era adatto a questo tipo di lavoro?"

"Avevi ragione, Nikolas. Per quanto riguarda Ghiorgos, intendo. Non me l'aspettavo. Sembrava un'altra persona, con altri interessi. Avevi ragione, mi ero sbagliata io. Quanto al resto, non devi angustiarti, le cose si sistemeranno. Siamo ancora agli inizi e lo Stato non ha fatto una stima delle nostre necessità. La situazione migliorerà, vedrai."

A quest'ultimo particolare Evridiki non credeva. Ripensava anche a quello che il fratello le aveva scritto dall'America riguardo allo Stato greco, e si rendeva conto che i suoi timori si erano rivelati fondati. Dentro di sé non scorgeva nessuna speranza di luce. Anzi, la situazione interna ed estera non lasciava nessun margine di ottimismo. In Europa infuriava la guerra, e presto avrebbe bussato anche alla loro porta.

L'unico evento felice del 1914 era stato il matrimonio

di Ghiannis, un anno dopo la morte del padre. Le nozze però erano state celebrate in America, e a causa della situazione in Europa i due sposini non avevano nemmeno potuto pensare di visitare l'isola. Quindi Evridiki e sua madre conobbero la nuora Maureen – "Ma che nome è!" diceva la madre –, soltanto in fotografia e attraverso le lettere affettuose del fratello, che traboccavano di felicità. In ogni caso, la vedova Papachristu non riusciva a essere contenta.

"Ma che cosa ci ha trovato in una così slavata?" si domandava guardando la fotografia del figlio vestito da sposo con accanto la straniera avvolta nei suoi pepli. "Capirai che bellezza! Qui ci sono ragazze belle da togliere il fiato e lui è andato a prendersi questa smortina!"

"Ti sbagli, mamma, è una ragazza molto bella," diceva Evridiki. "E in ogni caso la bellezza non è fondamentale. Fondamentale è che lui la ami e che lei ami lui."

"Ah, l'amore! L'amore passa e la bellezza svanisce. A parte che bella non è, checché tu ne dica. Ma che bisogno c'era, tesoro, di andarsi a prendere una straniera cattolica? Mogli e buoi dei paesi tuoi. Questo è quello che so io. Come faranno ad andare d'accordo due mondi diversi? Eh? Me lo spieghi?"

"Mammina, possono essere due mondi diversi ma vivono in un mondo ancora diverso, e là dove vivono non esistono 'mondi diversi' perché è una realtà recente, giovane, che li accoglie tutti come figli, e così diventa il loro mondo, e non appartengono più a 'mondi diversi'."

"Uffa, smettila, mi hai mandato in confusione con tutti questi mondi. Io so una sola cosa: che mio figlio l'ho perso. Morirò senza averlo rivisto."

"Non piangere, mammina, lo rivedremo sì il nostro Ghiannis. Appena le cose si sistemeranno, lui e la moglie verranno a trovarci: lo ha scritto chiaramente nell'ultima lettera. Se la situazione fosse stata diversa sarebbero già qui. È colpa della guerra in Europa, che rende pericoloso il viaggio. Certamente non vorresti che tuo figlio corresse dei rischi, no, mamma?"

Era ormai il 1915. Nubi nere avvolgevano la terra e i cuori. In ogni modo, l'estate trascorse serena.

Aghis, che aveva ventun anni, aiutava Nikolas nella fabbrica. Come aveva previsto Evridiki, il figlio maggiore non dimostrava uno zelo particolare però seguiva le disposizioni date dal padre e procedeva.

Dinos, dopo essersi diplomato con il massimo dei voti al liceo di Pithagòrio, si preparava a partire per Atene, dove era già iscritto all'università, alla facoltà di Giurisprudenza. Evridiki non nascondeva il proprio orgoglio.

Quando era stato il suo turno, anche Kleanthis si era iscritto al liceo di Pithagòrio, e a settembre si sarebbe trasferito nel capoluogo. Ciò addolorava molto Evridiki, perché oltre a Dinos avrebbe lasciato la casa anche Kleanthis, e lei lo avrebbe visto soltanto la domenica e in occasione delle feste. Dinos era ormai un giovanotto, ma Kleanthis era il suo bambino. Come faceva a lasciarlo andare lontano?

Per fortuna quando sarebbe venuto il turno di Meropi l'avrebbe avuta vicino, visto che dal settembre di quell'anno la scuola commerciale avrebbe ammesso anche le femmine. Era ora che cadesse quella roccaforte di soli maschi!

Arrivò il settembre del 1915 e la casa si svuotò – o almeno così parve a Evridiki. Ovviamente era una reazione esagerata di madre, come cercava di spiegarle Nikolas.

"Ma come si è svuotata, Evridiki? Che cosa dici! Siamo un intero villaggio qui dentro. Io, tu, tua madre, Aghis, Meropi, per non contare Mariò, Magdalinì, Eleni, Marigula e i bambini. Perché fai così? Dinos sta benone, e Kleanthis lo vedremo la domenica."

Ma Evridiki aveva il cuore pesante. I figli, di cui era

tanto fiera, le mancavano, anche se aveva la consolazione della dolce Meropi, che coccolava e viziava. Però le mancava anche lei, perlomeno la mattina, poiché frequentava la prima elementare. Fino a mezzogiorno Evridiki vagava per le stanze vuote e non riusciva a concentrarsi su niente. Nikolas e Aghis erano al lavoro, i due ragazzi erano lontani, la piccola a scuola. Evridiki aveva l'impressione che tutt'a un tratto la sua vita si fosse svuotata. Teneva compagnia alla madre, scriveva lettere al fratello, faceva visita alla suocera e si intratteneva con il suocero, che decisamente non godeva di buona salute. Era un miracolo che con gli acciacchi che aveva fosse arrivato a quell'età!

Tutto ciò però non bastava a riempire la vita di Evridiki. Le si stringeva il cuore e si sentiva assalire da una paura indefinita. Tentava di parlare a sé stessa con la voce della ragione. Era sempre stata molto razionale, molto pragmatica, e faticava a capacitarsi di quel che le accadeva. Tuttavia, comunque stessero le cose, erano sensazioni che non riusciva a vincere. Non dormiva bene, aveva gli incubi; un'oscura inquietudine l'aveva avviluppata, una mano nera le premeva il cuore.

Quando arrivarono le notizie Evridiki le aspettava, era preparata da tempo. Ormai aveva imparato che i guai vanno sempre in coppia. L'aveva già sperimentato, l'aveva già vissuto. La Grecia non poteva più limitarsi a guardare la Grande Guerra europea. Il coinvolgimento della Bulgaria costrinse il governo di Atene a proclamare la mobilitazione generale. La notizia, benché fosse attesa, benché tutti avessero temuto esattamente quegli sviluppi, esplose come una bomba.

Quella sera Nikolas non parlava ed Evridiki era dello stesso umore. Tuttavia c'erano alcune cose di cui bisognava discutere.

"I ragazzi? Come faremo con i ragazzi? Li arruoleranno nell'esercito?"

"Vedremo, Evridiki. Una soluzione si troverà, non lasceremo la questione così. Di Aghis ho bisogno in fabbrica. Troverò un modo per sistemare la cosa."

"E Dinos?"

"Non lo so ancora. Per Dinos è più difficile. Ma troverò un modo."

"Quale modo? Quale modo? Quello che si deve fare bisogna farlo ora, oggi o domani. Non c'è tempo."

Evridiki era in preda all'angoscia.

"Subito, Nikolas. Subito!"

"Va bene, Evridiki, càlmati. Domattina presto invierò un telegramma al capitano Vanghelis – salpa domani alla volta di Marsiglia-Londra. Gli telegraferò di prendere Dinos con sé."

"Ma cosa stai dicendo, Nikolas? In Europa c'è la guerra. E se affondano la nave?"

"Che cosa vuoi che mi inventi, Evridiki? Preferisci che lo mandino al fronte? Cos'altro posso escogitare? Hai qualche idea da proporre? Almeno così ha una possibilità."

Nikolas agì come aveva dichiarato. Qualche giorno dopo vennero a sapere che Dinos era salpato con il capitano Vanghelis.

Aghis fu esentato dall'arruolamento a causa di un incidente sul lavoro. Non esisteva altra soluzione. Nikolas si fece forza e spiegò al figlio che doveva scegliere tra rompersi una gamba e andare al fronte. Aghis preferì essere storpio ma vivo. Oltre tutto le gambe rotte guariscono. E così subì un "incidente sul lavoro".

Evridiki non riusciva a capacitarsi di tutte le sventure che accadevano, una di seguito all'altra. Come se non bastassero i guai, come se non bastasse il fatto che non ricevevano notizie di Dinos e che avevano in casa Aghis con una gamba rotta, a ottobre si aggiunse la morte di Aghisìlaos Aghisilau.

Nikolas fu a un passo dal crollare. Suo padre era malato da molti anni, tuttavia c'era, era presente. Nikolas si era persuaso che quello fosse lo stato naturale delle cose. Si era quasi convinto di avere un padre immortale. Aveva creduto che sarebbe sempre stato lì a dispensargli consigli quando ne aveva bisogno, quando i consigli di Evridiki non bastavano, quando si sentiva piccolo e immaturo e avvertiva il bisogno di ricorrere alla protezione paterna – benché Nikolas lavorasse da quando aveva venticinque anni, benché fosse perfettamente padrone di sé, benché reggesse le sorti di tante persone. Ora, in un momento davvero critico della sua vita, perdeva quella che riteneva una "costante immutabile": perdeva suo padre, la sua guida, il suo punto di riferimento. Anche se da molti anni ormai il padre non era più in grado di fare nulla. Bastava la sua presenza.

Il giorno del funerale pioveva. Sembrava un Venerdì Santo. Uscirono di chiesa sotto una pioggerellina insistente che penetrava nelle ossa. Un lungo corteo nero di sagome addolorate accompagnava la fine di un'epoca. Tale era il sentimento della maggior parte delle persone. Mentre salivano verso il cimitero – i pope davanti, dietro gli operai della conceria che portavano a spalla il feretro, e dietro ancora la famiglia; tutti vestiti di nero, curvi, afflitti – il rintocco delle campane della chiesa che suonavano a morto si confuse con il suono delle sirene della fabbrica che salutava il suo fondatore.

Rabbrividirono tutti. Poi scese il silenzio. Un silenzio più agghiacciante dei suoni di prima. Le donne morsero i fazzoletti. Non si sentì un grido. Era un funerale strano. Senza gemiti, senza singulti, senza lamentazioni, soltanto un silenzio terribile su cui incombevano nubi plumbee. Teso, con un viso di pietra, Nikolas sorreggeva la madre. Dall'altro braccio la sosteneva Ghiorgos, che sembrava completamente assente. Seguivano Evridiki con la madre e i ragazzi, e dietro le autorità locali: il sindaco, il capo della polizia, il direttore della Porfiriada e della scuola commerciale, i sindaci degli altri paesi, i direttori delle banche; e poi i parenti, il personale di servizio della casa, gli operai della fabbrica con mogli e figli, e la gente – quasi l'intera città. Sembrava che dicessero addio alla loro storia e che provassero un'immensa solitudine.

Solitudine e disperazione li assediavano da ogni parte. Quanti morti dovevano ancora seppellire, e chi sarebbe rimasto a seppellirli? La casa padronale si vestì a lutto. Nikolas propose alla madre di andare a stare da loro. Lei si rifiutò. "Siete già in tanti," disse. "E che ne sarà di Ghiorgos? Resterò a casa mia. Finché riesco e finché resisto rimarrò a casa mia. Se poi Ghiorgos si sposerà, come mi auguro, vedremo."

Nikolas non insistette. Aveva un mare di cose a cui pensare. Prima di tutto la sorte della fabbrica. Insieme con la mobilitazione il governo aveva ordinato anche la requisizione delle bestie. E così erano spariti i cavalli dalla città.

Il problema del trasporto delle merci sembrava insormontabile. I carrettieri trascinavano a mano i carri pieni. Dovevano darsi il cambio in due o tre perché i carri stracolmi arrivassero al porto e le merci fossero imbarcate. E con la mobilitazione le braccia scarseggiavano. Ma non era solo quello. Chi riusciva se ne andava in America, invitato da chi già si trovava là. Quell'anno erano partite molte persone. I trasporti diventavano sempre più cari. E i soldi, dove trovarli?

Nikolas benediceva sé stesso per l'idea che aveva avuto con il tabacco. Ormai era l'unica speranza di tirare avanti. Tuttavia, "guerra madre di tutte le cose". Assieme ai mali della guerra arrivarono anche gli effetti positivi. Lo diceva il suo povero padre allora, durante la guerra turco-russa. Guerra, un'occasione d'oro. E adesso era lo stesso. Guerra. Da un lato prendeva, dall'altro dava. Bastava tenere gli occhi aperti, avere la mente vigile, prevedere le opportunità ancora prima che si presentassero per essere pronti quando arrivavano. E questa volta Nikolas era pronto, come lo era stato allora Aghisìlaos Aghisilau. Ghiorgos aveva svolto un lavoro eccellente. Era venuto il momento di raccoglierne i frutti.

Anni prima, quando Nikolas aveva parlato della sua idea con Evridiki, le aveva spiegato che il tabacco aveva un futuro perché si erano aperti i mercati dell'Europa, dell'Africa e dell'Asia. "Pensa," le aveva detto, "se ci si aprisse il mercato dell'America. Diventeremmo straricchi."

Ed ecco che quel momento era giunto. Con la guerra, gli americani avevano escluso dagli scambi commerciali la Turchia, in quanto Paese nemico degli Alleati. E così addio America per il tabacco di Smirne.

"È di nuovo Sutos che ha fatto il miracolo. Allora ci assicurò l'Egitto, adesso l'America," disse esultante Nikolas al fratello. "Ghiorgos, siamo salvi. La Ligget and Myers Tobacco Company acquisterà tutto il tabacco dell'isola. Capisci? Tutto. Tutte le scorte che abbiamo e anche di più. Adesso il governo imponga pure quante tasse gli pare e ci facciano la concorrenza che vogliono, i signori greci di Atene. Può darsi che le nostre sigarette non siano richieste come prima dell'unione con la Grecia, ma il tabacco lo venderemo fino all'ultima foglia. Così riuscirò a salvare anche la fabbrica, perché non ti nascondo che la situazione è quasi disperata, soprattutto per quanto riguarda i trasporti."

Le cose andavano ora bene ora male. Appena ci si lasciava prendere dalla contentezza arrivavano pessime notizie, poi invece tutto pareva sistemarsi. Ah, che vita grama! Non si può mai stare tranquilli. Prima che si abbia il tempo di dire: "Sia ringraziato il cielo", bisogna dire di nuovo: "Madonna aiutami". Le sventure arrivavano in coppia, ma anche le gioie con i dolori. Qual è il limite della sopportazione per un essere umano? C'è da sperare che non gli venga richiesto di resistere più che può! Signore Onnipotente, soccorrici. E tu, Maria Vergine nostra, intercedi per noi. E tu, San Stilianos, proteggi i nostri bambini: che abbiano un sonno sereno, devono crescere ed essere molto più felici di noi. Devono diventare migliori di noi, come diceva la buonanima del padre di Marigula. Devono trovare giustizia e vivere da uomini. Noi... noi, lasciaci perdere. Quel che è stato è stato.

Settembre 1916. La prima lettera di Dinos. Evridiki la lesse e la rilesse; poi la lesse a Nikolas, alla madre, ai ragazzi, alle persone di servizio, alle amiche, alla suocera, a Ghiorgos. Non aveva più bisogno di leggerla. L'aveva imparata a memoria. Parola per parola, compresi i punti e le virgole. Dinos stava bene. "Grazie a Dio." Era arrivato a Londra, e da lì a Parigi. Ovviamente queste informazioni Evridiki le aveva già avute. Gliele aveva telegrafate la zia Evridiki, sua omonima. In Inghilterra il ragazzo aveva trovato rifugio da lei.

La zia Evridiki, a suo tempo molto bella, sposatasi con un diplomatico inglese che aveva conosciuto a Smirne, si era stabilita definitivamente in Inghilterra quando il marito era andato in pensione.

Evridiki aveva avuto notizie del figlio dalla signora Evridiki Browning, ma era ormai un anno che non comunicava direttamente con lui. Nella sua lettera Dinos le domandò perché non avesse mai risposto alle missive precedenti. Ma quali? Lei non aveva ricevuto nulla. Era andata ancora bene che le fosse pervenuta quella, con la guerra che infuriava.

"Il mio bambino, il mio bambino, il mio bambino adorato. Chiede di tutti. Ah, il mio tesoro, proseguirà gli studi a Parigi. Nikolas, devi trovare il modo di mandargli dei soldi."

"D'accordo, Evridiki, non devi preoccuparti, provvederò."

"Come?"

"Attraverso il nostro rappresentante a Bruxelles. Ti ho detto di non preoccuparti."

Ma era impossibile non preoccuparsi! Pochi giorni dopo appresero che l'esercito tedesco-bulgaro aveva invaso Kavala. La loro isola aveva aderito al Movimento di difesa nazionale di Venizelos.

"Madonna mia, che cosa ci aspetta? Che cosa ci toccherà vedere, ancora?"

Che cosa? Tragedie nel mondo, tragedie anche nel quartiere. Dov'eri, San Stilianos, quando avevamo bisogno di te?

Venerdì 9 marzo 1917 Meropi tornò a casa in lacrime, sconvolta.

"Cosa c'è, piccolina mia? Che cosa ti è successo? Ti ha sgridato la maestra?"

"Mamma, mammina," Meropi piangeva a dirotto.

"Cosa c'è, cuoricino? Dimmi."

Evridiki la strinse tra le braccia. No, non l'aveva sgridata la maestra. La bambina non avrebbe reagito così.

"Cos'è successo, amore? Non preoccuparti, vedrai che si sistemerà tutto."

"Non si sistemerà niente, mammina," singhiozzava Meropi.

Evridiki cominciò a preoccuparsi. Se la bambina non si calma starà male.

"Eleni," gridò, "porta un asciugamano bagnato."

Eleni arrivò di corsa, Evridiki asciugò il viso della bambina, le sistemò il panno sulla fronte.

"Non sa niente, signora? Anch'io l'ho appena saputo."

"Che cosa dovrei sapere? Insomma, parlate, mi farete diventare matta! Che cos'è successo?"

"Mammina, è morto Ghiannis."

"Ghiannis? Quale Ghiannis?"

"Il mio compagno di scuola, Ghiannis Frangandonakis, quello che abitava a Ormòs. Giocavamo insieme tutti i pomeriggi..." E Meropi scoppiò di nuovo in singhiozzi. Evridiki la strinse tra le braccia e prese a cullarla come un neonato. Poi la portò nella sua stanza. La svestì, la mise a letto, agitò il campanello e chiese a Eleni di preparare un bicchiere di latte caldo per la bambina. Versò nel latte due gocce da una fialetta e lo porse a Meropi da bere.

Poco dopo gli occhietti dalle ciglia umide cominciarono ad appesantirsi. La piccola Meropi sprofondò in un sonno tranquillo. La madre si alzò, tirò le tende e uscì dalla stanza.

"Che cosa è stato, Eleni? Che cos'è successo al bambino?"

"Una disgrazia, signora."

"Che disgrazia?"

"Ecco, a quanto ho sentito dal fruttivendolo, stamattina il piccolo stava giocando sui binari del tram. Forse si era incamminato verso la scuola con un po' di anticipo e aveva del tempo libero. Era sui binari. Ora, che cosa sia accaduto di preciso non me l'hanno saputo dire. Che l'autista l'abbia visto ma pensando che si sarebbe spostato non ha fermato il mezzo? O forse non l'ha visto? O che non sia riuscito a fermare i cavalli? Nessuno lo sa esattamente. Il tram ha investito il piccolino e le ruote gli sono passate sopra mozzandogli la gamba destra. Lo hanno trasportato a casa quasi privo di sensi e, a quanto ho saputo, è morto poche ore dopo di emorragia: sembra che non siano riusciti a fermare il sangue, che sgorgava come da un rubinetto."

"Va bene, Eleni, va bene. Basta così, non voglio altri particolari. E sta' attenta a non fare discorsi del genere davanti a Meropi. Come hai visto, è completamente sconvolta. Che non venga a sapere altro, per favore. Voglio che di questo argomento non si parli nemmeno in futuro."

"Certo, signora."

"E ora dimmi che cosa sai della famiglia del bambino. Ha fratelli?"

"Sì, due più piccoli. Una femmina di cinque anni e un maschio di tre."

"Va bene, Eleni, grazie."

La sera, Evridiki si fece promettere da Nikolas che avrebbe dato alla famiglia un aiuto economico significativo.

"Per le spese del funerale, Nikolas. Sono persone povere."

"Non angustiarti, Evridiki, sono poveri ma orgogliosi. Lo conosco bene Frangandonakis, lavora per me. Gli assegnerò un posto migliore e gli aumenterò lo stipendio. Non ti preoccupare."

"D'accordo, Nikolas, sai tu come comportarti."

Arrivò l'estate. Kleanthis tornò da Vathì per le vacanze e rese la casa più bella. Evridiki riceveva regolarmente lettere dal fratello e dal figlio. Le notizie erano buone.

Il fratello scriveva che alla famiglia si era aggiunto un piccolo Kostandinos "identico a nostro padre. Avevo proposto a Maureen di chiamarlo Dinos, come il tuo, ma lei non vuole. Dice che lo chiameremo Konstantine perché è un piccolo imperatore! Comincio a essere geloso dell'imperatore, perché mia moglie si occupa soltanto di lui".

Così la madre smise di lagnarsi, lei che sosteneva che

la straniera fosse anche sterile, oltre che di una religione diversa; e più il tempo passava e nelle lettere non si faceva cenno a nessuna gravidanza, più lei s'infiammava:

"Ah, lo dicevo io, che bisogno aveva di scegliere una straniera? Finirà che da mio figlio non vedrò nemmeno un nipotino. Il ramo dei Papachristos si estinguerà con lui".

Dinos da parte sua scriveva che progrediva negli studi e che si occupava anche di arte. Quest'ultimo particolare non piacque al padre.

"Ma quale arte? Mi auguro che non abbandonerà la facoltà di Giurisprudenza per diventare pittore. Che non bivaccherà giorno e notte sui gradini di Montmartre. Che cosa intende per arte, insomma?"

"Ma no, Nikolas, non scaldarti, non diventerà pittore. A quanto dice è membro di una compagnia teatrale."

"Ah, bella consolazione! Un teatrante, quindi? Proprio quello che ci mancava! Raccomandagli di darsi una regolata e di terminare gli studi, che sennò termineranno i soldi. Gli scriverò io due paroline."

L'estate trascorse velocemente. Ormai era autunno inoltrato e i ragazzi andavano a scuola. La casa si era di nuovo semi svuotata e il lavoro di Marigula si era ridotto. Comunque era destinato a tornare ad aumentare, perché Eleni si era fidanzata, e dopo le nozze si sarebbe trasferita nella propria casa. Anzi, se ne sarebbe andata anche dalla città perché il promesso sposo era un contadino e lei lo avrebbe seguito al paese.

"Ci hai riflettuto bene?" le domandò Marigula. "In tutti questi anni ti sei abituata a un'altra vita. Te la caverai? La vita al villaggio è dura. L'hai disimparata. Come farai ad aiutare tuo marito nei campi? Ci hai pensato?"

"Ci ho pensato e ho deciso. Fotis è un bravo ragazzo e io non ho paura di lavorare. E a dirti la verità, in tutti questi anni il villaggio mi è mancato. Non mi importa di zappare e infilare tabacco. Qui dentro a volte mi sento soffocare."

"Allora tanti auguri," le disse distrattamente Marigula mentre considerava le proprie vicende.

Se Eleni aveva deciso così, nessuno le avrebbe fatto cambiare idea.

Le nozze si sarebbero celebrate la primavera successiva.

Marigula dunque si mise di buona lena ad aiutare a ricamare la dote; per quanto poteva, naturalmente, visto che il tempo era poco. Eleni voleva stupire lo sposo e il suo parentado.

Dicembre fu più freddo che mai. Per gli abitanti della città la situazione era molto critica. Furono requisiti anche gli ultimi cavalli e la gente cominciò ad andare in giro a piedi.

"Ma sì, come ai vecchi tempi," dicevano i più anziani. "Con il tram ci avete viziato i giovani."

Il governo Venizelos era al potere e la Grecia era ormai completamente coinvolta nella guerra a fianco degli Alleati. Migliaia di volontari e di precettati lasciavano l'isola alla volta del fronte macedone. Tra loro ci fu anche Ghiorgos.

La famiglia piombò nella disperazione. Gli si scagliarono tutti contro cercando di dissuaderlo. Ma non c'era più tempo. Arrivavano tardi. Ghiorgos aveva comunicato la sua decisione all'ultimo momento.

"Non insistete. Non posso starmene qui a guardare mentre la patria è in pericolo."

"Ma quale pericolo! Sei matto? Che cosa ha fatto per noi la patria? Ci ha riempiti di tasse! Siamo in una situazione disperata da quando c'è l'unione! Abbiamo perso gli uomini e il lavoro! Proprio noi che stiamo lottando disperatamente perché le nostre attività non vadano a rotoli," gli diceva Nikolas.

Gli parlava, ma figurarsi se il fratello gli dava retta!

"La mia decisione è irrevocabile: non insistere, fratello. Se adesso non compio il mio dovere mi vergognerò per il resto della mia vita."

"Certo che ti devi vergognare. Ti devi vergognare di piantarmi in asso proprio ora che ho bisogno di te più di prima. Ora che lotto con le unghie e con i denti per tenere in piedi la fabbrica, e che andiamo avanti unicamente grazie al tabacco. Adesso mi molli! E io che cosa faccio?"

"Fratello, tu non hai bisogno di me. In questi lavori tu sei più bravo. D'altronde anche l'attività del tabacco l'hai messa in piedi tu. Io l'ho semplicemente gestita. Andrà tutto bene, vedrai."

"Ghiorgos, cerca di rinsavire. Pensa a tutti noi! Pensa alla mamma. La tua decisione la ucciderà. Non basta la perdita di papà, adesso dovrà affrontare anche questa. Abbi compassione di noi e ragiona da persona assennata."

"È quello che faccio, per questo sono costretto a respingere le tue obiezioni. Non mi sarà più possibile nutrire stima per me stesso se metto la mia piccola vita al di sopra del mio credo. Vuoi che tuo fratello provi orrore per sé stesso? È questo che vuoi?"

Evridiki ascoltava in silenzio. Era d'accordo con il marito, ma capiva anche il punto di vista di Ghiorgos. Dentro di sé l'aveva sempre saputo. L'aveva detto a Nikolas, anni addietro. Suo fratello era un idealista, un sognatore, un romantico, non era tagliato per gli affari. Certo, il percorso di Ghiorgos nel lavoro l'aveva smentita. Ma adesso il suo atteggiamento confermava le antiche impressioni. D'altra parte era per quello che voleva così tanto bene al fratello di suo marito: perché le dava l'impressione di essere un bambino piccolo e ingenuo.

Mentre discutevano si aprì la porta ed entrò la madre. Evridiki non aveva mai visto la suocera in quelle condizioni. Sempre così curata, discreta e modesta, lei che aveva sempre vissuto all'ombra del marito, all'ombra del figlio maggiore ma anche di quello minore, irruppe nel salone come una folle. Scarmigliata, con un giacchino nero indossato sopra la vestaglia da casa, con l'aspetto di una furia e gli occhi che mandavano bagliori.

"Dimmi che non è vero."

Afferrò Ghiorgos per il risvolto della giacca e cominciò a scuoterlo. Dove trovava quella forza, una vecchina così minuta? Evridiki non credeva ai suoi occhi. Nelle mani della madre Ghiorgos oscillava avanti e indietro come una foglia al vento.

"Dimmi che non è vero."

L'anziana signora cacciò un urlo strano, insieme stridulo e grave, che somigliava a un grido e a un gemito contemporaneamente.

Evridiki ebbe paura. Essendo anche lei madre, capiva la disperazione della suocera. Rimase a guardare pietrificata. Le parve che la suocera fosse diventata tre volte più alta: un colosso, una menade.

"Non parli, eh? Allora è vero!"

Un gemito nella voce e la menade si accasciò, divenne un gomitolo.

Nikolas riuscì ad afferrarla nell'istante in cui cadeva all'indietro emettendo un lamento che sembrava il pianto di un bambino o di un gattino che cerca la mamma.

Evridiki si precipitò sulla suocera.

"Eleni, Eleni, un asciugamano umido," urlò. "E i sali."

Ghiorgos, pallido come un cencio, rimase immobile. Nikolas era anche lui impietrito. "Se succede qualcosa alla mamma non glielo perdonerò mai," pensò mentre osservava i gesti della moglie che strofinava con la salvietta umida le tempie di sua madre e le faceva passare i sali sotto il naso.

Dalle labbra di Maria Aghisilau proveniva un suono acuto. Non era un pianto. Somigliava al suono che modulano le madri per far addormentare i figli: “Iii! Iii! Iii!”.

Ghiorgos le si avvicinò e si inginocchiò. Le strinse la mano.

“Perdonami, mamma,” le disse. “Non posso agire altrimenti.”

Si portò la mano alle labbra, si alzò, si voltò e uscì dalla stanza. La vecchina si voltò verso la porta.

“Buona fortuna, Lako,” sussurrò.

Poi una contrazione le storse la bocca e il viso divenne una maschera.

Nikolas, ancora sbigottito, si accorse che la madre si era rivolta a Ghiorgos proprio come si rivolgeva al marito nei momenti di tenerezza: “Lako”.

Due ore più tardi, con tre cambi di vestiti, Ghiorgos si imbarcava. Non salutò nessuno. Mentre la nave si allontanava, si congedò dall'isola con gli occhi gonfi di lacrime inchiodati all'enorme massa della montagna:

“Lo faccio per te, Kerkis. Perché tu sia fiero e greco come sei stato per tanti secoli. Per te, adorato, e per me, che Dio mi perdoni”.

Nikolas non ebbe nemmeno il tempo di chiedersi una seconda volta se sarebbe riuscito a perdonare il fratello per quello che aveva causato alla madre.

Due mesi più tardi, nel fango di quel terribile inverno in cui per tutto gennaio e febbraio la pioggia non era cessata un attimo e la gente sprofondava nella mota fino alle ginocchia per passare da un marciapiedi all'altro, il postino bussò alla porta della casa avita. Alla porta principale.

“Telegramma per il signor Aghisilau,” disse a Magdalinì che lo guardava sorpresa da tanto ardire.

Poi vide la banda nera stampata in diagonale sulla busta, e le si gelò il sangue.

“Signore, signore,” gridò, e dalla sua voce Nikolas capì.

Con dolore vi comunichiamo che durante aspri combattimenti sui monti della Macedonia, Ghiorgos Aghisilau, figlio di Aghisìlaos, è caduto combattendo valorosamente per la Patria. Riconoscente, Essa partecipa al dolore dei famigliari.

Nikolas accartocciò il telegramma, si sedette su una poltrona, si strinse la testa tra le mani e cominciò a dondolarsi avanti e indietro.

“No,” disse piano. “No,” gridò più forte. “No,” ripeté balzando in piedi di scatto, picchiando il pugno sul tavolo e facendo sobbalzare gli argenti e le porcellane. “No,” urlò prendendo a pugni il muro, e la casa intera si contrasse.

Maria Aghisilau non versò nemmeno una lacrima. Sdraiata a letto, emetteva un unico suono: “Iii! Iii! Iii!”. Non si era mai più ripresa dall'attacco che l'aveva colpita il giorno della partenza di Ghiorgos. Dio ebbe pietà di lei e le risparmiò il dolore della morte del figlio. Viveva in una dimensione ignota agli altri, cullava i suoi bambini con un'ombra di sorriso sulle labbra, e sul viso aveva una smorfia perenne che terrorizzava tutti, soprattutto la nipotina Meropi, che evitava di entrare nella stanza della nonna.

Le lacrime che per Ghiorgos non versò sua madre le versò Evridiki. I tredici anni che li separavano facevano sì che lei lo considerasse un po' come un fratello minore. Il suo candore invece, la sua natura romantica e l'innocenza suscitavano in lei un sentimento quasi materno, come se dovesse proteggerlo, come se fosse stato il maggiore dei suoi figli. E lo pianse come una madre. Lo celebrò, lo pianse, sciolse per lui il lamento dei morti.

Ghiorgos se ne andò senza nozze. Ma non se ne andò certo illacrimato.

5
Altri percorsi – Diari – Scoperte

Nell'estate del 1963 si incontreranno sull'isola, nella città che ebbe un passato tanto glorioso e che ora cade in rovina sferzata dalla salsedine e arsa dal sole cocente, due ragazze che fino ad allora ignoravano l'una l'esistenza dell'altra. Vengono da luoghi diversi. Hanno percorso strade diverse. Cercano cose diverse. La sorte le unisce. Loro non lo sanno. Arriveranno a conoscersi attraverso le loro azioni.

Nel giugno del 1963 Maraia Pachrist affronterà per la prima volta da sola il viaggio New York-Atene. I giorni che trascorrerà ad Atene saranno densi di avvenimenti. Maraia però non si accorgerà di niente.

In ogni caso, la situazione le è del tutto ignota. Non ha mai sentito il nome di Gozamanis, e i precedenti contatti di costui con la polizia la lasciano completamente indifferente. La lascia altresì indifferente il fatto che siano stati messi a disposizione del ministero altissimi ufficiali della gendarmeria di Salonicco per la vicenda Lambrakis.*

* Grigoris Lambrakis, deputato della Sinistra democratica unita, fu assassinato da due sicari il 22 maggio 1963, a Salonicco, mentre si recava a una dimostrazione pacifica.

Meri Aghisilau, che è maggiore di età, bene o male seguirà le vicende, poiché ha rapporti più stretti con il Paese; ma senza lasciarsi coinvolgere. L'impressione che l'assassinio di Lambrakis le susciterà è quella di trovarsi in un Paese barbaro, dove i rappresentanti del popolo vengono uccisi perché danno fastidio con le loro parole e le loro azioni. Niente del genere potrebbe mai accadere a un membro della Camera dei Comuni.

I funerali di Lambrakis le daranno l'idea che in questo posto le persone sono molto passionali e vivono tutto – anche l'amarezza e il dolore e l'ingiustizia e la voglia di lottare – con la massima intensità.

In aprile, due mesi prima che Maraia arrivasse in Grecia, Meri Aghisilau aveva varcato la soglia dell'appartamento di suo zio Dinos ad Atene. Nella valigia aveva un vecchio diario rilegato in pelle, consunto, con incise in oro sulla copertina, tutte scolorite, le iniziali: KL. N. A.

Suo padre, Kleanthis Aghisilau, era morto pochi mesi prima, nel gennaio 1963, a Londra, dove i due si erano stabiliti dopo aver lasciato la Rhodesia. Non aveva nemmeno compiuto i sessant'anni.

Meri, essendo rimasta sola e sentendo che la solitudine la opprimeva in modo insopportabile, decise allora di compiere un viaggio in Grecia per incontrare gli zii: lo zio Dinos, che aveva visto soltanto una volta durante un viaggio ad Atene, e lo zio Aghis con i suoi figli, che non aveva mai conosciuto. La sorella minore di suo padre, la zia Meropi, era morta nel 1959, dopo un terribile incidente in seguito al quale era rimasta paralizzata per quattro anni.

Meri ricordava il padre che piangeva come un bambino mentre stringeva tra le dita la fotografia di una ragazza molto carina, dall'aria timida e con grandi fiocchi tra i capelli. Quella ragazzina era la zia Meropi, che Meri non aveva mai conosciuto.

Prima di tornare nella terra natale di suo padre, Meri lesse il diario che aveva scovato tra i volumi rilegati in pelle nella grande libreria di casa, e che in passato non aveva mai visto. La lettura rafforzò la sua decisione di compiere il viaggio.

DIARIO DI KL. N. A.

20.5.1918

Non ho voglia di tornare a casa. Mi piace qui. Non ho pensieri. Mi piace la scuola. La nostra casa odora di morte. Un tempo era diverso. La mamma era contenta, sorridente. Papà lo stesso. Ero felice di stare a casa. Ascoltavo i grandi che parlavano. Quando avevamo ospiti mi piaceva osservare, seduto in cima alla scala insieme con Dinos, le signore in abito da sera con i gioielli che luccicavano, i cristalli scintillanti del lampadario, mentre alle narici mi arrivavano i profumi dalla cucina. Mi piaceva la musica. Mi piaceva vedere i grandi ballare. La mamma veniva a rimproverarci, ma per finta. "Voi cosa ci fate qui? Non siete ancora a letto? Andate a lavarvi, mettetevi il pigiama e filate a dormire." Aghis era fortunato. Poteva stare con i grandi, e invece quello sciocco diceva che si annoiava perché i discorsi dei grandi erano noiosi e lui avrebbe preferito essere nel suo letto – che stupido! La mamma era bellissima. Era splendida. Splendeva più dei diamanti del meraviglioso bracciale che indossava quando avevamo ospiti. Era il suo preferito perché papà glielo aveva regalato senza una ragione precisa, diceva. Questo mi è incomprensibile. Non l'ho mai capito. Perché amare di più un dono che ricevi senza ragione piuttosto che uno che ricevi per il compleanno? Una volta l'ho domandato alla mamma, e lei mi ha risposto: "Quando sarai grande capirai". I grandi dicono sempre così. Tutti i grandi. Perché non me lo spieghi adesso, che sono piccolo, e non mi aiuti capire? Perché devo aspettare di essere grande? Nemmeno questo lo capisco. Però ho cominciato a pensare che i grandi lo dicano quando non sanno spiegare qualcosa. In effetti credo che se fossero capaci lo farebbero, ti darebbero spiegazioni. Vogliono semplicemente apparire molto saggi. Assumono un'aria misteriosa, e poi ti dicono: "Sei piccolo. Quando crescerai capirai". Ma quale ragione aveva la mamma di dirmi così? Lei mi spiegava sempre tutto. Adesso invece non parla. Piange spesso. Ecco perché non ho voglia di tornare a casa. Papà è sempre accigliato e Meropi, da quando è morto il suo amico Ghiannakis, ride raramente. Per questo non ho voglia di tornare. Quanto ad Aghis... lasciamo perdere Aghis. Si annoia sempre. Dinos è lontano. Papà è scuro in viso, la mamma piange, Meropi non ride più, e tutti gli altri stanno morendo. È morto il nonno Kostandinos, è morto Polikratis marito di Marigula, è morto il nonno Aghisìlaos, è morto lo zio Ghiorgos, è morta la nonna Maria, è morta la signora Mariò. Ho dimenticato qualcuno? Ah, sì, Ghiannakis, l'amico di Meropi. Magdalinì è sempre vestita a lutto. La nonna Meropi è vestita a lutto, la mamma è vestita a lutto. Abbiamo celebrato una Pasqua in lutto. Non voglio tornare. Ho paura. Ho paura di morire. Ho paura che muoia qualcuno. Però le vacanze si avvicinano e devo partire. Magari succedesse qualcosa che riportasse tutto come ai vecchi tempi.

18.9.1918

La scuola è ricominciata ed eccomi nella mia stanza. Quest'anno abbiamo molte materie e dovrò studiare di più. Comunque ho preso una decisione. Di ritorno dalle vacanze ho letto le pagine che avevo scritto a maggio e ho capito quello che aveva detto il nonno Aghisìlaos quando ci aveva regalato i diari. Allora non mi era chiaro. Ne aveva dato uno a ciascuno di noi. Ad Aghis, a Dinos, a me, e perfino a Meropi, che era piccolissima. Il diario mi piacque molto, lucido e rilegato in pelle, con le iniziali in oro: KL. N. A. Il nonno era solito chiamare Aghis Aghisìlaos e Dinos Kostandinos, e dal momento che avevamo le stesse iniziali sul suo diario c'era K. N. A., sul mio KL. N. A. Mi piacque dunque il mio diario, ma allora mi parve completamente inutile. Che cosa me ne facevo? "Che cosa ce ne facciamo dei diari, nonno?" domandò Dinos. "Almeno fossero calendari con le filastrocche!" scherzò. Il nonno non diede peso alla battuta. "Scriverete per non dimenticare," disse molto serio, e ci baciò tutti e tre sulla fronte. Ora che ho riletto quello che avevo scritto a maggio ho compreso le parole del nonno. E adesso che il nonno è morto, credo che il diario fosse il suo testamento per noi. Per questo motivo ci baciò sulla fronte, per renderlo ufficiale. Il bacio fu un sigillo, in un certo senso. Ho deciso, dunque, che seguirò l'esortazione del nonno e che scriverò sul diario quanto più spesso riuscirò, per non dimenticare. Perché ho dimenticato. Che cosa ho dimenticato? La morte. Ho dimenticato tutto quello che ho scritto a maggio, e solo ora, rileggendo, mi sono ricordato. Non so se sia un bene o un male, ma non mi piace aver dimenticato, e sono contento di aver trovato tutto racchiuso qui dentro – tutti i miei pensieri della primavera.

12.10.1918

Il tempo stringe. Devo essere promosso con ottimi voti. Non soltanto per me, ma soprattutto per la mamma. È l'unica gioia che le posso offrire. Quindi temo che non avrò tempo di scrivere sul diario tanto spesso quanto vorrei. Ora scrivo per risolvere una pendenza. "Perché ho dimenticato la morte?" Perché sono immaturo ed egoista. Mi vergogno. A casa tutti sono in lutto, invece io quest'estate mi sono divertito tanto! Ci penso e mi sembra inconcepibile. E tuttavia credo che anche questo sia stato grazie alla mamma. Ora che ci rifletto, penso che l'intero programma di svago l'abbia diretto lei. E sia. L'estate appena trascorsa è tra le più belle che io abbia vissuto.

I primi giorni erano stati cupi. La mamma però sorrideva tutte le volte che mi vedeva. Mi scompigliava i capelli e diceva: "Tesoro, tu sei la mia consolazione". Adoro la mamma. Credo che nessuno abbia la fortuna di avere una madre come la nostra.

Il divertimento è cominciato con le nozze di Eleni. Si sarebbero dovute celebrare in primavera, ma con la morte dello zio Ghiorgos e quelle della nonna Maria e della signora Mariò che sono seguite, sono state rimandate all'estate. Papà, mamma e Aghis non sono venuti a causa del lutto. Nemmeno io volevo andare. La mamma però ha insistito. Io e Meropi siamo partiti con Marigula e i suoi figli. Meropi si era ripresa. È molto amica di Ghiannis, il figlio minore di Marigula, del quale è coetanea, e credo che i loro giochi l'aiutino a dimenticare il suo amico Ghiannakis che è morto.

Al paese, i parenti dello sposo ci hanno trattato come principini. La madre di Fotis continuava a dire: "Di cosa avete bisogno, di cosa non avete bisogno, ragazzi". E le nozze! Un matrimonio così non l'avevo mai visto! Come aveva ragione il nonno! Questi eventi non si devono dimenticare!

La sposa l'hanno agghindata a casa di una zia dello sposo. Noi maschi non eravamo là. Eravamo a casa dello sposo. Dovevi vedere che roba!

Gli infilavano le brache e cantavano. Gli facevano indossare la camicia e cantavano. Gli mettevano il gilè ricamato e il fez, e giù a cantare. Lo hanno fatto sedere su una sedia, in cortile, ed è arrivato il barbiere a rasarlo. Mentre quello radeva, gli strumenti suonavano, e quando si interrompevano la madre attaccava:

Ti affido il mio aquilotto, dolce mia colomba,
onoralo e amalo, e non tener lontana
la madre che l'ha partorito e che a te lo affida,
perché ti sbraneranno le belve della terra.

"Oh, esageri, signora Grammatikì," si levavano le voci tutt'intorno, e gli strumenti riattaccavano, e la signora Grammatikì cambiava solfa:

L'aquilotto che ho cresciuto lo perdo in un sol giorno,
ma è un giorno assai felice, perché la sua colomba
è dolce e trepidante e lo vezzeggerà,
amerà la sua mamma, non le darà tormenti.

"Brava, signora Grammatikì, ora va bene," gridavano ridendo.

Mio figlio, mio tesoro, alto slanciato e bello,
tu sai che cosa voglio, cosa da te mi aspetto,
nipoti sul mio grembo a cui contare fiabe
prima che chiuda gli occhi e vada via felice.

"Li vedrai, li vedrai i nipotini, signora Grammatikì, ne hai davanti di anni per far diventare matta tua nuora," ridevano e scherzavano i presenti.

Appena lo sposo fu sbarbato, noi corremmo in massa a vedere la sposa che arrivava. Erano partiti dalla casa della zia: davanti le zampogne, il *sanduri* e i violini, un gran chiasso; dietro veniva il mulo su cui sedeva la sposa, ornata con monete e piastre dalla testa ai piedi; poco discosti seguivano i muli carichi della dote – coperte, stoffe ricamate, lenzuola, stoviglie di rame che luccicavano e pentolame che sbatacchiava, *grin*, *gron*, *glok* –, mentre noi dietro saltavamo e cantavamo:

Stasera è festa grande, si celebran le nozze,
stasera il padre lascia la figlia sua adorata.
Si celebran le nozze, si fa la serenata,
anche la madre lascia la sua adorata figlia.

E arrivammo dallo sposo, che ci aspettava con le brache, le scarpette, il gilè ricamato e il fez, e andammo in chiesa, dove furono celebrate le nozze.

E dopo, che festa! L'intero paese era in piazza. Le donne portavano teglie con carne e patate al forno. Il profumo si diffondeva ovunque. Gli strumenti suonavano. Tutto il paese si levò a ballare – e noi con loro.

Ballano sposa e sposo, balla anche il testimone,
ballano i consuoceri, splendido è il matrimonio.
Felicità, mio sposo, che tu viva mille anni,
fa' felice la sposa che assieme ti affidammo.
Felicità a te, sposo, gioia ai tuoi discendenti,
la colomba dell'isola, la bella hai fatto tua.
Racconta, testimone, che con mani delicate
unisti i due colombi con la corona in capo.

Al mattino il sole si levò che la gente stava ancora ballando. Meropi si era addormentata sulla sedia. Allora Marigula ci portò a letto. Non so quanto tempo abbiamo dormito. Che festa! Non mi ero mai divertito tanto in vita mia!

2.11.1918

È arrivato l'inverno e non ho ancora finito di raccontare gli eventi dell'estate. Ritorno indietro, dunque, per non dimenticare. Con i compiti, le lezioni, gli esami prima delle feste natalizie, i mesi estivi sembrano ormai molto lontani. Però sono stati magnifici. La mamma ha fatto tutto quello che poteva perché ci svagassimo. In sostanza ha affrancato Marigula dai suoi impegni. "Siamo rimasti in pochi, ce la caveremo con qualche piatto veloce," ha detto, e per quasi tutta l'estate Marigula ci ha portato ogni mattina a fare il bagno, e il pomeriggio andavamo quasi sempre a gustare il nostro dolce preferito a Pefkakia, dove dall'estate scorsa hanno aperto un bellissimo centro ricreativo. Tutto il bel mondo si riunisce lì, ma soprattutto le ragazze, perché i maschi, come si dice, sono un "genere che scarseggia".

"Con l'arruolamento e l'emigrazione, per ogni maschio ci sono ben sette femmine," diceva Aghis al colmo della felicità. "Proprio per questa ragione non mi sposerò mai, perché sarebbe ingiusto nei confronti del bel sesso che io rendessi felice una sola donna e infelici le altre sei." Se lo sentisse la mamma starebbe fresco! È un uomo di ventiquattro anni e non c'è verso che metta la testa a posto. Ma Aghis è fatto così, che cosa vuoi aspettarti?

In ogni modo noi ce la passavamo bene, anche se la sera ovviamente tornavamo a casa. Aghis diceva che la notte era più bello, perché c'era l'orchestra e la gente ballava fino all'alba. Però il ballare che abbiamo fatto noi al matrimonio di Eleni, quelli di sicuro se lo sognano...

10.6.1919

Soltanto due parole perché i miei amici mi aspettano per andare a fare il bagno.

Primo: sono stato promosso con il massimo dei voti.

Secondo: ormai scrivo in demotico. Basta con "la stagione invernale" e "la stagione estiva". "Inverno" ed "estate"; non siamo ridicoli. Che tormento dover parlare in un modo e scrivere in un altro. Benedetto Palamàs. Anzi, benedetta la mamma, che mi ha regalato raccolti in volume *Il dodecalogo dello zingaro*, *Il Flauto del re* e *I dolori della laguna* con anche gli *Esercizi satirici*. Mi sembra di rinascere.

Sto pensando seriamente di diventare poeta. E anche se non lo divento, ormai ho adottato il demotico. Così, mio caro diario, ti scriverò nella nostra lingua, la lingua che parliamo. Sono contento. Anche la mamma è contenta, perché ha ricevuto una lettera da Dinos. Anche papà è contento, perché sono ricomparsi i cavalli e il tram ha ricominciato a funzionare e finalmente si possono trasportare le merci. Ciao, mio diario. Esco a fare il bagno.

15.1.1920

Il tempo è pessimo. Piove, fa freddo e c'è vento. Un vento infernale. Domenica, quando sono dovuto rimanere in casa, è stato un tormento. Il mare ha di nuovo distrutto la strada litoranea. Papà non ha voglia di parlare.

25.1.1921

Lo sciopero alla conceria è finito. Papà ha detto che l'aumento del salario che chiedevano gli operai, un aumento del trenta per cento, è la cosa più assurda che lui abbia mai sentito. Non ne sono così certo. Però capisco che non ha i soldi per concederlo.

Tra poco finirà la scuola. Sono sicuro che sarò promosso anche quest'anno con ottimo. Fino a questo momento i miei voti sono eccellenti. Però che sfortuna, proprio adesso che io finisco ha cominciato a effettuare servizio giornaliero dalla città al capoluogo – da un mese a questa parte – l'automobile Aetòs del signor Valìs. E figurati un po', per tutti questi anni io sono andato avanti e indietro in carrozza, sette ore di strada! Che dire? Per me il progresso è arrivato tardi.

30.9.1922

Come posso essere felice? Mentre io studio all'università di Atene, sull'isola ci sono quarantamila profughi. Senza cibo, senza un tetto, senza speranza. Tutt'intorno è rovina!

13.8.1923

Quest'anno non sono tornato sull'isola. Lavoro nello studio legale Papanikolau per acquisire esperienza. "Meglio," scrive la mamma nella sua lettera, "meglio che tu non sia venuto. Qui la situazione è indescrivibile. Lo sciopero degli operai delle concerie è durato otto giorni. Sono accadute quotidianamente scene atroci di pestaggi perché gli scioperanti impedivano alla gente del paese che voleva lavorare di entrare nello stabilimento. Come si sia evitata la tragedia, nemmeno noi lo sappiamo. Più di cinquecento operai hanno preso d'assalto la sala consigliare quando si è saputo che il consiglio d'amministrazione dell'associazione era stato arrestato. Per fortuna l'episodio si è concluso senza spargimenti di sangue. Il consiglio è stato condotto a Mitilene per essere sottoposto a giudizio. Si dice che saranno giudicati da un tribunale militare con l'accusa di alto tradimento, poiché cospiravano per consegnare l'isola agli italiani. Tuo padre dice che sono sciocchezze, ma la situazione è molto tesa. È meglio che tu sia rimasto ad Atene." La mamma scrive così. Mi chiedo dove siano andati a pescare gli italiani. Che c'entri con il bombardamento di Corfù da parte di Mussolini e con il tentativo di sbarco sull'isola di reparti della marina italiana? Plastiras però gliele ha suonate, e l'hanno capita. Ma questo che cosa c'entra con noi? Non mi viene in mente niente.

12.11.1923

Studio molto. Dinos a quanto pare ci ha rinunciato definitivamente. Qualcuno dunque deve portare a termine la facoltà di Giurisprudenza. Le notizie che arrivano dall'isola sono positive. Gli uomini del Consiglio di amministrazione sono stati assolti tutti. Non c'erano accuse fondate, pare. Non mi facciano ridere! Come se non avessero potute escogitarle! Benedetto Sofulis! Ho saputo dai giri di Papanikolau che Themistoklìs Sofulis ci ha messo lo zampino e la cosa ha avuto un lieto fine. Altrimenti di sicuro si sarebbe versato del sangue.

L'intera vicenda è stata assolutamente folle. Come mi ha scritto papà, hanno associato i bombardamenti di Corfù alla fuga dei fratelli Ghiagà nel Dodecaneso occupato dagli italiani; e hanno detto che gli scioperanti, ossia il consiglio d'amministrazione dell'associazione aveva, attraverso i Ghiagà, contatti con gli italiani del Dodecaneso e l'intenzione di cedere loro l'isola. Dio Onnipotente, cos'altro ci toccherà sentire!

25.8.1925

Si avvicinano i giorni della mia partenza per Atene. Nelle due estati in cui ho lavorato dai Papanikolau non sono affatto venuto sull'isola, che mi è mancata molto. Quest'anno, avendo ormai terminato l'università, mi godo l'estate e il luccichìo che vedo negli occhi della mamma quando mi guarda. Non riesce a nascondere quanto sia fiera di me.

Da settembre comincerò la mia regolare attività di avvocato nello studio Papanikolau. Tuttavia non sono certo che l'avvocatura sia quello che desidero. Ho un segreto che non oso confessare alla mamma, ma temo che non riuscirò a tacerlo fino alla fine. Forse però è troppo presto per svelarglielo. Forse è meglio che aspetti di vedere se la cosa avrà un seguito; eppure non c'è verso, faccio fatica a trattenermi. Finora sono stato tre volte sul punto di rivelarlo, e solo all'ultimo momento l'ho fermato sulla punta della lingua. A volte penso che estrarrò dalla valigia la rivista ateniese sulla quale sono state pubblicate tre poesie che ho inviato con lo pseudonimo "Aghis Kleanthus", e la mostrerò alla mamma. "Ecco, mamma," le dirò, "hai un figlio avvocato-poeta." Oppure è meglio di no, è ancora presto.

A parte dunque il mio "tormento segreto", e la decisione per il mio futuro di avvocato che non riesco a prendere, tutto procede a meraviglia. L'estate è splendida. Peccato che il locale di Pefkakia abbia chiuso, tuttavia Charavghì, la pasticceria aperta da Valaskazìs, ha dolci squisiti; e i balli che abbiamo fatto con i Vargònides, che suonano a Zèfiro, sono paragonabili a quelli delle nozze di Eleni. È stato bello e per fortuna mi sono riposato, perché il prossimo inverno mi aspetta molto lavoro.

15.8.1928

Povero diario! Dove trovo il tempo di scriverti! Quante cose ho dimenticato! Da un anno e mezzo circa mi trovo in Rhodesia, a capo di una ditta commerciale inglese. Il come e il perché sono una lunga storia, cominciata quando ho conosciuto il rappresentante della ditta, il quale era cliente dei Papanikolau. Avevo visto giusto: l'avvocatura non faceva per me. Ovviamente con la poesia non si vive. E così mi hanno conquistato gli affari. Per ora tutto fila a meraviglia, eccetto il fatto che mi mancano molto i miei, soprattutto la mamma.

25.5.1933

La mia società ha compiuto un anno di vita con risultati inaspettatamente positivi. Nello stesso tempo continuo a dirigere la succursale locale della Johnson & Johnson, dal momento che ho ampliato le mie attività. A questo ritmo, tra un decennio tornerò a casa milionario. A patto che, s'intende, ci sia una congiuntura internazionale favorevole.

1.1.1936

Ieri sera al veglione ho conosciuto Jane, un angelo come sulla terra non ne esistono altri. Sono felice!

20.4.1936

Vedo Jane tutti i giorni! Ho conosciuto la sua famiglia. Magari la mamma potesse incontrarla!

14.2.1937

Jane ha accettato di diventare mia moglie. Poche ore fa ho chiesto ufficialmente la sua mano ai suoi genitori, che hanno dato il loro "sì". Sono l'uomo più felice del mondo. Scriverò immediatamente alla mamma e al papà per avere la loro benedizione. Peccato soltanto che non potranno essere presenti alle nozze.

20.4.1937

Oggi Jane è diventata Mrs Aghisilau, e io sono "The luckiest bastard on earth". Registro l'informazione in memoria del nonno, perché io certamente questo giorno non lo dimenticherò mai!

20.4.1938

Jane mi ha fatto il dono più bello per il nostro anniversario. Oggi è nata nostra figlia Maria. Io e Jane abbiamo discusso a lungo riguardo al nome del nascituro. Se fosse stata una bambina io avrei desiderato chiamarla Evridiki, ma Jane non era d'accordo. Euridice, ha detto, è lungo, e in inglese non suona bene. E così, col cuore pesante devo ammettere, ho dato il mio assenso perché le fosse imposto il nome della nonna, che in ogni caso non era più stato usato, visto che mia sorella è stata battezzata Meropi, come la mamma di mia mamma. Non avrei mai potuto negare questa gioia a Jane. E così adesso abbiamo la nostra Meri, un piccolo angelo bello come una rosa, che mi pare somigli alla mamma, per quel poco che l'ho potuta vedere. Infatti mi hanno cacciato in tutta fretta dal reparto maternità perché dovevano occuparsi della neonata e perché la madre potesse riposare. Sono tornato a casa ma non riesco a stare fermo. Di dormire non se ne parla nemmeno.

21.4.1938

Alla fine devo essermi addormentato per qualche ora. Mi hanno svegliato all'alba dall'ospedale. Quando sono arrivato, i genitori di Jane erano già lì. Ci sono state delle complicazioni. Il medico ha parlato di emorragia. Non mi hanno permesso di vederla. Abbiamo aspettato per ore, io e i suoi genitori. Alla fine me ne sono andato per costringere anche loro a tornare a casa a riposarsi. La bambina sta bene. Sono angosciato per Jane. Ho il terrore che succeda qualcosa di brutto. Non resisto oltre, vado all'ospedale.

22.4.1938

Non esiste giustizia. Dio non esiste. Il mio angelo mi ha lasciato. Ho perso il mio amore. Ho perso la mia gioia. La mia amata Jane non vive più. Perché io sono qui? Che cosa mi resta? Una bambina, che mi ha privato di...

Le pagine seguenti erano strappate.

Meri conosceva il seguito. I primi tre o quattro anni della sua vita li aveva trascorsi con il nonno John e la nonna Kate.

Poi, un giorno, era accaduto qualcosa. Meri non sapeva cosa. Era arrivato un signore che l'aveva presa in braccio ed era scoppiato a piangere. Lei si era spaventata, e aveva cominciato a gridare in preda all'agitazione: "Nonna, nonna, aiuto". "Càlmati, tesoro," le aveva detto la nonna, "è il tuo papà."

Così Meri aveva conosciuto suo padre. Un padre che la adorava. "Assomigli proprio alla tua mamma," le diceva coprendola di baci. Anche lei lo adorava. Andò a vivere con lui e furono felici fino a quell'orribile giorno di gennaio in cui Meri fu informata per telefono di essere rimasta orfana, e si sentì completamente sola al mondo.

L'incontro con lo zio Dinos non fu particolarmente caloroso. Meri non conosceva né lui né la moglie, ed era intimidita. La coppia, dal canto suo, non avendo avuto figli, non sapeva bene come trattare Meri, anche se ovviamente lei non era più una bambina. L'atmosfera era tesa.

La accolsero con gentilezza, le mostrarono la sua stanza, la zia Meni – cioè Asimènia – apparecchiò la tavola con il servizio più bello, e durante il pranzo le rivolsero alcune domande sulla sua vita e sulla morte del padre.

"Kleanthis aveva ereditato il cuore debole del nonno. Solo che il nonno si riguardava molto, e così era vissuto a lungo," constatò lo zio Dinos.

"Piccola mia, mi immagino lo spavento. Morire per un attacco di cuore va bene per chi se ne va. Ma chi resta non è preparato. Non è come quando uno ha una malattia che dura anni, per dire," osservò la zia Meni.

Dinos vide che gli occhi della nipote erano diventati lucidi, e intervenne:

"Non parliamone più, Meni. Non ci porti il dolce, ora?".

Verso sera, mentre Meri svuotava la valigia, lo zio Dinos bussò alla porta della stanza ed entrò.

"Sono venuto a vedere se hai bisogno di qualcosa," esordì, ma si interruppe nell'istante in cui lo sguardo gli cadde sulle mani di Meri, che in quel momento stava estraendo dalla valigia il diario di pelle di suo padre. Allo zio Dinos cominciarono a tremare le labbra, e gli si velarono gli occhi.

Meri abbandonò il diario sul letto e gli si accostò.

"Sta bene, zio?"

"Sto bene, bambina mia. Sai, noi vecchi ci commuoviamo facilmente, e... questo..." – indicò il diario –, "ce l'ho anch'io, uguale. Ce li aveva regalati il nonno."

"Lo so, zio Dinos. Ho letto il diario di papà."

"Davvero, figliola?"

"Davvero, ed è stata una delle ragioni per cui ho deciso di venire a trovarvi."

Il ghiaccio era rotto. Seduti entrambi nella stanza di Meri, lei sul letto con il diario tra le mani e lo zio Dinos di fronte, sulla poltrona, cominciarono a chiacchierare della storia della famiglia e dell'isola come due vecchi conoscenti. Eh, i legami di sangue non si possono ignorare.

Era quasi mezzanotte e, poco prima che la zia Meni bussasse alla porta e dicesse loro: "Mamma mia, basta, chiacchiererete domani. La ragazza è sfinita, Dinos, non vedi! Lasciala dormire!", lo zio Dinos disse a Meri:

"Ti darò anche il mio diario, cara, così integrerai quello che sai con la mia storia. Io non ho figli, capisci, quindi ti appartiene di diritto".

Nei giorni seguenti Meri lesse il diario dello zio Dinos. Era molto più fitto, con annotazioni più circostanziate di quelle di suo padre. Ma al contrario di quello di Kleanthis, il diario di Dinos riportava poche vicende della famiglia e non parlava quasi per niente dell'isola.

Cominciava con la sua frettolosa partenza da Atene per sottrarsi all'arruolamento, e narrava l'avventuroso viaggio fino a Londra, il soggiorno a Parigi, le passeggiate tra Montparnasse e Passy; l'atmosfera bohémienne della capitale francese, la conoscenza con personaggi dell'epoca, gli *anneés folles* del dopoguerra, la ricerca artistica e i tentativi infruttuosi di diventare uomo di teatro.

Il diario dello zio Dinos si riferiva esclusivamente allo zio Dinos. Era molto personale e rivelava un uomo egocentrico, che in sostanza aveva sprecato la sua vita e le sue possibilità, o almeno così pareva alla nipote. Faceva riferimento alle innumerevoli amanti, ai rimorsi per gli studi abbandonati, al tentativo fallito di diventare un *jeune premier* del cinema una volta tornato in Grecia; all'ammirazione delle donne nei salotti ateniesi – "l'Adone di Parigi", così lo chiamavano; ai sensi di colpa per il denaro che succhiava al padre, e infine al matrimonio con la zia Meni e al suo ruolo, in quanto marito ormai, di esattore degli affitti degli immobili di lei. Il diario si interrompeva all'agosto del 1955, e l'ultimo fatto che menzionava era l'incidente della sorella minore, Meropi. A Meri parve che questo incidente fosse una specie di catalizzatore. Sembrava che quella nuova disgrazia avesse fatto perdere allo zio Dinos interesse nel raccontare la sua vita. O forse, anche, non gli era più accaduto nulla che fosse degno di essere citato, e la quotidianità era per lui insignificante.

In tutto il diario, l'unica annotazione che davvero suscitò la curiosità di Meri fu quella che riguardava la partenza dello zio Aghis per la Germania, nel 1950. Salpato dall'isola alla volta della Germania, Aghis fece sosta ad Atene dove si incontrò con lo zio Dinos. Lui gli chiese di non partire. "Cerca un lavoro qui," gli disse. Ma Aghis era irremovibile. "Che lavoro vuoi che trovi? Non so fare nulla. Operaio non specializzato in Grecia: sai quanto guadagnerei? Non è possibile. O forse pensi che qualche industriale mi darebbe un posto di direttore, perché io mandi all'aria la sua fabbrica come ho fatto con la nostra?" "Non dire sciocchezze, Aghis, non è stata colpa tua. La situazione era quella che era. Non vedi gli altri? Ti pare che se la passino meglio? Ma questa non è una ragione perché tu te ne vada. E poi hai pensato a Meropi, che resta completamente sola?" "Può trasferirsi ad Atene e vivere vicino a te." "Credi che non glielo abbia proposto? Si rifiuta." "Non vedo cosa potrei fare io."

Dinos aveva trascritto il dialogo tra sé e il fratello esattamente così. Non c'era nessun altro riferimento ad Aghis e alla sua emigrazione. Tuttavia, ciò che suscitò più impressione in Meri non erano tanto i fatti che il diario riportava, quanto quelli che ometteva di citare.

Tra le carte di suo padre, Meri aveva trovato alcune lettere dello zio Dinos. Aveva letto anche quelle. Una, che considerava la più importante, l'aveva portata con sé per consegnarla allo zio. Ora però si vergognava e si sentiva a disagio. La estrasse dalla borsa e la guardò indecisa. No, certo non poteva darla allo zio Dinos. Meglio distruggerla. Era qualcosa che non apparteneva a lei, che non era per i suoi occhi, e aveva fatto male a leggerla. Non poteva ferire lo zio facendogli capire che ne conosceva il contenuto.

Sì, l'avrebbe stracciata e l'avrebbe gettata via. Ma dopo aver deciso così non resistette alla tentazione: l'aprì e la rilesse. In ogni caso, l'aveva già letta una volta. Che male c'era a leggerla una seconda? L'avrebbe distrutta dopo.

10 maggio 1937

Mio adorato Kleanthis,

scrivo a te come se scrivessi a me stesso, perché a me stesso non posso scrivere ma devo comunicare la mia sofferenza a qualcuno.

Fratello, è già accaduto che io ti rendessi partecipe dei rimorsi che mi opprimono perché non ho fatto niente di quello che avrei dovuto, perché ho sprecato le capacità che avevo, perché ho stoltamente creduto di disporre di un'eternità davanti a me, e che non mi sarebbe mancato il tempo per affrontare ciò che quotidianamente rimandavo: correggere i miei errori, rimediare alle mancanze e uscire pulito, in poche parole, davanti alla mia coscienza e agli occhi degli altri.

Tutte menzogne. Sono stato un impostore, e purtroppo lo resto ingannando me stesso; lo so ma non riesco a rimediare.

Fratello, sono l'uomo più infelice della terra, e la mia più grande disgrazia è che sono io l'unico responsabile. Magari potessi attribuire i miei errori a qualcosa o qualcuno. Alla cattiva sorte, alle avversità della vita, alla povertà, all'ereditarietà, a qualcosa, insomma. E invece no. Non posso. Sono stato un idiota, un vile, un irresponsabile, preoccupato soltanto di spassarmela. Ho distrutto la mia vita e temo di aver causato dolore anche a voi, in particola-

re alla mamma, che aveva riposto in me così tante speranze. È rimasta delusa anche lei, e nonostante non mi abbia mai detto una parola di rimprovero, capisco di averla ferita. Ora ho perso anche l'ultima occasione che mi è stata offerta di essere felice. Me la sono lasciata sfuggire dalle mani, come tante altre, solo che questa volta la perdita è spaventosa e irrimediabile. Ho perso per sempre l'opportunità di diventare uomo. Di avere rispetto per me stesso, di agire in modo degno. Sono un fifone, un vigliacco. Lo sono sempre stato, semplicemente non volevo ammetterlo. Cercavo giustificazioni. E riuscivo sempre a trovarne non poche.

La maledizione mi piombò addosso il giorno in cui scappai come un folle dalla nostra patria per evitare che mi arruolassero. Per anni mi sono lasciato andare a credere che non fosse stata una mia scelta, che tutto fosse accaduto così all'improvviso che non avevo avuto tempo per pensarci, non avevo avuto il tempo di reagire. Un attimo prima mi ero svegliato a casa mia, quello dopo ero sulla nave per Marsiglia. Se avessi avuto davanti a me un giorno, o almeno qualche ora per riflettere, forse le cose sarebbero andate diversamente, mi dicevo. Ma in definitiva non era il tempo che mi mancava. Fu il terrore che si impadronì di me a farmi fuggire a gambe levate come una lepre.

Venne il capitano Vanghelis e mi disse: "Ho un ordine da parte di tuo padre. Raduna le tue cose e andiamo. Fra tre ore salpiamo alla volta di Marsiglia, e da lì arriveremo a Londra".

E io non ci pensai due volte. Infilai in una borsa i primi effetti che trovai e seguii il capitano Vanghelis. Come un bambinetto segue la tata. Per salvare la pelle. Per questo l'ho fatto. E dopo ho avuto orrore di me stesso per aver agito così. Solo che allora non potevo capirlo. Davvero non capii che cosa significasse quella partenza. E tuttavia, dal quel momento la mia vita cambiò. È da quella mattina che ho smesso di aver rispetto per me stesso. E quando in segui-

to appresi che lo zio Ghiorgos era stato ucciso, piansi perché avrei dovuto essere io al suo posto, e perché lui aveva avuto il coraggio di agire come riteneva giusto. Se da tanti anni "maltratto" me stesso è proprio perché dentro di me ho la sensazione di non meritarmi niente di meglio. Però ho imparato a convivere con questo sentimento. Ho accettato la mia inettitudine e ho lasciato scorrere il tempo, punendo me stesso e nel medesimo tempo sentendomi a mio agio nell'inerzia. Partorivo progetti, progetti grandiosi, che restavano tali.

La vita mi offrì un'altra occasione. Si chiamava Maria Lucia Dolores Arechedera Reverte. Ti sembra un nome lungo come la ferrovia, vero? Alle mie orecchie suonava come una musica. Tu non hai mai conosciuto una donna simile, fratello. Nemmeno io, e Dio sa che di donne ne ho conosciute molte. Belle e brutte, intelligenti e stupide, vecchie e giovani, ricche e povere, colte e ignoranti, buone e cattive. Nessuna, nessuna era come Lucia. Così si faceva chiamare. Maria era troppo da verginella e Dolores troppo doloroso. Scelse Lucia, e le si addiceva perché era una donna piena di luce. Una luce che venne a rischiararmi, e mi rischiarò davvero, e sentii che diventavo un altro uomo. E davvero ero un altro uomo, o almeno così credetti fino a quando venne il momento di dimostrarlo. Ancora una volta non ne fui capace.

Ma voglio raccontarti la storia dall'inizio. Ci conoscemmo gli ultimi mesi del 1935. Eravamo andati con un gruppo di amici a vedere il film di Jean Renoir *Il delitto del signor Lange*, che era appena uscito. Non so se tu l'abbia visto. È un film interessante. Forse lo dovrebbe vedere anche papà, prima o poi.

Dopo il cinema andammo a cena tutti insieme, e ovviamente parlammo del film.

Tra gli altri, nel gruppo c'era anche Lucia. Confesso che la prima impressione che ebbi di lei fu piuttosto negativa.

Ne ammirai l'energia, ma le sue posizioni mi parvero estremiste. Un tratto difficile da accettare in una donna.

Comunque, la vicenda del film è quella di una casa editrice la cui gestione viene assunta dai dipendenti. Quando il precedente proprietario si intromette, uno dei capi lo uccide.

Lucia giustificava pienamente l'assassinio adducendo ragioni varie, per esempio il fatto che il proprietario viveva sfruttando le vite degli altri; in sostanza lui assassinava la vita bella e degna di coloro che lavoravano, quindi meritava di morire, e la sua uccisione non era altro che un atto di giustizia: estrema, certo, però legittima, perché rappresentava la rivalsa di tutti gli oppressi nei confronti degli oppressori.

Queste teorie mi lasciarono perplesso, e confesso che mi disturbarono, ma non potevo non ammirare la passionalità e l'ardore di quella donna.

Non capitò che ci rincontrassimo. Mi ricordai di lei quando, qualche mese più tardi, nel febbraio del 1936, lessi sui giornali che il nuovo governo spagnolo, in seguito a dimostrazioni e proteste della sinistra a Madrid, aveva concesso l'amnistia a trentamila prigionieri politici. Nell'istante in cui lessi la notizia pensai a Lucia. Ricordai la sua figura, la sua passionalità. "Adesso sarà contenta," mi dissi, e la dimenticai di nuovo.

Fino a che un mese dopo ci incontrammo nel luogo più assurdo per un incontro del genere. Era sabato 21 marzo, nella chiesa ortodossa di Santo Stefano. Eleftherios Venizelos era morto da tre giorni e la salma, prima di essere riportata in patria, fu esposta in Santo Stefano perché la gente le rendesse omaggio. Tutti noi Greci che vivevamo a Parigi eravamo lì, insieme a molti Francesi. Tra loro c'era anche Lucia. Non sono mai riuscito a capire che cosa l'avesse spinta in quel posto. Forse era semplicemente destino. Era sola. Andammo via insieme. Facemmo una lunghissima passeg-

giata chiacchierando, finché arrivammo ai Giardini del Lussemburgo.

Usciti dai giardini andammo a bere un caffè. In quel momento, mentre la osservavo seduta di fronte, capii che la sua presenza mi aveva ammaliato. Non avevo mai incontrato una donna così vitale, così appassionata, piena di tanto ardore. Benché non condividessi quello che diceva, non potevo tuttavia nascondere l'entusiasmo per il fervore con cui sosteneva le sue idee, per l'autenticità che sgorgava da lei. Non provava compassione per i poveri e i perseguitati. Li ammirava perché era convinta che potessero fare molto. Sembrava che li considerasse come bambini piccoli molto intelligenti ma che non hanno frequentato la scuola e non hanno acquisito le conoscenze necessarie perché la loro intelligenza spicchi.

L'ascoltavo a bocca aperta e non trovavo più argomenti da contrapporle.

"Sarai contenta degli sviluppi in Spagna," dissi. "Ora avete un governo di sinistra, è stata concessa l'amnistia ai prigionieri politici e così si sono svuotate le carceri." "Contenta? Perché dovrei esserlo? Che razza di governo di sinistra è mai questo, visto che la parte più numerosa e più battagliera della sinistra è stata esclusa dal governo?" "Non capisco che cosa intendi!" "Ma sei così poco informato? Non sai che i comunisti sono stati esclusi dal governo e che ciò può significare soltanto una cosa, ossia che questo governo non metterà in pratica nulla di quello che promette? Semplicemente verrà usato come alibi perché continui la stessa politica, o forse perché ne venga attuata una ancora peggiore, a danno delle masse indifese. Perché chi difende i diritti dei lavoratori? I comunisti. E i comunisti sono rimasti fuori. Che cosa può aspettarsi la classe operaia da un'evoluzione del genere?"

Non sapevo che cosa si aspettasse la classe operaia, ma sapevo che cosa mi aspettavo io. Lucia non era una morali-

sta ma nemmeno una svergognata. Venne a casa mia con il contegno di una regina che concede una cortesia a un suddito stimato, e io divenni suo suddito. Al suo fianco la mia vita cambiò.

Pian piano cominciai a capire e ad accettare la sua mentalità. Cominciai a pensare che ero fortunato a godere di un certo benessere economico, cosa che mi caricava di responsabilità davanti ai miei concittadini; e che dovevo sfruttare questo vantaggio per offrire anch'io qualcosa di utile alla società.

I discorsi di Lucia mi spinsero su una strada che avevo già intenzione di imboccare, prima o poi, ma in direzione della quale non avevo mai compiuto un passo.

Le sue critiche erano dure ma servirono a darmi una scrollata. Lei aveva una vita intensa. Studiava pittura alla Scuola di Belle Arti, aveva già fatto due esposizioni, lavorava in gruppi per la riscossa delle donne (così li definiva), correva nelle fabbriche a discutere con gli operai.

Non so dove trovasse il tempo per tutte quelle attività.

"Devi riprendere gli studi," mi diceva. "È tardi, ormai."

"Non è mai tardi. Credi che la classe operaia non abbia bisogno di bravi avvocati?"

Riuscì a persuadermi. Andai all'università a informarmi se fossi potuto tornare a seguire i corsi. Mi accettarono. Cominciai a studiare. Di lì al mese di giugno non sarei riuscito a concludere molto, ma dall'anno successivo avrei frequentato regolarmente.

Lucia nel frattempo era fuori di sé per la vittoria del Fronte popolare in Francia. In aprile Leon Bloom aveva formato il governo, dal quale ancora una volta erano stati esclusi i comunisti. "Vedi? Non è soltanto nel mio Paese; anche qui succedono le stesse cose. Dobbiamo lottare tutti insieme per un avvenire migliore. Ognuno dalla propria posizione. E un avvenire migliore non può esistere se ti limiti a passeggiare tra i café di Montparnasse."

Aveva ragione. Non su Leon Bloom, io non la vedevo così la faccenda, ma sulle passeggiate.

Fino a giugno studiai come un matto. Vedevo lo sguardo di Lucia, sapevo che ammirava i miei sforzi e che la sua stima nei miei confronti cresceva. Questo mi fece impazzire di gioia.

All'improvviso la cosa per me più importante era guadagnarmi la stima e il rispetto di Lucia. Sentivo che era la spinta principale perché finalmente diventassi l'uomo che volevo, perché conquistassi il rispetto di me stesso. Il mio amore per Lucia era una forza motrice, e questo faceva sì che ogni giorno che passava – ma cosa dico? ogni minuto – io l'amassi sempre più ardentemente. Non avevo mai immaginato che una donna avrebbe potuto esercitare una tale influenza su di me.

E arrivò il terribile giugno del '36. Il 19 del mese scoppiò la rivolta delle truppe spagnole in Marocco, e rapidamente si propagò alle regioni della Spagna meridionale. Franco sbarcò a Cadice con un contingente della Legione Straniera. Il pretesto era stato offerto dall'assassinio di Sotelo, capo del partito monarchico. I fatti si succedettero rapidamente. Nel giro di tre giorni il governo eletto cambiò tre volte primo ministro. Quiroga cedette il posto a Barrio, il quale la sera stessa chiese a Pereira di formare un nuovo governo. Nel frattempo i nazionalisti proseguivano nella loro avanzata, e prima del 23 giugno erano arrivati a Burgos. La guerra civile era ormai una realtà. Nell'arco di un mese cominciarono ad arrivare notizie di lotte sanguinose.

In casa la vita era divenuta un incubo. Lucia non parlava più. Come se io non esistessi. Il suo unico scopo era raccogliere informazioni. Io le stavo accanto più che potevo. Tuttavia la situazione pareva drammatica, ed era assolutamente chiaro che qualunque cosa fosse accaduta, quale che fosse stata l'evoluzione, la vicenda non si sarebbe conclusa da un giorno all'altro. Volontari attraversarono il confine dalla Francia per dare man forte alle Brigate internazionali che si erano costituite. Nello stesso tempo apprendevamo che Italia e Germania sostenevano Franco con armi e uomini.

All'inizio di settembre Lucia mi annunciò che sarebbe partita per la Spagna. "Dove hai intenzione di andare?" "A combattere." "A combattere contro cosa? Cosa puoi fare tu?" "Quello che fanno tutti gli altri." "Ma sei una donna!" "E allora? Credi che non sia capace di imbracciare un'arma? E se anche non sono capace, posso fare l'infermiera. Posso aiutare, dare una mano. Non sopporto di starmene qui al sicuro a passeggiare lungo la Senna e venire a sapere che la gente viene uccisa per la mia patria. Finirò per impazzire. E mi farò schifo." Queste furono le sue parole, e io la capii. "Voglio venire anch'io," le dissi. "Non è una faccenda che ti riguarda. Non hai nessun obbligo." "Voglio venire anch'io. Decine e decine di uomini di tutta Europa si sono arruolati nelle Brigate internazionali. Vengo con te."

Da un lato dicevo così, dall'altro cercavo di dissuaderla. Di convincerla a non partire.

E ricominciavamo a discutere. "Ma che cosa possiamo fare, entrambi senza esperienza? Non sappiamo nemmeno come si carica un'arma." "Impareremo. D'altra parte, te l'ho detto, ci sono tanti modi per dare un aiuto."

Quasi tutto settembre trascorse così, finché alla fine del mese venimmo a sapere che Franco stava assediando Alcazar e Toledo.

"Parto," annunciò, "parto domani." Non le dissi che sarei andato con lei. Non le dissi nulla. Non credevo che sarebbe partita. Era da un mese che ne discutevamo, e dentro di me ero convinto che avremmo continuato a discuterne e basta. Non aprii bocca.

Il mattino dopo, quando mi alzai, Lucia non c'era. All'inizio non capii. Mi dissi che doveva essere andata alla panetteria a comprare i croissant e la baguette. Mi misi a se-

dere sul letto e meditavo di alzarmi a preparare il caffè così quando sarebbe tornata avremmo mangiato i croissant sorbendo il caffè. Non riuscivo a decidermi. Il tempo passava. Non volevo capire. Il tempo passava. Capii. Mi alzai e mi avvicinai all'armadio. La parte in cui appendeva i suoi vestiti era mezzo vuota. Non li aveva presi tutti. La metà erano lì. Non voleva portarsi dietro cose superflue.

Primo ottobre 1936. Sono solo. Se n'è andata. "Voglio andare a cercarla," pensai. "So dove trovarla." Mi aveva detto che era di Malaga. "Andrà là." "Anch'io se scoppiasse la guerra in Grecia andrei a combattere sulla mia isola." Appena ebbi formulato il pensiero scoppiai a ridere. E subito dopo scoppiai a piangere. "Tu, mentre c'era la guerra, te la sei svignata in nave. E adesso te la sei svignata di nuovo. E non andrai a cercarla. Smettila con le panzane." Non andai. Ogni giorno dicevo: "Domani parto". Non partivo.

La mia vita si fermò di nuovo. Non avevo più una forza motrice che mi spingesse. Abbandonai gli studi e ripresi a girovagare. Non valevo niente, non ero capace di combinare niente. Solo di passeggiare a Saint Germain e a Montparnasse. Non ricevetti mai sue notizie. Non sapevo nulla. Né dove fosse né che cosa facesse. Speravo che stesse bene là dove si trovava, anche se sapevo che non l'avrei mai più rivista. Mi sarei vergognato a rivederla. Sentivo di averla tradita e di aver tradito nello stesso tempo anche me stesso. Era tardi. Non c'era via d'uscita, per me.

E oggi ho saputo. Ho incontrato Ramon. Frequentava insieme con lei la Scuola di Belle Arti. Era con lei in Spagna. Lui era rientrato giusto il giorno prima da Bilbao, che Franco aveva occupato il 20 aprile. A Bilbao era andato dopo essere riuscito a sfuggire ai soldati di Franco e ai quindicimila soldati italiani che avevano occupato Malaga l'8 febbraio. L'aveva scampata due volte. La fortuna non gli avrebbe arriso una terza. E così, riattraversato il confine, era tornato a Parigi.

L'ho visto stamattina e mi ha raccontato tutto. Lucia era stata uccisa a Malaga allora, l'8 febbraio. Di certo quel giorno io avrò fatto una passeggiata a Montparnasse.

Come vedi, fratello, ho perso ancora una volta l'occasione che mi si era presentata. Non credo che d'ora in poi mi sarà offerta un'altra opportunità. Non me la merito. Ho perso una creatura straordinaria, che la sorte mi aveva fatto incontrare sulla mia strada perché mi aiutasse a ravvedermi. Ho di nuovo tradito me stesso. Non posso che vivere con la mia infelicità.

Ti ringrazio di esistere, fratello mio; aprendo a te il mio cuore riesco ad alleviare il peso della mia anima, per continuare a esistere e a punirmi.

Il tuo inetto fratello
Dinos

Con gli occhi velati di lacrime, Meri stracciò la lettera in minuscoli pezzettini. Tante vite perdute. Tante speranze perdute. Tante altre vite distrutte. Tanto dolore. Perché? Nessuna risposta sembrava in grado di soddisfare il suo interrogativo. Tutte le risposte erano assurde. Anche le azioni degli uomini erano assurde: parevano destinate a causare solo e soltanto nuovi cicli di infelicità.

Alla fine di giugno Meri, con in valigia i due diari – K. N. A. e KL. N. A. – legati con un nastro, partì alla volta dell'isola per conoscere lo zio Aghis e la sua famiglia. Eccetto l'appunto che aveva trovato nel diario dello zio Dinos, le uniche informazioni che aveva sullo zio maggiore gliele aveva riferite Dinos stesso, e non erano molte. Gli accenni nel diario di suo padre e l'aria che assumeva Dinos quando parlava di Aghis davano l'impressione che il primogenito della famiglia fosse anche il meno dotato. Quello meno intelligente, senza capacità di iniziativa, senza potenzialità.

In ogni caso, ciò che lo zio Dinos non era stato assolutamente disposto ad ammettere durante le loro chiacchierate era che Aghis fosse responsabile del fallimento della fabbrica. "Sarebbe successo comunque, ne fosse pure stato il direttore Rothschild. Anche gli altri, i pochissimi che sono rimasti, faranno la stessa fine. Non c'è futuro. Con i colpi che l'industria ha subito durante la guerra e con la plastica e i materiali sintetici che soppiantano la pelle, non c'è futuro per nessuno. Non è stata colpa di Aghis. Gli si possono attribuire molte colpe ma questa no," le aveva spiegato.

Le aveva anche raccontato che Aghis, dopo aver lavorato per otto anni in Germania, nel 1958 era tornato nell'isola e a 64 anni aveva sposato, con mediazione ovviamente, una trentacinquenne di paese, baffuta e cicciottella e con una dote considerevole. Facendo un po' di economie e grazie alla dote di lei avevano aperto un negozio. Avevano avuto due bambine, "di cui ora una ha quattro anni e l'altra due; con dei bei baffetti proprio come la mamma, temo, almeno a giudicare dalle fotografie che ha mandato Aghis, il quale diventa matto per le figlie", ha detto lo zio Dinos, e a Meri è parso di cogliere una punta d'invidia nelle sue parole.

Per un mese intero Maraia Pachrist si era affannata a cercare ad Atene, salendo e scendendo scale, compilando moduli, bussando alle porte, domandando a destra e a manca.

Vero è che il passaporto americano aveva facilitato non poco le cose.

Era anche stata fortunata. Anzi, molto fortunata, le assicuravano tutti. C'era gente che cercava per anni. Lei nel giro di un mese aveva trovato il tanto agognato documento. E pensare che fino a pochi mesi prima era ignara di tutto, e probabilmente avrebbe continuato a esserlo se non le avessero richiesto dalla segreteria dell'università un certificato di nascita; e se non fosse accaduto che in quel periodo i suoi genitori si trovavano in California e lei non fosse stata quindi costretta a frugare nelle carte di suo padre; e se non avesse saputo il greco – il padre aveva voluto a ogni costo mandarla alla scuola greca perché lui non l'aveva frequentata e aveva un grande rimpianto, poiché di greco spiccicava soltanto due o tre parole – senza il quale non avrebbe potuto leggere e capire il contratto.

ATTO DI AFFIDO DELLA TUTELA DI MINORE
ATTO DI ADOZIONE

Oggi, 5 giugno 1945, in Atene, nello studio notarile del sottoscritto, notaio in Atene Kostandinos Mavromati, situato in via Ippokratus 5, sono presenti il signor Konstantine Pachrist (Papachristos) con la coniuge Greta Johansen, ed Ekaterini Ioànnu Papadopulu, rappresentante dell'Istituto Korasidon, affinché la suddetta, in nome dell'Istituto, affidi ai soprannominati la tutela per adozione della bambina di anni due, nome di battesimo Maria, di genitori sconosciuti, proveniente dalla città di K. dell'isola di S.

Maraia non riusciva a credere ai suoi occhi. Telefonò fuori di sé ai genitori. I genitori? Come faceva a chiamarli ancora genitori? Le persone che l'avevano cresciuta nella menzogna! Al telefono piangeva disperata. Perché? Perché? Li amava. Li amava così tanto! Ma come poteva sopportare un simile tradimento? Perché? Perché? Perché non le avevano mai detto niente?

I coniugi Pachrist tornarono a casa sconvolti.

"Per proteggerti, amore mio," le dissero. "Non c'era ragione che tu lo venissi a sapere. Avresti potuto rimanere scossa. Sei nostra figlia. Viviamo per te. Per te esistiamo. Sei la luce della nostra vita."

"Credi che potrei amarti di più se fossi uscita dalla mia pancia?" singhiozzava Greta. "Non ti ho detto mille volte che mi sono sentita rinascere il primo istante in cui ti ho presa in braccio?"

Poco alla volta la situazione si placò. Genitori e figlia riuscirono a calmarsi, e furono date le prime spiegazioni. L'affetto che Maraia nutriva per i genitori faceva sì che la ragazza si sforzasse di mettersi nei loro panni e di vedere le cose dal loro punto di vista.

Si sentiva tradita – questo era ovvio –, ma capiva che l'intenzione dei genitori era stata quella di proteggerla. Loro avevano scelto il modo peggiore. Su questo non vi era alcun dubbio. La sua fiducia si era incrinata. Però cercava di essere comprensiva.

"Ma non ti abbiamo mentito, amore. Non ti abbiamo detto niente. Non era necessario dirtelo," si difendeva la madre.

"Non mi avete mentito ma non mi avete nemmeno detto la verità! Avrei dovuto sapere."

"Perché? Che cosa sarebbe cambiato se tu avessi saputo? Ci vorresti meno bene? Noi ti vorremmo meno bene?"

"Ma proprio perché mi volete bene e io ne voglio a voi non avreste dovuto tenermi nascosta questa storia. Adesso come faccio a fidarmi di voi? Come posso essere certa che quello che mi dite è la verità, tutta la verità, e che non mi nascondete qualcosa, anche senza mentire?"

"La ragazza ha ragione, Greta. Abbiamo sbagliato in tutti questi anni," ammise suo padre. "Perdonaci, bambina mia. Era tale la nostra gioia di averti, che non volevamo che nulla la guastasse. È stata colpa nostra. Abbiamo avuto paura. Dicevamo di farlo per il bene di tutti, ma la realtà è che avevamo paura. Sì, Greta, non guardarmi così. In realtà temevamo la reazione di Maraia. All'inizio avevamo pensato di dirtelo ma eri piccola e non parlavi l'inglese, e io con il mio greco stentato non sapevo come avviare il discorso. Poi, a mano a mano che crescevi diventava sempre più difficile. Ormai avevi dimenticato i tuoi due primi anni di vita. Che senso aveva ricordarteli? Cercavamo giustificazioni. La gente sapeva che eri nostra figlia. Noi sapevamo che eri nostra figlia. Perché avremmo dovuto dirti un'altra cosa, magari con il rischio di turbare la felicità di tutti noi? Hai ragione, tesoro, abbiamo sbagliato. Non abbiamo dimostrato fiducia né nei tuoi confronti, né nei confronti di noi stessi, né dell'affetto che ci lega."

Piano piano il turbamento seguito alla scoperta si stemperava. Tutti e tre cercavano di ritrovare i loro ritmi e la fiducia l'uno nell'altro. Ogni giorno studiavano minuziosamente i propri sentimenti – con più timore i genitori, che avevano anche la responsabilità maggiore e che, pienamente coscienti di aver sbagliato, erano terrorizzati all'idea che la figlia divenisse loro ostile. Scoprirono che l'amore che li univa era abbastanza forte da perdonare gli errori. Si tranquillizzarono. A mano a mano che la tempesta si placava, dunque, cominciarono a venire a galla le informazioni che Maraia chiedeva.

Come le raccontò il padre, lui e la moglie si erano innamorati e poi sposati molto giovani – entrambi diciottenni. Quando, dopo alcuni anni di matrimonio, decisero di avere un figlio, scoprirono di non potere. Fecero molti tentativi, crebbe in loro l'amarezza e poco alla volta cominciarono a maturare l'idea dell'adozione.

Nel 1945 avevano entrambi compiuto ventotto anni. In Europa la guerra era finita e si era lasciata alle spalle migliaia di orfani. Konstantine azzardò la proposta di visitare la Grecia perché potessero adottare un orfano nella terra di origine di suo padre, e così fecero. Furono anzi particolarmente fortunati perché, secondo l'archivio dell'Istituto, la piccola Maria veniva proprio dall'isola di Ghiannis Papachristos, padre di Konstantine. Considerarono questa coincidenza un segno, e mentre la loro idea iniziale era quella di adottare un bambino, andò a finire che adottarono la piccola Maria. Anzi, siccome la nonna paterna di Konstantine si chiamava Meropi e Meropi assomigliava a Maria, non le cambiarono nome. Semplicemente, la chiamavano Maraia.

Quando Maraia dichiarò ai genitori di voler andare in Grecia a cercare i suoi genitori veri, loro non sollevarono obiezioni. E come avrebbero potuto, d'altra parte! Lo shock della figlia li aveva sconvolti, e per la prima volta dopo tanti anni si erano accorti dell'enorme errore commesso e del fatto che il loro silenzio, e la giustificazione che ne avevano dato, ossia di aver agito per proteggere la figlia, erano stati soltanto un modo per evitare di affrontare la paura. Dunque dovevano a Maraia quel viaggio. Le diedero tutte le informazioni che possedevano, che non erano molte più di quelle che riportava l'atto di adozione. A suo tempo la signora Ekaterini Papadopulu li aveva semplicemente informati del fatto che la madre della bambina si chiamava Marigula. Il cognome non lo sapevano, o, anche se lo avevano saputo, dopo tanti anni non riuscivano più a ricordarlo.

"Ma perché allora nell'atto c'è scritto 'di genitori sconosciuti', se il nome di mia madre, insomma della donna che mi ha partorito, è noto?"

"Non lo so, bambina mia, cosa vuoi che ti dica! Non me lo sono mai domandato. Adesso che me lo fai osservare, sembra strano anche a me," le disse il padre mentre la accompagnava all'aeroporto.

Salutandola, oltre ai baci le diede anche una discreta somma di denaro.

"Non sai mai di cosa puoi avere bisogno! Magari con qualche soldo in più riesci a ottenere le informazioni che cerchi."

Maraia non ebbe bisogno di offrire denaro. Dopo un mese di ricerche aveva tra le mani il documento secondo cui nel 1944 una "bambina di anni uno, nome di battesimo Maria, portata da Marigula Se..." – il resto del cognome non si leggeva, sembrava che sull'inchiostro fosse caduta una goccia d'acqua che aveva formato un cerchietto azzurrognolo dai contorni incerti – "dalla città di K. dell'isola di S., è stata introdotta nell'Istituto Korasidon in custodia".

Cenni a genitori, cenni all'adozione. Con una copia del documento in borsa, Maraia fece le valigie e nel giugno del 1963 partì alla volta della città di K. nell'isola di S. Non nutriva molte speranze. Non aveva idea di chi fosse questa Marigula Se..., che età avesse, se fosse ancora viva e tantomeno se abitasse ancora nella stessa città di K.

Però era l'unico indizio che aveva tra le mani, e non le restava che seguirlo.

Arrivò sull'isola una mattina, sfinita. C'era un meltemi spaventoso, che sollevava onde grandi come montagne. Maraia non credeva che un mare così da niente, almeno a giudicare dalla carta geografica, potesse avere onde del genere.

Trasportando il piccolo bagaglio percorse la strada che costeggiava il mare e salì verso il centro della città. Lì, lontano dal vento marino, faceva molto caldo. Pensò che per le sue ricerche sarebbe stato più comodo alloggiare in centro. Chiese una stanza all'hotel Samion Palace.

Vuotò la valigia e dispose in ordine sul letto i documenti. Non erano poi molti: la copia del contratto e quella del suo affidamento all'Istituto Korasidon. Insieme con questi c'erano le fotografie dei genitori. Le osservò con tenerezza. Ma sì, che colpa ne avevano loro, poverini! "Marigula Se... della città di K. dell'isola di S." Fin qui tutto bene. E adesso, da dove cominciare?

Il pensiero più ovvio era rivolgersi alla polizia. Però, se questa Marigula era ancora viva come avrebbe reagito davanti a un poliziotto? Quanto pulita aveva la coscienza? Quali segreti celava? Avrebbe accettato di parlare con lei? Le avrebbe rivelato qualcosa? O forse, rivolgendosi alla polizia, Maraia sarebbe riuscita sì a trovare Marigula ma non sarebbe venuta a sapere assolutamente niente? E se questa Marigula fosse stata sua madre? Sarebbe andata da sua madre con la polizia? No, era da escludere. Ma come cercare? Prese in mano i documenti. Marigula. Era un nome diffuso? Lei non lo aveva mai sentito. Però in quel posto magari c'erano molte Marigule. Come avrebbe fatto a trovare tale "Marigula Se..."? "Domandando puoi arrivare in capo al mondo," le aveva detto all'archivio dell'Istituto una ragazzina anemica che sembrava averla presa in simpatia. "Ok, domanderò."

Si alzò e raccolse i documenti, si annodò i capelli in una coda alta, si mise la borsa a tracolla e uscì dalla stanza.

Nella piazza della cittadina esitò un attimo. "Comincerò a domandare da qui," pensò.

Dopo qualche incertezza decise di non entrare nella pasticceria. Oltrepassò i due *kafenìa* e trovò una fruttivendola che riordinava le cassette con i pomodori e la frutta. Si fermò.

"Conosce una certa Marigula?" domandò.

La donna sollevò la testa senza aprire bocca. Maraia non capì se questo significasse "sì" o "no", perciò ripeté:

"Dico, forse lei conosce una certa signora Marigula?".

Dal negozio accanto si affacciò il barbiere.

"Marigula? Quale Marigula cerchi?" domandò, e senza attendere la risposta proseguì: "La madre del signore che sta qui di fronte si chiama Marigula, ma non credo sia lei che cerchi. È molto vecchia".

Maraia guardò di fronte e vide l'insegna sopra la porta del negozio: "Ioànnis Serdaris – Materiale Elettrico".

Fissò l'insegna come ipnotizzata. Ioànnis Serdaris. Sua madre, Marigula. "Marigula Se...", le venne in mente il foglio con la macchia azzurrognola. È escluso, impossibile, non può essere così facile, pensò. Eppure, perché no? Non le avevano detto anche ad Atene che era molto fortunata e che aveva trovato in un mese quello che altri cercano per anni?

Ringraziando il barbiere, a passo deciso attraversò la strada ed entrò nel negozio di materiale elettrico. Dentro trovò un uomo sulla cinquantina, o forse maggiore di qualche anno, con una calvizie incipiente, solo.

"Il signor Serdaris?"

"Sì, che cosa desidera?"

"Voglio parlare con sua madre. Sua madre si chiama Marigula, giusto?"

"Sì. E perché lei ha bisogno di mia madre?"

"Devo domandarle una cosa strettamente personale."

"Ah, e che cosa di strettamente personale può avere lei, una ragazzina, da domandare a mia madre?" disse l'uomo in modo un po' brusco, ma dall'aspetto pareva che trovasse la situazione divertente.

"Questo lo apprenderà Marigula stessa quando lei mi dirà dove posso trovarla."

"Va bene, ragazza, aspetta. Tra poco chiuderò il negozio e andando a casa passerò da mia mamma. Se vuoi incontrarla, aspettami che ti ci porto io."

"Non la disturberò a quest'ora?"
"Mah, mangia presto e il pomeriggio non dorme mai."

Meri si trovava sull'isola da più di quindici giorni, ospite dello zio Aghis. L'avevano accolta a braccia aperte. Lo zio le pareva un po' chiuso di carattere. Sembrava molto vecchio. Vedeva accanto a lui la moglie Vangheliò, grassissima dopo i parti, con la chioma nera e i baffetti, che sprizzava vitalità e forza, e si domandava come una giovane donna avesse potuto desiderare di sposare quel vecchio. In ogni modo Vangheliò sembrava felice, e si affannava a destra e a manca senza fermarsi un attimo, escluso il momento in cui i due sorbivano il caffè pomeridiano. Lo zio Aghis si coricava sempre un'oretta o due il pomeriggio, e anche le bambine dormivano.

Allora Vangheliò interrompeva i mestieri per non disturbare e si sedeva con Meri nel cortiletto, sotto la vite; bevevano insieme un caffè e chiacchieravano. Certo, i quindici anni che le separavano erano molti, ma non così tanti da non consentire loro di parlare da buone amiche.

Vangheliò era una donna allegra. Non aveva compagnia perché non aveva tempo libero. Con il negozio, la casa, il pranzo da preparare, i bambini da accudire, per tutto il giorno non aveva un attimo di tregua. E così le piaceva un sacco stare lì a contarsela con la nipote di suo marito, il pomeriggio, davanti a un bel caffè e a un bicchiere di acqua fresca.

Ogni giorno Meri tornava dal mare stanca e qualche volta avrebbe voluto riposarsi dopo il pranzo. Però capiva quanto Vangheliò desiderasse la sua compagnia, perciò scelse di rinunciare al sonnellino pomeridiano – in ogni caso la sera andavano a dormire presto –, come per una sorta di contraccambio dell'ospitalità che la premurosa Vangheliò le offriva generosamente. Si sentiva anche un po' in colpa per il fatto che lei era in vacanza e si svagava, mentre Vangheliò lavorava senza sosta.

Quando a un certo punto Meri si offrì di aiutarla nei mestieri, o almeno di lavare qualche volta i piatti, Vangheliò fu categorica:

"Questa è casa mia. Sono io che comando. Tu sei ospite. Non sei venuta a trovarci per lavare i piatti. È la prima volta che vieni qui e vuoi farci da domestica! Figuriamoci, cosa direbbe Aghis?".

Non che ad Aghis importasse poi molto, ma insomma, sua moglie non voleva sentir parlare della questione. Alla fine cedette su qualcosa:

"Se proprio vuoi aiutarmi, perché non porti un po' in giro le bambine?".

E così Meri portava le bambine – davvero coi loro bei baffetti, aveva ragione lo zio Dinos – alcune mattine al mare, altre volte a passeggio fino a Pefkakia dopo il sonnellino pomeridiano. Vangheliò le era grata:

"Se vanno al mare si stancano e il pomeriggio si addormentano più facilmente, così non fanno baccano e lasciano tranquillo Aghis. Sei un tesoro, Meri, non sai che aiuto è questo per me".

Grazie alle loro chiacchierate, Meri ampliò le sue conoscenze su molti argomenti. Vangheliò, pur senza frequentare amici e senza uscire spesso di casa, era informatissima sulla cittadina e i suoi abitanti.

"Non hai idea di quanta gente arrivi in negozio. E ognuno ti dà qualche informazione. I fatti del passato non li conosco perché allora vivevo al paese. Ma quanto alle vicende di adesso, che dirti? Chiedimi quello che vuoi. A parte che anche sul passato vengo sempre a sapere qualcosa. Vedi, qui fanno la spesa molte donne anziane, e ai vecchi piace parlare del passato. È un modo per ricordare la gioventù. La maggior parte sono anche persone sole, e hanno voglia di chiacchierare. Per questo motivo, ti dico, sono diventata una succursale della Reuters. So quasi più cose del signor Stratìs, il barbiere. E quando parliamo del signor Stratìs parliamo dell'"archivio della città'," diceva Vangheliò, e scoppiava a ridere.

Chiacchieravano dei personaggi dell'isola, della famiglia Aghisilau, della triste sorte del luogo.

"È un peccato che la casa padronale resti lì così. È ridotta a un rudere. Dico sempre ad Aghis che si devono mettere d'accordo per venderla prima che crolli. Lui non vuole sentirne parlare. Certo, ha le sue ragioni, e non intendo solo il legame affettivo. Chi sarebbe disposto a spendere così tanti soldi per acquistarla? Però è anche un peccato che vada in rovina. Capisci, nessuno ha a disposizione i soldi per i lavori; la casa è grande e c'è bisogno di investire molto denaro per rimetterla in sesto. Nessuno ne ha."

"Vangheliò, possiamo entrare a vederla un giorno?"

"Possiamo, eccome se possiamo! Anche se io sono sempre occupata! Però potremmo prendere le chiavi e andare a dare un'occhiata domani che è domenica. Certo, è in rovina anche all'interno, ma perlopiù è rimasta com'era un tempo. In particolare i mobili, enormi, vedrai che ammasso di vecchiume. E dove si possono mettere? Non ci stanno da nessuna parte e non servono più a nulla. Perciò sono rimasti lì e se li mangiano i tarli. Ma se vuoi andiamo. In fondo è anche giusto che dopo aver affrontato un viaggio così lungo tu veda la casa in cui è cresciuto tuo padre. Io non l'ho mai conosciuto, ovviamente. Aghis dice che era il più intelligente e il più dotato di tutti i fratelli. Peccato, è stato sfortunato a perdere la moglie così presto! E tu, che sei rimasta orfana, povero tesoro. Cosa vuoi farci, la vita gioca dei brutti tiri! Quante ne ha passate anche la vostra famiglia! Io lo dico sempre ad Aghis: basta, è tutto finito. Puoi farci qualcosa? No. Eppure lui continua a rimuginare sulle vicende di allora. È perfino arrivato a dirmi che la disgrazia di Meropi è stata colpa sua. Se lui fosse rimasto qui, dice, magari non succedeva. L'hanno lasciata sola, dice. Ma sono sciocchezze. Mica era una bambina, Meropi, che bisognava tenerla per mano. Però Aghis è così. Si fa carico di tutto. Per ogni cosa pensa di aver colpa lui. A volte non so cosa dirgli per rinfrancarlo."

Evidentemente durante quei pomeriggi Vanghelìò si sfogava per tutte le ore in cui ascoltava in silenzio le vecchie signore del negozio che rievocavano il passato. O ancora, forse era la presenza di Meri a farle venire voglia di chiacchierare. Vanghelìò era un fiume impetuoso.

Un giorno, mentre rassettava le stanze, le cadde l'occhio sui due diari che Meri aveva tolto dalla valigia, visto che ogni tanto li rileggeva. Il pomeriggio stesso ne parlò con Meri.

"Che cosa sono quei libri rilegati in pelle che hai in camera? Li ho visti oggi mentre spolveravo."

"Sono il diario di mio padre e il diario dello zio Dinos."

"Ah, lo dicevo io! Mi pareva di conoscerli. Anche Aghis ne ha uno uguale, ma non permette a nessuno di toccarlo. Una volta gli ho chiesto che cosa fosse e lui mi ha risposto: 'Un regalo del nonno'. Anche il suo ha stampato sulla copertina A. N. A. All'inizio mi domandavo chi fosse questa Anna, ma quando mi ha spiegato che era un regalo del nonno mi sono tranquillizzata. Poi, un giorno, ebbi un'illuminazione: capii che erano le iniziali del nome. Aghisìlaos Nikolau Aghisilau. A volte sono così sciocca che mi stupisco di me stessa. È che sono un po' gelosa, lo ammetto. Vedi, prima di sposarsi Aghis ha avuto molte avventure, e… non si sa mai. Come si suol dire, il lupo perde il pelo ma non il vizio."

Meri ascoltava attonita i discorsi di Vangheliò. Com'era possibile essere gelosi di quel vecchio? Le persone sono proprio un mistero. Non riuscì a trattenersi:

"Ma cosa dici, Vangheliò, lo zio è un uomo anziano," azzardò.

"Ah, non c'entra, Meri. I vizi delle persone non cessano col passare del tempo. A parte che Aghis si mantiene molto meglio di tanti che hanno la metà dei suoi anni. Non si può mai sapere. 'Tieni da conto i tuoi vestiti per averne salva la metà,' dice il proverbio. Perciò, capisci, mi rodevo dalla curiosità riguardo a quel libro, ma non osavo aprirlo, mica che ci fosse dentro qualcosa di compromettente. Se tu dici che è un diario, vado a prenderlo adesso che Aghis dorme, così gli diamo un'occhiata. Lo tiene sulla scrivania."

"No, Vangheliò, dal momento che lo zio Aghis non vuole non bisogna."

"Figùrati, povera te. Non se ne accorgerà nemmeno. Daremo un'occhiata. Ci sarà scritto di qualche conquista della giovinezza. Capirai che segreti, lo sa tutto il mondo. Però magari c'è scritto qualcosa anche di adesso. Non posso non sapere. Vado a prenderlo."

L'occhiata che diedero non richiese più di tre minuti. Il diario dello zio Aghis era vuoto. Era tutto bianco, eccetto tre brevi annotazioni sulla prima pagina.

DIARIO A. N. A.

1.1.1916

Esattamente tre anni fa il nonno ci diede in dono quattro diari, uno per ogni nipote, affinché, disse, non dimenticassimo le nostre esperienze. Un dono stupido. Chi desidera ricordare che cosa? Dovrei ricordare, per esempio, che sono diventato zoppo per sottrarmi al mio dovere nei confronti della patria? No, grazie; spero che tu mi senta, nonno, là dove sei: io non desidero ricordare.

Novembre 1949

La fabbrica è andata a rotoli e la responsabilità è esclusivamente mia. Questo me lo devo ricordare.

Primavera 1950

Il dado è tratto. Parto per la Germania. Non c'è altro modo di sostentarsi. Il figlio di Aghisilau si è ridotto come l'ultimo degli ultimi ed è chiamato a pagare lo scotto. Sono pronto.

"Ecco, hai visto? Te lo dicevo. Il mio Aghis si addossa tutte le colpe. Questo non è giusto. Non è giusto. Adesso corro a rimettere a posto il diario."

E Vangheliò scomparve alla velocità del fulmine.

Meri restò sola all'ombra della vite a pensare alla famiglia. Quanto erano diversi i fratelli! Ma allora il diario della zia Meropi era in casa? Che vi avesse scritto qualcosa anche lei? E che cosa? Chissà com'era la zia Meropi. Sembrava tanto dolce e riflessiva nella fotografia che aveva il padre di Meri! Ma anche nelle fotografie che aveva visto a casa dello zio Aghis Meropi sembrava altrettanto dolce, benché fosse più grande. Cos'era l'incidente che le era capitato, che l'aveva lasciata paralizzata? Nessuno era entrato nel dettaglio. Il diario dello zio Dinos parlava soltanto di "incidente", e lì si fermava. Vangheliò, a cui Meri aveva domandato, non aveva saputo darle informazioni precise. Soltanto che era caduta e aveva picchiato la spina dorsale. Allo zio Aghis Meri non domandò nulla. In ogni caso quando era accaduta la disgrazia lui era in Germania, e probabilmente non sapeva niente di più. A parte che Vangheliò glielo aveva fatto giurare. "Non tirare fuori questa storia con tuo zio, per favore. Non la regge, è una questione che lo fa soffrire troppo." Ma allora, quando il giorno seguente sarebbero andate nella casa, se avesse cercato bene, chissà, avrebbe magari trovato il diario della zia Meropi? O forse qualche lettera. Sua nonna Evridiki si scambiava lettere sia con Kleanthis sia con Dinos. Le lettere indirizzate al padre Meri le aveva trovate tra le sue carte. Magari nel palazzo c'erano ancora le lettere di Kleanthis alla madre, o di Dinos, o perfino del fratello della nonna, perché la nonna, così aveva detto a Meri suo padre, aveva un fratello, Ghiannis, che era emigrato in America. Dunque valeva la pena di cercare anche quelle quando sarebbe andata con Vangheliò nella casa avita.

Trascorse qualche ora. Lo zio Aghis si era alzato, aveva bevuto il solito caffè ed era uscito per andare al negozio. Era pomeriggio inoltrato. Meri si alzò e andò a prepararsi. Tra le varie notizie che in tutti quei giorni Vangheliò le aveva riferito, c'era quella secondo cui era ancora viva la figlioccia di sua nonna – doveva avere un'ottantina d'anni, ormai – che era stata nella casa padronale come domestica prima ancora che suo padre nascesse. Lei le avrebbe potuto raccontare molte cose su Kleanthis, visto che l'aveva cresciuto; e in generale sulla famiglia, dato che aveva trascorso tanti anni con loro. Anzi, Vangheliò disse a Meri che questa donna, Marigula, si era presa cura di Meropi fino alla fine dei suoi giorni, e che era stata lei a chiudere definitivamente a chiave il palazzo quando Meropi era morta. Così Meri decise di andare a trovarla.

Mentre arrivava a quella che le avevano detto essere la casa dell'anziana Marigula, Meri ne vide uscire una ragazza alta dai capelli castani che sembrava aver pianto. A

Meri parve un viso noto. Ma prima che facesse in tempo a domandarsi dove l'avesse incontrata, lo sguardo le cadde all'altezza della vita della ragazza che si allontanava a passo svelto. Teneva stretto sotto il braccio un libro rilegato in pelle, assolutamente identico ai diari di Aghis, Dinos e Kleanthis. Meri guardava stupefatta la giovane che si allontanava e, quando si riebbe in qualche modo dalla sorpresa, avanzò e bussò alla porta della casa bassa.

Ghiannis Serdaris e Maraia, che gli camminava al fianco, lasciarono la piazza della cittadina, e attraverso vie strette sbucarono nella strada lungo il torrente che conduceva alla zona detta Kanapzèika. Ghiannis si fermò davanti a una casetta bassa. "Siamo arrivati," annunciò.

Avanzò e aprì la porta. Maraia lo seguiva.

"Come hai detto che ti chiami, ragazza?"

Non glielo aveva detto.

"Maria."

"Mamma," disse lui ad alta voce mentre entrava, "è venuta a trovarti una ragazza. Vuole domandarti qualcosa." E voltandosi verso Maraia le raccomandò: "Parla a voce alta, ragazza, perché la mamma non ci sente bene".

"Che cosa hai detto, Ghiannis?" domandò la vecchina.

"Ho detto che questa ragazza, Maria, deve domandarti qualcosa. Bene, vi lascio alle vostre chiacchiere."

Uscì dalla casa lasciando Maraia sola con la vecchia signora.

"È lei la signora Marigula?"

L'anziana donna osservò la ragazza e fu colta da un tremore.

"Mia piccola, tu qui? Meropi, sei tu?"

Maraia rimase sconcertata. La vecchia è fuori di testa, pensò.

E il figlio se n'era andato. Le si fece più vicina e disse forte:

"No, nonnina, non sono Meropi. Mi chiamo Maria e sono venuta a cercarti da lontano. Sono venuta dall'America per domandarti alcune cose. Sempre che tu le sappia, si capisce".

La vecchietta si sedette su una sedia accanto al tavolo, di fronte alla finestra. Maraia, senza aspettare che quella dicesse alcunché, andò a sedersi accanto a lei. Aprì la borsa ed estrasse le carte che aveva con sé. Tolse anche la fotografia dei suoi genitori. La mostrò alla vecchina.

"Questi li conosci?" domandò.

La donna guardò la fotografia.

"No, bambina mia, non li conosco. L'uomo mi ricorda qualcuno, ma non credo di conoscerlo."

"Anch'io ti ricordo qualcuno, nonnina?"

"Sì, bambina mia, anche tu. Tu però lo so chi mi ricordi."

"Chi?"

"Che cosa vuoi sapere da me, tesoro?"

Maraia spiegò i documenti sopra il tavolo, guardò la vecchina e le disse:

"Secondo queste carte una coppia di americani ha adottato nel 1945 una bambina di due anni dall'Istituto Korasidon di Atene. La bambina era stata lasciata all'Istituto da una donna che si chiamava Marigula. Voglio sapere se quella Marigula sei tu, nonnina".

"E perché vuoi saperlo, tesoro mio?"

"Perché quella bambina sono io e sto cercando le persone che mi hanno generata."

La vecchia la fissava muta. Scuoteva la testa e la fissava.

"Lo sapevo io," mormorava, "lo sapevo che prima o poi sarebbe successo. Ho capito chi eri nell'istante in cui ti ho vista."

"E quindi, nonna, sei tu quella Marigula?"

La voce di Maraia era carica di angoscia, anche se ormai non aveva più dubbi sulla risposta. Non aveva nemmeno dubbi sul fatto che Marigula non fosse sua madre. Era troppo anziana per esserlo. Però di sicuro era in grado di dirle tutto quello che lei desiderava sapere.

"Allora, nonna?" domandò di nuovo.

"Allora, allora..." disse la vecchia.

Maraia aspettava senza fiatare. Era chiaro che la vecchia era combattuta dentro di sé. I suoi occhi velati dagli anni si erano velati ancora di più. La ragazza non intendeva metterle fretta. Capiva, vedendola, che l'anziana donna aveva bisogno di tempo per riprendersi dalla sorpresa e per pensare, per rivelare un segreto che magari non aveva condiviso con nessuno da vent'anni a quella parte. Nonostante la trepidazione, Maraia immaginava che per la signora la confessione non sarebbe stata facile.

"Allora, ragazza mia, è così, sono io quella Marigula. Aspetta che voglio vederti meglio. Sei identica a tua madre, piccola mia, che Dio conceda pace alla sua anima. Quanto ha sofferto, povero tesoro. Quanto ha desiderato stringerti tra le braccia. Povero amore mio."

Maraia ascoltava attonita. Quindi sua madre non era più viva. Aveva fatto un viaggio tanto lungo per sapere e per trovarla, e adesso era tutto inutile. Non l'avrebbe mai conosciuta. Non le avrebbe mai potuto domandare "perché?". Pazienza. Doveva almeno capire che cos'era accaduto.

"Chi era mia madre? Questa Meropi? Non è così che mi hai chiamato appena sono entrata?"

"Sì, bambina mia, così si chiamava tua madre."

"Ed è morta?"

"Sì, mia cara, è morta quattro anni fa."

"Di che cosa è morta? Era vecchia? Che malattia aveva?"

"Calma, tesoro, un passo per volta. Ti racconterò tutto. Non avere fretta. È una storia lunga. Aspetta solo un attimo che mi verso un po' d'acqua perché ho la gola secca. Ne verso un po' anche a te."

La vecchietta si alzò, e parve più curva e affaticata di prima. Si accostò al lavandino, prese due bicchieri dalla mensola e li riempì da una brocca che c'era nel vano della finestra. Tornò tutta tremante e li posò sul tavolo. Si risedette al suo posto e rimase a fissare il vuoto.

"Ero una ragazzina di dodici anni," cominciò a raccontare Marigula, "quando mia madre mi condusse alla casa padronale perché entrassi come domestica della mia madrina Evridiki, la signora Aghisilau. All'inizio quasi morivo dal dispiacere, ma pian piano mi abituai. L'uomo si abitua a tutto, mia cara. Questo ho imparato nella vita. Riesce a sopportare tutto. Dici: 'Questo è escluso, non posso farlo, non riuscirò a sopportarlo, finirò per morirne'. E invece lo fai e ci riesci e ti ci abitui, e può darsi perfino che ti piaccia. O che ti ci abitui così tanto che ti è difficile vivere senza, anche se è qualcosa di negativo. Gli uomini, mia cara, sono un mistero. Il più grande mistero della creazione del Signore. Comunque. Se si comincia a pensare a queste cose non ci si salva più. Nella casa padronale ho vissuto anni felici. Mi prendevo cura dei ragazzi. Quando entrai in casa loro Aghis aveva un anno, e gli altri due maschi, Dinos e Kleanthis, non erano ancora nati. Ho vissuto bene lì. Poi la mia madrina mi ha fatto sposare e ho lasciato il palazzo per andare a vivere con mio marito. Sono stati tempi difficili. Non per tutti, certo. Per alcuni erano difficili, per altri no. Per quanto riguarda me, era destino che tribolassi tanto. Quando nacque l'ultima figlia della signora Evridiki, Meropi, io ero già sposata da quattro anni e stavo per dare alla luce il secondo maschio, il mio Ghiannis. L'hai conosciuto, è lui che ti ha portato qui a casa. Io ed Evridiki abbiamo partorito nello stesso anno i nostri ultimi figli. Lei una femmina, io un maschio. E com'era felice la mia madrina. Aveva desiderato tanto una figlia femmina. Stravedeva per Meropi. Le diede il nome di sua madre, la quale a sua volta non stava più in sé dalla gioia. Per me erano cominciati gli anni duri. Non me n'ero ancora accorta e invece erano cominciati. Forse se fossi rimasta con un figlio solo le cose sarebbero andate in un altro modo, ma mi vergogno anche soltanto a dirlo. Ghiannis è la mia consolazione e si occupa di me, il mio amato pulcino, mi accudisce, non posso lamentarmi. Perciò non ho cresciuto Meropi quando era piccola. Non riuscivo ad andare alla casa padronale con due figli e tutti i mestieri di cui dovevo farmi carico. Però ho vissuto con lei in seguito, e l'ho amata come una figlia. Sono stata sfortunata, vedi, e ho perso il marito presto. Meno male che la madrina ci accolse in casa, me e i bambini, e così potei tirare avanti e crescere i miei figli. Furono anni duri. E piano piano la situazione si fece grama non soltanto per i poveri, ma anche per i ricchi. Cominciarono a passarsela male anche i signori. Guerre e miseria dappertutto. Così va il mondo, dicono. Meglio che non vada, allora.

"I ragazzi crescevano e noi ne eravamo fieri, ma ci angustiavamo anche. Quale futuro avranno? Che ne sarà di loro? Appena le cose sembravano andare per il verso giusto arrivavano nuove disgrazie. Quanta sofferenza. Finimmo per vivere nell'angoscia e nel lutto. Le persone si disperdevano come gli uccelli del cielo. La casa, un tempo piena di vita, di allegria e di canzoni, piano piano si svuotava. Dinos se ne andò e venne il momento anche per Kleanthis. La mia madrina era inconsolabile. Aveva perso il padre, il suocero, la suocera, suo fratello era in America da anni, e visto che si era sposato là non sarebbe più tornato. Suo marito, il signor Nikolas, era sempre pieno di pensieri. La piccola Meropi era tutta la sua felicità.

"Gli anni passavano; e appena dicevamo: forza, quel che di male ci doveva capitare è capitato, arrivavano altre sventure. Abbiamo passato anni dolorosi, ragazza mia. Finita la Grande guerra ci fu la catastrofe di Smirne. L'isola si riempì di profughi. Allora sì che c'era una miseria tremenda. Uomini che nella loro terra erano stati signori vagavano coperti di stracci, senza cibo, senza un tetto, imploravano per avere un lavoro. Ma come faceva la nostra isola a sostentarli tutti? Certe signore che sapevano suonare il pianoforte e parlavano francese erano costrette a rammendare vestiti per vivere. Vendevano per pochi soldi i cucchiaini d'argento che erano riuscite a nascondersi in seno e ringraziavano Dio perché i loro figli si erano salvati, a differenza di tanti altri.

"Anche noi ringraziavamo Dio – eravamo signori a casa nostra, perfino i più poveri tra noi. La sventura dell'altro ti costringeva a pensare che la tua stessa vita, la tua gioia, erano appese a un filo. E per noi i mali non avevano fine.

"Meropi dunque cresceva ed era una bellissima ragazza. Ormai è tempo che si sposi, dicevo. Ma per una ragione o per l'altra nessuno si preoccupava di trovarle un fidanzato. Come se lo facessero apposta, la mia madrina e il marito. Come se avessero timore di perdere l'unica figlia. E io dal canto mio, chi ero io per mettere becco? Però volevo molto bene a Meropi. Era cresciuta insieme con il mio Ghiannis e mi angustiavo per la sua sorte vedendo che nessuno si curava di sistemarla. La ricchezza del padre si era ridotta.

"Dalla morte del fratello Ghiorgos in poi era stato come se al signor Nikolas fosse passato l'interesse per il lavoro. Aveva lasciato che gli affari col tabacco, un tempo assai redditizi, andassero a rotoli. Aveva smesso di occuparsene. E aveva praticamente smesso di interessarsi anche della fabbrica – intendo la conceria –; l'aveva lasciata in mano ad Aghis. Ma cosa ne sapeva Aghis di lavoro? Insomma. Comunque di soldi ne avevano.Avrebbero potuto trovare un buon partito per Meropi. Semplicemente non ci pensarono. E lei, dal canto suo, benedetta ragazza! Tanti e tanti le facevano la corte, ma lei li guardava con indifferenza. Le cantavano certe serenate, se la mangiavano con gli occhi, e lei impassibile. Io le dicevo: 'Tanti bei giovanotti ti vogliono, pulcino mio, e tu chi vuoi?'. 'Non voglio nessuno, Marigula,' mi rispondeva. 'Figliola, è una cosa illogica. Tutti hanno bisogno di un compagno. Non vedi gli uccellini, che vanno a due a due? A due a due vanno sia gli animali sia gli uomini. Tu non vuoi cercare la tua metà, il tuo affetto?' 'Io li ho i miei affetti,' replicava. 'Eh, ma quelli non bastano, figlia mia. Altrimenti tutti rimarremmo con i nostri genitori, e il mondo si fermerebbe.' 'E allora lascia che siano gli altri a portare avanti il mondo, Marigula. Io ho intorno a me tutte le persone di cui ho bisogno.' Discorsi sconsiderati. Ma se i giovani avessero senno, credi che il mondo sarebbe quello che è? Come che sia.

"Insomma, arrivarono gli anni del terribile disastro. Un'altra guerra, peggiore della prima. E l'isola si riempì di italiani. Brave persone, allegre, con le chitarre e le fisarmoniche, ma pur sempre occupanti. Cantavano, ci mangiavano i gatti, ci chiusero le fabbriche e requisirono le pelli. E su di noi piombò una nuova sventura.

"La casa padronale venne allora occupata come alloggio dagli ufficiali e dal comandante, i quali vi si stanziarono con non so chi altri. Noi ci sistemammo, padroni e domestici, nel sotterraneo, nelle stanze piccole. A quell'epoca Meropi aveva trentadue anni. Non li dimostrava, e sembrava più giovane. Era una bella ragazza. Macché ragazza: una donna matura. Nessun uomo l'aveva mai sfiorata. Gli italiani la guardavano e si leccavano i baffi. Io li vedevo. Un ragazzino in particolare, si chiamava Paolo, aveva perso la testa. E lei niente. Come se nel suo mondo i maschi non esistessero. Così andavano le cose, finché per nostra sfortuna si ammalò la signora Evridiki. Se si fosse ammalata poco prima o poco dopo non sarebbe accaduto nulla. Ma capitò che si ammalasse nel periodo in cui Papafondas, il medico di famiglia, era a letto con la polmonite. Preoccupati com'eravamo, non potevamo certo aspettare che lui si rimettesse. E andai quindi a cercare – non l'avessi mai fatto! – un nuovo medico, arrivato poco prima della guerra, e di cui tutti dicevano che era bravo. Lo condussi a casa in tutta fretta. In effetti era un bravo medico. Quanto al resto però era un vero infame. Che cosa avevo combinato, disgraziata? Dov'ero andata a pescarlo? E come ho fatto a non vedere quello che mi accadeva sotto il naso? Come ho potuto lasciare che succedesse il guaio? Quando me ne accorsi era ormai troppo tardi. Il guaio era successo, e l'unica cosa che potevo fare era tenere gli occhi aperti e pregare che non capitasse il peggio. Ma ci sono momenti in cui anche il Signore è stanco e si concede una pausa. Allora chiude gli occhi e si tappa le orecchie per non vedere e non sentire. Così non sentì le mie preghiere e accadde il misfatto.

"Meropi non mi disse niente, ma io avevo avuto due parti e conoscevo i segni. Non ci fu bisogno che mi rivelasse nulla. Un giorno la trovai in lacrime. 'Non preoccuparti, tesoro mio, qualcosa faremo.' 'Che cosa faremo, Marigula? Ho perso la mamma, vuoi che perda anche il papà?' Perché nel frattempo, non te l'ho detto, la signora Evridiki era morta. 'Non perderai nessuno, troveremo una soluzione,' dissi, ma non ci credevo. Che soluzione? Di lì a poco si sarebbe cominciata a vedere la pancia, come avremmo potuto nasconderla?

"Tuttavia ci riuscimmo, e mantenemmo la cosa segreta. Nessuno si accorse di nulla. Né suo padre, né Aghis, né gli italiani. Quello giovane, Paolo, si limitava a guardarla in modo curioso.

"Quando capimmo che era tempo la portai al villaggio in cui viveva mia sorella Eleni con il marito e i figli, con la scusa di procurarci dei viveri. Là partorì. Sono io che l'ho aiutata a partorire, io ti ho reciso il cordone ombelicale: tu sei la figlia di Meropi. Sono io che ti ho fatta venire alla luce, tesoro mio, con queste mani tremanti che vedi.

"E per tua madre cominciò l'inferno. Non potevamo restare a lungo al paese senza destare sospetti. Dovevamo tornare in città. Se ci avessimo pensato prima avremmo potuto inventare una gravidanza di Eleni – era ancora in un'età in cui poteva avere figli – e dire che la bambina era sua. Ma non ci era venuto in mente e ormai era tardi. Che soluzione ci rimaneva? Meropi non poteva parlarne con nessuno. Temeva che il padre sarebbe morto dal dispiacere. Non sapevamo che pesci pigliare. Alla fine, pensa e ripensa, decisi di portare la bambina al mio paese. Avevo escogitato di affidarla a mia sorella minore, Evanthìa, dicendole che era di Eleni, la quale era ammalata; lei avrebbe dovuto tenerla per un po' finché Eleni si fosse rimessa in salute, per evitare che la neonata venisse contagiata. Devi pensare che allora, durante la guerra, non c'erano mezzi di trasporto, e le notizie non circolavano rapidamente. Perciò non sarebbe parso strano che Eleni avesse avuto un bambino senza che Evanthìa fosse mai stata al corrente di una gravidanza della sorella.

"E così fu. Meropi tornò in città e io mi avviai verso il paese con la neonata. La lasciai là un anno. Nel 1944 mio cognato mi avvertì di andare al paese, aveva bisogno. Non avevo scelta, ci andai.

"'Carina,' mi dice, 'di chi è la bastarda che ci hai appioppato? Di Eleni non è. Portala via di qui alla svelta, prima che io la lasci per la strada e finisca in pasto a qualche sciacallo. E per quanto riguarda te, che non ti riveda mai più, svergognata. Perché non credo proprio che tu sia diventata Sara e che la neonata sia tua. Ci hai scaricato la bastardina per coprire tuo figlio?'

"Per fortuna il sospetto non li aveva nemmeno sfiorati. Presi la bambina e me ne andai in tutta fretta, prima che Menios cambiasse idea e attaccasse con le domande; allora che cosa avrei detto! Lungo la strada pensavo al da farsi. Dove avrei portato la bambina? Dove l'avrei nascosta? Dove l'avrei lasciata? Stanca per il camminare e per il peso – avevi un anno, pulcino mio, una bambina robusta e rosea –, mi sedetti sul ciglio della strada e scoppiai a piangere. In quel momento passava di lì il pope di Àghios – che Dio l'abbia in gloria – in groppa all'asinello. Fermò l'asino e mi domandò: 'Che cosa c'è, donna, perché piangi?'.

"Cosa gli potevo rispondere? Che cosa gli potevo dire? Poi pensai, è un pope, gli chiederò di confessarmi. 'Confessami, pope, e ti racconterò.' 'Qui, in mezzo alla strada?' 'Dio non si trova dappertutto, pope?' 'Hai ragione, figlia mia, ti ascolto,' disse. Quindi lasciò l'asino a brucare cardi sul bordo della strada e venne a sedersi accanto a me.

"Gli raccontai tutta la storia. Perlomeno quello che potevo dire senza rivelare il nome della madre. Il pope non mi conosceva e non avrebbe fatto congetture. Quando ebbi finito di parlare mi diede la soluzione. 'Domani all'alba,' disse, 'salpa una nave diretta al Pireo. Ti darò un indirizzo. È un istituto di Atene. Portaci la bimba, che la tengano fino a che la madre potrà riprenderla con sé.' Mi scrisse l'indirizzo su un foglietto che mi nascosi in seno, e ripartii quasi di corsa alla volta della città. Avevo molta strada da percorrere, e quella decisione non potevo prenderla io. Avevo trovato una soluzione, ma l'ultima parola spettava a qualcun altro.

"Entrai nella casa padronale con mille precauzioni, con te avvolta nel soprabito. Nessuno si accorse di niente. Andai dritta dritta da tua madre. Appena ti vide impazzì dalla gioia. Ti abbracciava, ti baciava, e tu, a tua volta, come se avessi saputo tutto, come se l'avessi riconosciuta, tendevi le braccine verso di lei. Mi si stringeva il cuore a vedervi, ma non avevamo tempo da perdere. Di qualunque decisione si trattasse, bisognava prenderla subito. 'Allora, Meropi, che cosa decidi? Lo dirai a tuo padre?'

"A tua madre si gelò il sangue. Come se le avessi dato un colpo di spranga in testa. Mi guardò proprio così. 'Come faccio a dirglielo, Marigula? Come faccio?'

"Le riferii in fretta e furia quello che mi aveva consigliato il pope. 'Se non vuoi confessarlo ai tuoi non c'è altra soluzione. Dove nasconderemo la bambina? Io non ho nessun'altra idea.' Tua madre scoppiò a piangere. 'Il pope ha detto che la possiamo lasciare là fino a che sarai in condizione di riprenderla. Magari dopo qualche mese potrai andare ad Atene, trovare un lavoro là e tenere la piccola con te.' 'Ma che cosa dici, Marigula? E dove lascerò il papà?' 'Una soluzione si troverà, Dio esiste per tutti. Ci sarò qua io, ci sarà anche Aghis, in qualche modo ce la caveremo. Però per il momento non vedo altra possibilità.'

"Così Meropi si disse d'accordo, e all'alba io mi imbarcai con te in braccio, e fu il mio primo viaggio. E che viaggio! San Nikolas ci ha protette e non siamo annegate. A ripensarci adesso, che coraggio ho avuto, come ho fatto a cavarmela! E fosse stato soltanto il viaggio! Quello fu il meno. Non ti dico andare in giro da sola ad Atene! Non ci ero mai stata e non conoscevo nessuno. Ma me la cavai. Te l'ho detto, figlia mia, le persone si arrangiano sempre.

"Trovai l'istituto e ti lasciai lì. 'Per poco tempo,' dissi.

'Fino a che le cose si saranno sistemate, poi tornerò a prendere la bambina.' 'Va bene,' mi dissero, 'sta' tranquilla. È tua la bambina?' 'No,' risposi, 'è la mia nipotina. Sua mamma è malata e non può tenerla con sé, e io abito lontano.' Lasciai loro il mio nome e quello della città da cui provenivo. All'inizio avevo deciso di non comunicare niente, poi però avevo pensato che se fossi tornata a recuperarti non ti avrebbero restituita se avessi mentito, e così lasciai detto come mi chiamavo e di dov'ero. Presero nota di tutto su un biglietto. 'Non devo firmare da nessuna parte?' domandai. 'Non c'è bisogno,' risposero.

"Lasciai lì la bambina e tornai all'isola, di nuovo con la nave. Che rischio anche allora... Il mare era molto più mosso che all'andata. Mi sembrava che fosse adirato con me.

"Tua madre era inconsolabile. Dal giorno in cui eri nata non aveva fatto che angustiarsi. Ma adesso la cosa era diversa. Stringere un figlio tra le braccia e poi vederselo sottrarre è peggio che morire. Quell'anno trascorse nell'angoscia più nera. Ci fu la Liberazione. La gente festeggiava, noi invece ci consumavamo nel pianto.

"Nel 1945 morì tuo nonno Nikolas. Non avevamo fatto in tempo a tornare dal funerale, che Meropi mi disse: 'Marigula, devi andare immediatamente ad Atene a recuperare la bambina. Non c'è più ragione che viva lontana da me'. Partii con la nave il giorno seguente. Ma arrivai tardi. All'istituto mi dissero che avevano dato la piccola in adozione. 'Ma,' obiettai, 'mi avevate assicurato che l'avreste tenuta fino a che avessi potuto riprenderla.' 'Signora,' mi dissero, 'per un anno intero lei non si è fatta viva. Che cosa avremmo dovuto pensare? Ci si è presentata un'occasione, una coppia perfetta, e avremmo dovuto lasciare la bambina in istituto e negarle questa fortuna perché lei aveva detto che forse sarebbe tornata?' Non avevo detto 'forse', avevo detto che sarei tornata. 'E perché avete ceduto la bambina senza avvisarmi? Avevate il mio nome e quello della città in cui vivo. Perché non mi avete scritto per informarmi?' 'Le abbiamo scritto ma non abbiamo ricevuto risposta.' Mentivano. 'E adesso dov'è la bambina? Chi l'ha presa?' 'Questo non possiamo comunicarlo, signora, si tratta di un'informazione riservata.' 'E io cosa farò, che cosa dirò alla madre?' 'Ci dispiace, signora, non possiamo aiutarla.'

"Tornai all'isola più morta che viva. Che cosa avrei detto a Meropi? Come me la sarei cavata? Un disastro. Un disastro al quale avevo contribuito, in cui avevo avuto un ruolo fondamentale. Sentivo che era colpa mia. Se la bambina fosse rimasta sull'isola, presso qualche famiglia, le cose non sarebbero andate in quel modo. Con un po' di soldi si sarebbe trovato qualcuno che la tenesse. Perché quel giorno avevo avuto fretta di seguire le indicazioni del pope e avevo fatto pressione anche su Meropi? 'Dobbiamo decidere ora!' le avevo detto. Avevo sbagliato. Era stata colpa mia. E magari le mie colpe fossero finite lì!

"Meropi impazzì quando le riferii i fatti. Sprofondò nella depressione più tremenda. Non che prima fosse allegra, ma ora temevo per la sua salute. Non mangiava, non usciva di casa, non parlava. Vagava per le stanze come un fantasma. Apriva e chiudeva le porte, guardava dietro i mobili come se cercasse qualcosa. Temetti che avesse cominciato a perdere la ragione. Cercavo di consolarla: 'Non angosciarti, Maria è in buone mani'. Ti avevamo battezzato Maria dal nome della tua bisnonna. Tua madre aveva avuto paura a chiamarti Evridiki, il nome di sua mamma, perché era un nome inusuale e qualcuno avrebbe potuto collegarlo alla famiglia. Il pope che era venuto da Eleni ti aveva battezzato così: 'Maria'. 'Non tormentarti,' le dicevo. 'Mi hanno assicurato che la bambina è stata adottata da una bravissima coppia.' Lei non parlava. Non metteva il naso fuori di casa. Non mi lasciava nemmeno aprire le finestre. Ci abituammo a vivere al buio. 'Non voglio la luce. La mia luce l'ho persa,' ripeteva.

"Aghis tornava a casa soltanto per dormire. Una volta mi domandò: 'Marigula, che cos'ha Meropi?'. 'È rimasta molto scossa dalla morte dei vostri genitori, Aghis. Si riprenderà. Ci vuole tempo.' 'Macché tempo! Sono passati quattro anni dalla morte del papà. Quando si riprenderà? Ho paura che non stia bene, Marigula. Forse dovrei portarla in qualche clinica.' 'Sta bene, Aghis, non preoccuparti. Hai altre cose a cui pensare.' Ed era vero: quell'anno la ditta fallì e Aghis fu costretto a chiuderla. Pochi mesi dopo emigrò in Germania, dove mezza Grecia era andata in cerca di fortuna e a rimettere in piedi un Paese che gli Alleati avevano distrutto.

"Restammo sole io e Meropi nella casa padronale. Come vivevamo, è meglio che non me lo domandi! Sepolte vive. Io almeno uscivo di casa per sbrigare le commissioni. Tua madre non usciva mai. Vestita di nero, se ne stava seduta al buio. La notte la sentivo vagare per le stanze e mi sanguinava il cuore. Che cosa potevo fare? Niente. Soltanto prendermi cura di lei. E alla fine non mi riuscì nemmeno quello. Com'è che mi ha ingannata! Come ho potuto farmi ingannare!

"Era la mattina di Ferragosto. Venne in cucina, io ero lì. Indossava il vestito nero bello. 'Alzati, Marigula,' mi disse, 'andiamo in chiesa. Oggi è la festa della Madonna e voglio pregare in grazia con Lei.' Mi feci il segno della croce. 'Ah, che dono del cielo, grazie a Dio,' dissi tra me e me. Finalmente un po' di luce. Finalmente aveva voglia di uscire. Come potevo sospettare, povera me? Mi vestii in un attimo e ci avviammo insieme verso la Kìmisi. Seguimmo la liturgia fino alla fine. La gente non ci staccava gli occhi di dosso. Era comprensibile. Non vedevano Meropi da anni. Lei non pareva infastidita. Come se non se ne accorgesse. Fissava l'icona della Madonna, osservavo le sue labbra muoversi e sapevo che stava pregando, pregavo anch'io e ringraziavo la Madonna: 'È immensa la tua grazia, Vergine. Ti ringrazio per aver aiutato questa donna sventurata, provata dal lutto, afflitta, che nella vita non ha conosciuto nessuna gioia. Aiutala a ritrovare pace e serenità. Ti ringrazio, Madre'.

"E tornammo a casa. Mentre spingevo il cancello, Meropi mi disse: 'Tu va' a casa, Marigula. È tanto tempo che non esco, mi è venuta voglia di fare una passeggiata fino al mare'. 'Va', va' pure,' dissi io, la stupida. 'Svàgati un po'.' 'Ciao Marigula, non farò tardi.' 'Prenditi tutto il tempo che vuoi. C'è tempo prima del pranzo,' dissi, ed entrai in casa. Feci il giro di tutte le stanze – al primo e al secondo piano, nel seminterrato – e spalancai tutte le finestre, che il sole e la luce inondassero la casa, perché per me era come se quel giorno Meropi fosse rinata.

"Come siamo sciocchi, noi esseri umani. Arrivò mezzogiorno e Meropi non comparve. Nel pomeriggio ancora nessun segno. Calò la sera e uscii a cercarla. Percorsi tutta la strada lungo il mare, niente. Arrivai al porto. Nessuno. Vidi un uomo, al bando il pudore, pensai. 'Scusa,' gli dissi, 'hai visto una donna camminare sulla spiaggia?' 'Te,' mi rispose. Aveva voglia di fare lo spiritoso. Gli domandai: 'Hai forse visto da qualche parte Meropi Aghisilau?'. 'E chi è?' fece lui. Me ne andai. Imboccai i vicoli della parte interna. Non c'era anima viva. Arrivai fino al cimitero. Magari è andata sulla tomba dei genitori, mi dissi. Macché. Non sapevo più dove sbattere la testa. Dove potevo andare? A chi domandare, e che cosa? Andai a casa di mio figlio Ghiannis. 'Figlio,' dissi, 'è scomparsa Meropi.' 'Ma cosa dici mamma, scomparsa dove?' 'Non lo so, figlio mio, non c'è da nessuna parte. L'ho cercata per tutto il paese. Non si trova. È sparita.' 'Lascia stare, mamma. Andrò a cercarla io. Sta' qui e riposati, vado io a dare un'occhiata.'

"Il mio Ghiannis era amico d'infanzia di Meropi. Erano coetanei e avevano sempre giocato insieme da quando erano piccoli. Ghiannis le voleva molto bene, e anche lei a lui, perché quando era bambina era amicissima di un ragazzino che era stato investito dal tram – il solo e unico incidente che abbiamo mai avuto con i tram. Meropi a quel tempo era inconsolabile e aveva trovato un conforto nel mio Ghiannakis, perché anche il bambino che era rimasto ucciso si chiamava Ghiannakis.

"E così Ghiannis uscì a cercarla e io rimasi lì ad aspettarlo. E più passava il tempo e lui non tornava, più io mi agitavo e angosciavo. Non promette niente di buono, no, questa scomparsa non promette niente di buono, mi ripetevo. Non mi sbagliavo. Al mattino si diffuse la notizia. La trovò all'alba un pescatore, era precipitata sulle rocce dietro il porto. Nessuno sapeva come fosse accaduto. La trasportarono immediatamente all'ospedale. Ma non c'era niente da fare. Era viva ma aveva la spina dorsale spezzata. I medici non potevano intervenire. Rimase paralizzata per quattro anni. La accudii meglio che potei, ma non era poi molto. Non aveva voglia di vivere, capisci. E così si spense una mattina del 1959, le chiusi io gli occhi e la piansi come fosse stata mia figlia. Al funerale c'eravamo io e i miei figli. Dinos tornò da Atene, ma non arrivò in tempo. Entrò nel cimitero quando avevamo già coperto la fossa. Non aveva avvertito che sarebbe venuto e non lo aspettavamo. Tornammo insieme verso la casa padronale ma lui non volle entrare. Nemmeno io volevo più starci ora che mancava Meropi. Raccolsi i miei effetti e andai a casa di Ghiannis. In seguito mi trasferii in questa casetta in cui vivo ancora oggi e dove avevo abitato appena sposata. Ecco la storia, ragazza mia. Queste erano le cose che avevo da raccontarti su tua madre Meropi e sulla sua famiglia."

Maraia non parlava. La commozione le serrava la gola. Non aveva immaginato che la storia potesse essere così. Non si era immaginata niente, a dire il vero, ma da qualche parte in fondo alla sua testa aveva pensato a qualcosa di più semplice. Una madre morta di parto, o una ragazzina non sposata che era rimasta incinta e aveva paura di quello che avrebbe detto la gente. Qualcosa del genere. Non si era immaginata il dolore e la sofferenza della sua mamma. Ma la storia non era finita: Maraia doveva scoprire altro.

"E mio padre?" domandò.

"Se ne andò. Appena finita la guerra prese moglie e figli e se ne andò. Hai ragione, mi sono dimenticata di dirti che il signore era sposato. Non si fece vedere mai più. Non sapemmo più nulla di lui. Non ho idea di dove sia, se sia vivo o no. Non so niente e nemmeno desidero saperlo."

"Mio padre sapeva di me?"

"Nemmeno di questo sono al corrente. Non ne ho mai parlato con tua madre. E adesso che io ti ho raccontato la mia storia, dimmi tu la tua. Come hai fatto a trovarmi?"

Marigula vedeva che il suo racconto aveva commosso la ragazza, e volle distrarla un po'. Parlando della propria vicenda, Maraia avrebbe smesso di pensare a quello che aveva ascoltato e magari si sarebbe per così dire ripresa. Marigula aveva studiato per anni e anni la natura umana.

"Allora," le disse, "sto aspettando, ragazza mia. Però devi parlare a voce alta perché non ci sento bene."

Visto che toccava a lei, Maraia cominciò a raccontare di come si era imbattuta nell'atto di adozione e di come era arrivata ad Atene e aveva trovato l'istituto; lì aveva scoperto il documento che riportava il nome di Marigula.

Poi per caso aveva incontrato Ghiannis che l'aveva condotta dalla madre.

"E adesso come ti chiami, ragazza?"

"Maraia Pachrist. Cioè, Maraia Papachristu."

"Papachristu? E tuo padre come si chiama?"

"Konstantine, ossia Kostandinos. Magari lei conosce la famiglia di mio padre, perché mio nonno era originario di qui, dell'isola. Anzi, quello che lei mi ha detto adesso, cioè che mia madre aveva pensato di non chiamarmi come sua mamma, ossia Evridiki, affinché la gente non capisse, mi colpisce perché anche la sorella di mio nonno si chiamava Evridiki, un nome che quindi non è poi così raro. E ora che ci penso, c'è anche un'altra coincidenza. Lei mi ha detto che mia mamma si chiamava Meropi?"

"Sì, tesoro, Meropi Aghisilau."

"Questo è proprio strano, perché anche la nonna del mio papà adottivo si chiamava Meropi. Anzi, mio padre mi disse che questa era la ragione per cui non mi avevano cambiato nome: perché Meropi assomiglia a Maria."

La testa carica d'anni di Marigula si era messa in moto. È mai possibile! Ma coincidenze così numerose non possono essere coincidenze. Com'era che la sorte si divertiva tanto alle loro spalle? Il Signore stava punendo la colpevole. La sorte giocava con lei. E lei il gioco doveva affrontarlo fino in fondo, altrimenti il suo peccato sarebbe stato troppo grande. Aveva detto tutto quello che sapeva. Aveva fatto molto più di quanto avrebbe voluto. Indovinava molto più di quello che la sua mente riuscisse a sopportare. E tuttavia non poteva non formulare la domanda:

"Dimmi un po', tuo nonno si chiamava Ghiannis?".

"Sì. Lo conosceva?"

"Molto bene, anche. Ghiannis Papachristos. E visto che suo figlio si chiama Kostandinos, si sarà chiamato Kostandinos anche suo padre."

"Sì, è così."

"E sua madre si chiamava Meropi e sua sorella Evridiki."

"Sì."

"Piccola mia, può darsi che tu non creda a quello che sto per dirti – anch'io in realtà stento a crederci – ma quel Kostandinos Papachristu, o come lo hai chiamato, che ti ha adottato, è primo cugino di tua madre."

"Ma non... non è possibile."

"A quanto pare lo è. È proprio vero che il mondo è piccolo. Certo, da oggi comincerò a credere che è molto molto piccolo. Sono vecchia e pensavo di aver capito certe cose. Però a quanto pare non sono ancora abbastanza vecchia, perché dicono che i vecchi non si sorprendono più di nulla, invece io ho appena avuto la sorpresa più grande della mia vita con i tiri che la sorte gioca a noi uomani stolti."

"Che cosa intende? Non capisco."

Maraia faceva davvero fatica a seguire i pensieri di Marigula. Era rimasta sbalordita nel sentire le sue parole.

"È naturale, figlia mia. Ascoltami, ti spiego. Il cognome della madre di tua madre, ossia di tua nonna Evridiki Aghisilau, da ragazza era Papachristu. Suo padre era Kostandinos Papachristu e sua madre Meropi. Evridiki aveva un fratello, Ghiannis, che dopo aver litigato con il padre decise di partire per l'America in cerca di fortuna. Là sposò una straniera, cattolica; me lo ricordo perché sua madre Meropi non si dava pace. 'Addio, non lo rivedremo più il ragazzo,' diceva, e in questo non aveva torto. Inoltre, nei primi anni di matrimonio Ghiannis non ebbe figli e mi ricordo che sua madre veniva dalla signora Evridiki e si lamentava con lei dicendo: 'Non basta che sia straniera, è pure sterile'. Perciò impazzì dalla gioia quando venne a sapere che il figlio aveva avuto un bambino, e che lo aveva chiamato come suo padre: Kostandinos. Questo la riconciliò anche con il pensiero della nuora straniera, che non aveva mai visto se non in fotografia. Capisci quindi che questo Kostandinos Papachristos, tuo padre adottivo, è nipote di tua nonna, in quanto figlio di un suo fratello, e perciò primo cugino di tua mamma?"

Maraia capiva le spiegazioni di Marigula, ma le era difficile accettarle. Com'era possibile? Era incredibile. Nemmeno in un film di Hollywood c'erano così tante coincidenze. Ma poi invece, perché no? Può darsi che i film di Hollywood non avessero tante coincidenze, però le aveva la tragedia greca antica. In questa terra Edipo si era unito con sua madre. Piuttosto, lei era stata fortunata a non aver sposato suo padre. Da un lato le veniva da ridere, dall'altro da piangere. Finì per fare la seconda cosa.

"Càlmati, tesoro mio. Hai visto? Tutto si è risolto bene. Lontano, in terra straniera, pur non sapendolo eri con la tua famiglia. E magari, se guardi attentamente, assomigli anche al tuo padre adottivo, perché sei identica a tua madre; e tua madre aveva preso dal ramo dei Papachristu, somigliava a sua madre Evridiki. Càlmati, non piangere, tutto il mondo è un'unica grande famiglia. Sei venuta a cercare la tua e hai scoperto che quella che ti ha cresciuta e amata – ne sono certa, perché i bambini si amano – è la tua famiglia. Devi essere contenta, non piangere."

Marigula aveva ragione perfino nell'ipotizzare che lei somigliasse al padre adottivo. Lo notavano tutti. Con la madre non aveva niente in comune – e come avrebbe potuto, del resto –, ma somigliava in modo sorprendente al padre. E lui era molto fiero ogni volta che qualcuno lo notava, perché vedeva che era vero. Sì, Marigula aveva ragione.

Tuttavia Maraia non riusciva a smettere di piangere. Le emozioni erano troppe. E adesso le ritornavano in mente a uno a uno tutti i particolari che Marigula aveva raccontato sulla sorte di sua madre, o meglio, sulla sua sventura. E più pensava alla sofferenza di quella donna che lei, tra sé e sé, da quando era venuta a sapere la verità sull'adozione, aveva maledetto e insultato perché l'aveva abbandonata, più i singulti diventavano violenti e le mozzavano il respiro.

"Coraggio, piccola mia, bevi un sorso d'acqua che ti riprendi. Su, va' un poco a riposarti, oggi ci siamo dette molte cose. Io sono qui. Quando vuoi torna, che chiacchieriamo ancora."

Maraia si accorse che aveva cominciato a fare buio. All'improvviso si sentì a disagio. Aveva costretto una signora anziana a parlare per tante ore e l'unico pensiero che aveva avuto era stato quello di soddisfare il suo bisogno di sapere. Non le era nemmeno passato per la testa che l'anziana donna potesse essersi stancata. Si alzò piena di vergogna.

"Scusami, signora Marigula, ti ho fatto stancare."

"Non mi hai fatto stancare, al contrario. Sai da quanti anni mi tenevo dentro questa storia che mi bruciava? Mi fa bene che tu sia venuta a trovarmi. Così potrò morire con la coscienza più tranquilla, perché sono riuscita a concludere anche qualcosa di buono. Ma prima che tu te ne vada devo darti una cosa."

Marigula si alzò, piegata in due, e si diresse lentamente verso la stanza accanto. Tornò poco dopo con in mano un oggetto avvolto in una stoffa. Lo disfece e lo porse alla ragazza.

"Questo è il diario di tua madre. È l'unico oggetto che ho preso dalla casa padronale. Non so che cosa ci sia scritto. Non l'ho mai letto. Però non volevo che cadesse in mano altrui. Era anche questo uno dei miei crucci. Adesso che ci sei tu posso darlo a te. Ti appartiene. Vedi, figliola, mi hai tolto un altro bel peso." Commossa, Maraia prese il diario rilegato in pelle. Sulla copertina erano incise le lettere M. N. A. Abbracciò Marigula e la baciò sulla guancia rugosa.

"Grazie, grazie di tutto. Tornerò."

"Torna quando vuoi, figlia mia. Io sono qui."

Il diario non entrava nella borsa. Maraia se lo mise sotto il braccio e quasi correndo si avviò verso l'albergo per trovarsi il più in fretta possibile da sola a leggere il diario di sua madre.

Con la finestra spalancata, la luce accesa e le zanzare che le ronzavano intorno, Maraia si sdraiò sul letto e aprì il diario. Le tremavano le mani. Diede un'occhiata rapida. Era un diario strano. Non c'erano date. Solo verso la fine riportava l'anno, e l'unica data completa era quella dell'ultima annotazione.

DIARIO M. N. A.

Quest'anno l'inverno è particolarmente rigido. Sembra che partecipi al lutto del Paese. Allo stesso modo, però, anche la nostra vita è diventata più dura. Il combustibile e molti beni di prima necessità scarseggiano. Il Comando ci ha requisito la casa. Ci siamo ritirati nelle stanze anguste del seminterrato. Per fortuna non ci mancano i viveri. Oltre alla scorta di olio che papà si era procurato, gli italiani ci riforniscono di scatolette.

Il più simpatico è Paolo. Lo sento suonare il piano in salone. È un artista eccezionale.

Paolo mi ha regalato uno zaino pieno di scatolette. Mi ha chiamato a gesti e me lo ha posato davanti. Adesso abbiamo talmente tante provviste che possiamo assistere chi ha bisogno di aiuto. Ne parlerò con la mamma.

Sembra che Paolo mi abbia preso in simpatia. Anche a me è simpatico.

Sono molto agitata. Oggi ho incontrato Paolo in cucina. Eravamo soli. Mi ha preso per un braccio e mi ha detto: "Aspeta Meropi, aspeta, volio parlare, senti, non sono bambino, sono venti oto e ti volio". Io mi sono liberata con uno strattone, e sono scappata via correndo. "Venti oto" credo che significhi "vingt huit". È più giovane di me ed è un occupante. Devo trovare il modo di evitarlo, d'ora in poi.

La mamma è malata. Temo che sia una cosa grave. Papà è preoccupato. Le sta sempre accanto e io mi preoccupo doppiamente, per lei e per lui. Che cosa accadrebbe se dovesse succedere qualcosa anche a lui? Anche il nostro medico è malato. Marigula ha chiamato per la mamma il giovane medico Karavasìlis.

Il medico mi ha domandato quanti anni ha la mamma e di quali malattie ha sofferto in passato. Gli ho risposto che ne ha compiuti settantacinque e che a quanto ne so non ha mai avuto nessuna malattia seria. Il medico non si è mostrato ottimista.

Il medico ci fa visita tutti i giorni. È un uomo straordinario. Non ha accettato soldi. Gli ho offerto qualche scatoletta. Mi ha ringraziato calorosamente. Si è stabilito nella nostra città poco prima della guerra per via dell'origine della moglie. Hanno due figli, uno di due anni e uno di nove mesi. Ringrazio Dio che si sia trovato quest'uomo che ci assiste in momenti tanto difficili.

Il medico ci fa visita due volte al giorno. Confesso che la sua presenza è un sollievo per me perché è un sollievo per la mamma. È cauto nel comunicare la diagnosi, ma temo che cerchi di prepararmi al peggio.

Papà è uno straccio. Non gli ho riferito niente. Christos mi ha detto che la mamma ha un cancro. Non esiste nessuna cura.

La mamma soffre molto. Di notte la sento lamentarsi. Mi sono rivolta al comandante italiano e sono riuscita a procurarmi iniezioni di antidolorifici. Christos ha detto che in questo modo potremo alleviarle un po' la sofferenza. Papà era nella sua stanza che dormiva. Sono scoppiata a piangere. Christos mi ha preso tra le braccia come se fossi una bambina. Ho provato conforto, gioia e vergogna.

Christos è stato qui oggi pomeriggio. Non volevo vederlo. Tutta la notte precedente non ho fatto che pensare al calore del suo abbraccio. Mi vergogno così tanto. Mi stupisco di me stessa, figlia senza cuore. La mamma sta per lasciarci e io penso all'abbraccio del medico. Se lo vedesse Aghis...

Marigula è venuta a dirmi che il medico mi cerca. L'ho trovato fuori dalla stanza della mamma. "Devi farti coraggio, Meropi. La fine è vicina," ha detto. Mi sono sentita mancare. Mi ha sorretto, mi ha stretto tra le braccia e ha preso a baciarmi la gola, le guance, gli occhi, la bocca. Deve avermi tenuto in piedi lui, perché le gambe di sicuro non mi reggevano. Dio mio, voglio morire. Morire io al posto di mia madre.

La mamma ci ha lasciati. Le siamo stati accanto, negli ultimi istanti, io, il papà e Aghis. "Dinos, Kleanthis," ha detto, e poi: "Mamma, Nikolas". Ha chiuso gli occhi e ha cominciato a lottare con la morte. Papà le stringeva una mano, io l'altra. Il rantolo che emetteva è il suono più terribile che io abbia mai sentito in vita mia. Aghis ha mandato Marigula a cercare il medico. Quando Christos è arrivato era tutto finito.

I giorni scorrono e papà è abbattuto. Non mangia. Ho paura.

Sono andata a trovare Christos all'ambulatorio. "Salva mio padre," gli ho detto, "non posso perdere anche lui." "Sta' tranquilla, tesoro, non lo perderai." Mi ha abbracciata e mi ha baciata. Io mi sono lasciata andare. Che cosa ho combinato! Mi ha fatto sdraiare sul lettino e mi ha presa. Non ho opposto resistenza. Non sono riuscita. Non ho voluto.

Christos viene ogni giorno a fare iniezioni ricostituenti al papà, il quale sembra stare meglio. Devo imboccarlo a fatica ogni volta, con poco cibo. Vivo per le visite di Christos, quando ci abbracciamo furtivamente, e per i nostri incontri segreti. So quanto sia pericoloso tutto questo, tuttavia non sono più in grado di agire diversamente. Non ho orgoglio né dignità. La cosa che mi preoccupa di meno è incontrare qualche italiano che fa la ronda di notte. O forse in fondo è quello che mi auguro. Sono una svergognata che frequenta un uomo sposato. Ecco cosa sono. Non mi riconosco più. Eppure sono così. Vivo per questi incontri. Per gli attimi in cui mi stringerà nel suo abbraccio e io sarò in Paradiso. Che bestemmia! E tuttavia è il mio Paradiso! Il mio corpo si è destato e desidera, e per quanto io mi vergogni, per quante decisioni prenda, per quanto mi riprometta di resistere, di sconfiggere tali infami brame, alla fine non ho la forza di agire rettamente. Quando cala la notte, il mio pensiero corre a lui e la ragione mi abbandona. È una malattia, e davvero sono un'ammalata; e la mia cura è sul letto dei pazienti di Christos. È il solo medico che mi può curare. Dio mi perdoni, non sapevo che cosa si celasse dentro di me.

Papà si sta riprendendo. Per fortuna. Non vedo Christos da tre giorni. Il corpo mi duole. Stavo scendendo la scala mentre saliva Paolo. Mi sono tirata da parte per lasciarlo passare. Il suo braccio mi ha sfiorato il seno e mi è venuto un brivido. Sono corsa in camera mia e mi sono accarezzata. Non riesco a credere a quello che mi accade. Mi faccio ribrezzo. Non resisto più. Non resisto. Stasera andrò da Christos.

Sono tornata a casa all'alba col cuore in gola. La notte scorsa è stata una rivelazione. Ho ceduto al mio corpo. Mi sono abbandonata e ho obbedito ai suoi ordini. Li ho eseguiti. Ho preso io l'iniziativa. I ruoli si sono invertiti. Christos era un giocattolo nelle mie mani. Non ero più io. Mai, nemmeno nei sogni più audaci, avevo pensato di poter essere quella che sono stata poche ore fa. Al di là di ogni limite, al di sopra di ogni limite, indifferente a ciò che è opportuno, decoroso, rispettabile. Né mi turbavano minimamente le parole di Christos: "Guarda, guarda, la bambina innocente si è trasformata in una gattina vogliosa". Forse una settimana fa queste parole mi avrebbero ferito. Ieri non le ho quasi sentite. Il mio corpo bramava di essere appagato e il mio amato era lì per quello, e io mettevo in pratica tutto quello che avevo letto, sentito, immaginato, per far godere lui e me. Se in definitiva questo è il peccato, desidero essere peccatrice.

1942

Sono incinta. Mio Dio, sono incinta. Ormai è sicuro. È passato anche il terzo mese senza che abbia avuto le mestruazioni. Che cosa farò?

Perché, perché il dono divino di una vita, della vita che sussulta dentro di me, si deve accompagnare a una sofferenza così atroce, a una tristezza così immensa? Quanto ho peccato per dover pagare uno scotto tanto grande, per non poter gioire della mia gioia! Quella che dovrebbe essere felicità è invece una sofferenza. E non si tratta soltanto di questo. Ogni giorno scopro la misura della mia incoscienza (come altrimenti definirla?). Sono sincera, se non avessi il conforto di Marigula, che è per me una seconda madre, avrei aggiunto un altro peccato ai molti che ho già commesso.

Non l'ho più visto. Non lo vedrò più.

La maledizione pesa su questa casa. La mia maledizione me la sono procurata io. Il bimbo cresce. L'ora si avvicina. Non potrò mai stringerlo tra le braccia.

1943

La mia bimba, la mia Maria, l'ha portata via Marigula. Non c'era altra soluzione. Non potevo tenerla. Papà sarebbe morto per la vergogna. Con tutte le sventure che ha passato, non potevo imporgli anche questo amaro calice. Che io sia maledetta.

1944

L'ho stretta tra le braccia e l'ho persa di nuovo. Ho perso il mio angioletto. Mio Dio, come farò a vivere?

1945

Papà è morto. Di Aghis non mi interessa. Ho mandato Marigula ad Atene a riprendere la bambina. La mia piccolina. Non mi importa più di niente. Soltanto di stringerla nuovamente tra le braccia. La mia bimba! Come la sto aspettando!

Dio mi sta punendo per i miei peccati. Pagherò il mio errore per tutti gli anni che mi restano da vivere. Avevo sperato in un po' di felicità. Tuttavia, perché il peccatore dovrebbe aver diritto alla felicità? Ho disprezzato le leggi di Dio e degli uomini. Ho peccato, trascinando nel peccato quanti ho reso miei complici. Adesso pago. Marigula è tornata a mani vuote. La mia bambina, la mia Maria, è stata data in adozione un mese fa. A chi? Non si sa. Marigula non è riuscita a ottenere nessuna informazione. "Sono dati riservati e inaccessibili. Non vengono rivelati per nessuna ragione." Ho perso il frutto del mio ventre. Ho perso tutto. Me lo merito, peccatrice.

15.8.1955

La mia Maria, se è viva, ora ha dodici anni. È una ragazzina, ormai. Le auguro di vivere a lungo e di essere felice, la mia piccola. Ne gioiscano coloro che l'hanno con sé. Oggi è il suo onomastico. Spero che sia un giorno fortunato. Oggi ho deciso di uscire. Andrò in chiesa a impetrare la grazia della Madonna, a chiedere perdono per i peccati trascorsi e per quello che sto per commettere. I miei fratelli sono felici là dove sono. Non ne saranno addolorati, spero. Hanno la loro vita. Per me non c'è vita. Ho vissuto con il peso dei miei peccati per dodici, tredici anni. Non ho più forze. Non sopporto questa casa deserta, in rovina, con le fotografie dei morti, le fotografie di quelli che non ci sono più, questa casa in cui ogni angolo mi rammenta le gioie passate e definitivamente perdute, e il mio peccato, soprattutto quello, senza possibilità di remissione, senza via di scampo. Soltanto tenebra e oscurità. Come si può continuare una vita senza speranza? A che scopo? Siano perdonati i miei peccati. Signore, a te affido il mio spirito.

Maraia chiuse il diario. Se lo strinse al petto. Lo teneva tra le braccia come se cullasse un neonato e piangeva, e tra i singulti continuava a ripetere:

"Infelice, infelice".

Non osava dire "mamma".

Meri aspettava fuori dalla porta della casa. Nessuna risposta. Bussò in modo più deciso e aspettò di nuovo.

"C'è nessuno?" gridò.

Di sicuro qualcuno c'era, visto che poco prima era uscita quella ragazza. Che fosse successo qualcosa? Stava bene l'anziana signora Marigula? Bussò una terza volta, ancora più forte. "Sì, sì, sto arrivando," disse una voce da dentro.

Meri vide sulla soglia una vecchina curva.

"Scusa, ragazza, era un po' che bussavi? Non ci sento bene. Che cosa vuoi?"

"Sono Meri Aghisilau, la figlia di Kleanthis, e sono venuta a trovarla."

"Come, ragazza?"

"Sono la figlia di Kleanthis Aghisilau."

"Cosa mi dici, mia cara, davvero? Ooh, ma che gioia! Succede tutto oggi. Che coincidenze, che coincidenze! Avanti, vieni, vieni."

Meri entrò in casa domandandosi che cosa significassero le parole della vecchia. Cos'era che stava succedendo tutto oggi? Di quali coincidenze parlava? Non è che la vecchietta fosse un po' via di testa?

"Siedi, ragazza mia, aspetta un attimo che accendo la luce. Si è fatto buio. E così sei la figlia di Kleanthis, eh? Ah, se n'è andato il mio tesoro, se n'è andato. L'ho saputo. Ghiannis non me lo diceva per non rattristarmi, ma me l'hanno detto altri. Si possono nascondere queste notizie? Non si possono nascondere. Ghiannis è mio figlio. È lui che ti ha condotto qui?"

"No, non conosco suo figlio. È stata Vangheliò, la moglie dello zio Aghis, a spiegarmi come venire qui."

"Ah, Vangheliò! È una brava ragazza, una donna di casa, sa il fatto suo. Dio gliene renda merito. Anche Aghis ha trovato un sostegno. Aveva tribolato abbastanza. E chi non ha le sue pene, del resto. Ah, lasciamo perdere. È dura la vita. E tu, come mai sei qui?"

"Sono venuta per scoprire i luoghi in cui è cresciuto mio padre, per incontrare i parenti, che non avevo mai visto, e per incontrare anche lei, che conosceva mio papà da quando era piccolo. Voglio parlare con lei perché mi racconti quello che si ricorda di Kleanthis e della sua famiglia. Desidero tanto vedere i posti in cui è cresciuto e le persone che ci vivono."

"Parleremo, ragazza mia, parleremo. Non oggi, però. Oggi sono molto stanca. Ti tratterrai a lungo?"

"Ancora un mesetto."

"Ah, allora abbiamo tempo. Vieni un mattino o un pomeriggio che facciamo una bella chiacchierata."

"Non sono venuta prima perché ho pensato che stesse riposando."

"*Mmm*, il pomeriggio non mi corico. Vado a dormire presto la sera, perché una vecchia cosa vuoi che faccia di notte? Il buio mi angoscia, sola come sono. Preferisco dormire presto la sera e svegliarmi con la luce del giorno. Perciò, ti dico, vieni una volta presto che chiacchieriamo."

"Va bene, signora Marigula, la lascio tranquilla. Però prima di andarmene vorrei domandarle una cosa. Mentre stavo arrivando qui ho visto allontanarsi una ragazza che mi è parso di conoscere. Eppure non è possibile che io la conosca, perché è la prima volta che vengo in questo posto. Chi era?"

“Quella ragazza, mia cara... nemmeno lei è di qui. È arrivata da molto lontano per incontrarmi. Anche lei sta cercando di conoscere la sua famiglia. È questo che volevo dirti prima. Ci sono un sacco di coincidenze. Moltissime coincidenze.”

“E l’ha trovata la sua famiglia? Qual è?”

“L’ha trovata, mia cara, ma se vuoi saperne di più va’ a parlare con lei. Soltanto lei, se ne ha voglia, può spiegarti quello che ha trovato. L’unica cosa che io posso rivelarti è che siete parenti.”

“Parenti? Come? Che io sappia non ho altri parenti.”

“È la figlia del primo cugino di tuo padre da parte di tua nonna Evridiki. Suo padre è figlio del fratello di tua nonna.”

“Quindi siamo cugine di secondo grado?”

“Siete cugine.”

“E allora che cos’altro dovrebbe dirmi? Visto che è mia cugina, andrò a trovarla. Ecco perché mi pareva un viso noto. Assomiglia a una fotografia che aveva mio padre di sua sorella Meropi quando era ragazzina. Papà diceva che Meropi aveva preso dalla famiglia della nonna Evridiki. Dove abita questa ragazza? Come si chiama? Dove la posso rintracciare?”

“Si chiama Maria Papachristu ma non so dove alloggi. Probabilmente in albergo. O al Samion Palace o all’Akteon. Però se hai intenzione di andare a cercarla vai domani, non stasera.”

“Certo, non andrò stasera. Ormai è buio pesto. D’altronde non so nemmeno bene dove trovarla. Grazie delle informazioni, signora Marigula. Scusi se sono passata senza avvisarla e per giunta così tardi. Tornerò un pomeriggio a fare due chiacchiere. Grazie mille. Buonanotte.”

“Buonanotte cara, ti aspetto.”

Meri uscì in strada. Ormai era notte. Nel silenzio, l’unico rumore che si sentiva era il gracidare delle rane nel torrente. Il profumo del gelsomino si spandeva dappertutto. Per un istante le venne in mente Londra. Aveva l'impressione di aver viaggiato in un altro mondo, in un'altra galassia. Tanti cambiamenti in un tempo così breve. Le sembrava incredibile. Quanto avrebbe voluto aver fatto prima quel viaggio, insieme con suo padre. Quel posto le piaceva. L'addolorava che lui non fosse lì a mostrarle i luoghi, a raccontarle le sue storie. Certo, di storie che riguardavano l'isola e le persone gliene aveva raccontate molte. Vedeva particolari che le risultavano così noti e famigliari che le pareva di averli vissuti e di conoscerli da sempre, ma altrettanti le erano ignoti.

Ah, papà, pensò, quante cose potremmo vedere insieme. Quante me ne potresti mostrare, ancora.

Perché se n'era andato tanto in fretta? Così all'improvviso? Perché da un istante all'altro la sua vita si era svuotata in quel modo? E d'altro canto era grazie a suo padre, grazie ai suoi racconti, grazie al diario che lei aveva intrapreso il viaggio e stava scoprendo quel mondo e non era più sola. Certo, nessuno avrebbe riempito il vuoto che suo padre aveva lasciato. Questo era sicuro. Però Meri sentiva che quella paura che la opprimeva, la paura della solitudine completa, era scomparsa.

"Sola al mondo. Nessuno che appartenga alla mia famiglia. I miei sono morti tutti. Sola, nella più totale solitudine," si diceva.

Quel terrore non l'assaliva più. Quanto più trascorreva il tempo, tanto si rafforzava in lei la sensazione di appartenere a un luogo. Il suo rapporto con l'isola diventava ogni giorno più stretto. Si rafforzavano legami che non aveva nemmeno immaginato. Già da quando era stata ad Atene, da quei giorni in casa dello zio Dinos, e dopo la loro chiacchierata, aveva cominciato a riacquistare coraggio. Aveva scoperto i suoi legami di sangue e ne era felice. Aveva trovato le sue radici, non era più sola. Nei giorni trascorsi sull'isola, avendo incontrato durante le passeggiate ambienti e luoghi che le erano noti dai racconti del padre – la strada lungo il mare, il ponte, le concerie, la Porfiriada, il porto, il torrente – si era rinfrancata. La sua vita era lì. Quello era il suo posto. E le persone, per quanto fossero diverse, erano affettuose. Ecco, Vangheliò, per esempio. Ormai era come se si conoscessero da anni. Non che tra loro fosse nata un'amicizia particolare, ovviamente! Come sarebbe stato possibile, d'altra parte? Però il loro rapporto le dava la sensazione di qualcosa di noto, di familiare, che non c'è bisogno di spiegare né di giustificare. È lì, esiste semplicemente perché noi esistiamo, perché siamo una famiglia. Perfino lo zio Aghis, relativamente distaccato da quello che gli accadeva intorno, era una nuova costante nella vita di Meri. E le piaceva prendere in braccio le cuginette morettine, o portarle a spasso. Era felice che la vita continuasse.

Piano piano, senza che se ne rendesse conto, maturava in lei la decisione di stabilirsi in quel luogo. Lì dove era cominciata la vita di suo padre, la vita della sua famiglia, lì voleva che continuasse anche la sua. Non ci aveva ancora pensato seriamente. Un pensiero vago le frullava nella testa. All'inizio si era detta: verrò qui tutti gli anni per le vacanze. Ma vacanze da che cosa? Dalla vita di Londra? E perché sarebbe dovuta tornare a Londra? Chi l'aspettava? Il padre non c'era più. Le amiche le aveva un po' perse di vista. Alcune studiavano, altre erano sposate. Niente la legava a quel posto. Per quale ragione tornare? Per andare al lavoro e la sera tornare in una casa vuota? L'ultima storia che aveva avuto, la più seria di tutte – e non ne aveva avute molte – era finita male. Non voleva nemmeno ricordarla. E quindi? Lì stava bene. Meglio non aver fretta, ho tempo per rifletterci. Certo, dentro di sé la decisione l'aveva già presa.

Respirò profondamente con voluttà il profumo dei

gelsomini. Era un po' dispiaciuta perché capiva di aver fatto stancare la buona vecchietta. "Verrò a trovarla dopodomani pomeriggio, per chiacchierare un po'. Di sicuro è la persona che può darmi la maggior parte delle informazioni che desidero. Lo zio Dinos è mancato per molti anni. Lo zio Aghis non parla, non c'è verso. Marigula ha trascorso tutta la vita in casa della nonna. Probabilmente non esiste dettaglio della vita della famiglia che lei non conosca. E, guarda un po', quella ragazza è mia cugina. Questo non lo saprà nemmeno Vangheliò, e quasi sicuramente neppure lo zio Aghis. Domanderò a loro. E andrò a cercarla. Non mi sarà difficile scovarla. La signora Marigula ha detto che è probabile che alloggi in un albergo. Ce ne sono due in croce. Non sarà un'impresa. Maria Papachristu. Maria. Abbiamo lo stesso nome."

Senza nemmeno accorgersene, Meri era arrivata a casa dello zio Aghis. Vangheliò stava preparando le bambine per metterle a letto. Avevano terminato la cena. Aghis era seduto sotto la vite e beveva un bicchiere di vino. Accanto, lo aspettava un'enorme fetta di anguria.

"Ti ho messo da parte i fagiolini e il pane. Sono in casa, protetti dalla zanzariera."

"Grazie Vangheliò, non ho fame."

"Come sarebbe a dire non ho fame! Non puoi andare a letto a stomaco vuoto. Siediti che tieni anche un po' di compagnia ad Aghis."

Meri recuperò il cibo e andò a sedersi a tavola, nel cortiletto, sotto la vite. Aghis le versò un bicchiere di vino.

"Bevi, assaggialo. È fatto con la nostra uva."

"Grazie, zio."

"Dove sei andata stasera?"

Meri rimase sorpresa. Era la prima volta che lo zio Aghis le rivolgeva una domanda. Di solito era lei a domandare, e lui rispondeva quasi sempre a monosillabi. Strano che chiedesse qualcosa, ora.

"Zio, Vangheliò non le ha detto che sarei andata a trovare la signora Marigula, la figlioccia della nonna, che era in casa vostra come domestica?"

"Ah, sì."

Adesso sì che parlava lo zio Aghis, come no. Ma dal momento che era stato lui ad accennare alla questione, Meri non aveva intenzione di lasciarla cadere. Mangiò un po' di fagiolini, bevve il vino, e appena Vangheliò venne a sedersi con loro, domandò:

"Zio Aghis, lo sa che c'è qui un'altra sua nipote?".

"Un'altra nipote?"

"La nipote del fratello della nonna. L'ho incontrata dalla signora Marigula. Cioè, non l'ho proprio incontrata, perché nell'istante in cui io arrivavo lei se ne stava andando. Però ho domandato alla signora Marigula, e lei mi ha detto che la ragazza si chiama Maria Papachristu e che è mia cugina. Lei la conosce?"

"Macché, mia cara," intervenne Vangheliò. "È la prima volta che sento questa storia. Tu, Aghis, sapevi di avere un'altra nipote?"

"No."

"Insomma," proseguì Vangheliò, "il fratello di tua madre aveva figli? Quanti? Dove vivono?"

"Non so quanti figli avesse," le rispose Aghis. "So soltanto che uno l'avevano battezzato Kostandinos, proprio come il nostro Dinos, dal nome dell'altro nonno. Ma vivevano in America, e da quando morì la mamma non abbiamo più avuto contatti. Mio cugino non l'ho nemmeno mai visto."

"Allora dobbiamo conoscerla, questa ragazza. Sai dove sta?" domandò Vangheliò.

"Non lo so. La signora Marigula ha detto che probabilmente alloggia in un albergo."

"Sarebbe bello se tu andassi a cercarla, così domani a mezzogiorno viene a mangiare con noi. È domenica e ci sarà la carne al forno con le patate, il piatto preferito di tuo zio. Ma pensa, c'è qui una nostra parente e non lo sappiamo. Guarda come va il mondo, al giorno d'oggi! Però anche lei, benedetta ragazza, non venire a cercarci! Da dove è arrivata? Da Atene?"

"Non so. La signora Marigula ha detto che arriva da lontano. Se vivono in America, probabilmente è arrivata dall'America. Magari è qui da poco. Magari non conosce nessuno."

"E come mai conosceva Marigula? Sapeva di lei e non dello zio Aghis?"

"Cosa vuoi che ti dica, Vanghelìò? Non ne ho idea. Comunque domani andrò a cercarla perché anch'io voglio conoscerla. Non ho poi molti parenti, e tutti quelli che ho voglio incontrarli. Domani andrò."

"Ti conviene provare prima al Samion Palace, che è qui vicino. E se non la trovi lì, mentre vai a fare il bagno chiedi all'Akteon. Lo sai dov'è! Sulla strada del lungomare, vicino al porto."

"Lo so, Vanghelìò, non preoccuparti. La città non è poi così grande, non c'è il rischio di perdersi. Però domani non vado al mare. Non avevamo detto che dopo la messa saremmo andate a dare un'occhiata alla casa padronale?"

"Hai ragione, me n'ero dimenticata. Meglio che ci andiamo domenica prossima."

"Da qui a domenica prossima può darsi che io sia partita."

"Partita? Neanche per sogno. Sei appena arrivata. Avevamo detto che saresti rimasta per tutta l'estate."

"Eh, tutta l'estate no, non esageriamo."

"Insomma, come che sia, è escluso che tu riparta nel giro di una settimana. Anche se, adesso che ci penso, alla casa puoi andare domani con lo zio Aghis, se vuoi."

"No, non voglio disturbarlo."

"Non è un disturbo," disse lui, "ma domani avevo in programma di fare l'inventario al negozio. Se per te non è un problema ti do le chiavi e ci vai da sola."

Meri non aspettava altro.

"No che non è un problema. Volevo proporlo io, ma ho pensato che non avreste gradito."

"Che cosa dici, figlia mia, ti pare che non puoi entrare in casa di tuo padre? Aghis ha ragione. Prendi le chiavi, va' a fare un giro nella casa con calma, e poi va' anche a cercare nostra nipote. In ogni modo, se ho ben capito, a te non importa perdere la messa. Io, dal canto mio, dopo dovrò andare al forno a ritirare il cibo. Così è comodo anche per me. Certo, sto pensando che se fai tardi magari non trovi la ragazza, potrebbe essere scesa al mare. Però in tal caso può venire da noi la sera."

Avevano organizzato gli spostamenti del giorno seguente, e tutti erano soddisfatti. Vangheliò si sarebbe risparmiata la polvere, Aghis avrebbe fatto l'inventario come da programma, e Meri avrebbe potuto esplorare la casa padronale in tutta tranquillità. Bastava poco per sentirsi felici.

Il meltemi arrivò fin nel cuore della città; si fece strada attraverso le finestre aperte, rinfrescò le stanze, e i tre grandi dormirono placidi proprio come le tre piccole di Vangheliò.

Meri si svegliò tutta trepidante. Quasi quasi non aveva nemmeno la pazienza di bere il caffè. Aghis le consegnò le chiavi e uscirono tutti di casa. Vangheliò portò in chiesa con sé anche le bambine.

Lungo la strada Meri non smetteva di domandarsi che cosa avrebbe trovato. Arrivò alla casa ansimante. Faticò un po' ad aprire il lucchetto della catena che teneva chiuso il pesante cancello di ferro, e dovette spingere con tutte le sue forze per riuscire a socchiudere il cancello ed entrare.

Da fuori la casa sembrava enorme. La desolazione in cui giaceva era un grido disperato. Meri si sentì stringere il cuore. Quante persone erano passate di lì? Quante risate erano risuonate nel giardino rinsecchito? Quanti dispiaceri celavano quelle pareti? Quante vite erano state vissute lì dentro, ora perdute per sempre? Ma lei che cosa cercava, in fin dei conti? Che cosa si aspettava di trovare? Che cosa voleva? I passi la portarono all'ingresso principale. La grande porta a due battenti coperta di polvere, scrostata qua e là, sembrava dire: "Lasciami in pace, sono troppo vecchia per aprirmi e chiudermi. Sono stanca".

Infilò la chiave nella toppa e cercò di girarla. Non vi riuscì. Frugò nella borsa. Vangheliò, previdente, le aveva dato una bottiglietta di olio e un po' di cotone. "Magari avrai bisogno di oliare la chiave per farla girare," le aveva detto. Aveva avuto ragione. Meri versò un bel po' d'olio sulla chiave e la rinfilò nella toppa. Tirò forte la porta verso di sé e girò la chiave. Risuonò un colpo secco: "Krack", e la serratura scattò.

Meri spinse la porta. I cardini cigolarono. La accolsero una nuvola di polvere e migliaia di ragnatele. L'interno era buio. La scarsa luce che c'era penetrava dalla porta appena socchiusa da cui era appena entrata lei, e attraverso i vetri sporchi della stessa.

Avanzò esitante ed entrò nella prima stanza alla sua destra. Era un salone. La polvere regnava incontrastata. Si accostò alla finestra, e dopo aver eliminato le ragnatele afferrò il pomello. Faticò ad aprire i vetri. Con altrettanta difficoltà aprì anche l'imposta. La stanza fu inondata di luce e parve ancora più desolata. I ragni che pendevano dal soffitto, la polvere sui mobili erano ormai ben visibili e rimarcavano la rovina del tempo.

Meri si guardò attorno. "Meglio che prima apra le finestre, poi vedremo," pensò, e si mise a spalancare le imposte di tutte le stanze, che le parvero un numero infinito. Immersa nel pulviscolo, con le dita che le dolevano per lo sforzo di aprire tutta quella ferraglia arrugginita, si fermò perplessa al centro di una stanza.

"Prima salgo," decise.

Salì la scala e si trovò al piano superiore. Lì c'erano altrettanti ambienti, se non di più, visto che erano più piccoli di quelli del piano inferiore.

"Non farò in tempo a vedere tutto," pensò tra sé.

La mano le doleva e non sarebbe riuscita ad aprire altre finestre.

"Oltretutto, dopo dovrei anche richiuderle. Non si può, oggi non faccio in tempo. Tornerò un'altra volta."

Scese dabbasso e cominciò a guardarsi attorno. I mobili vetusti, tutti pezzi straordinari. In noce massello, in legno di rosa, intarsiati, stupendi. "Che peccato," pensò. "Peccato che la polvere consumi questa bellezza."

Entrò nello studio. Si avvicinò allo scrittoio, lo aprì. Dentro non c'era niente. Una vecchia boccetta per l'inchiostro con l'inchiostro secco, due o tre cannucce portapennino. Diede un'occhiata alla libreria. Dorsi di libri impolverati su cui si distinguevano a stento le lettere. Le vennero in mente i diari. Il diario della zia Meropi. Però di certo non era lì. Se era da qualche parte, doveva essere nella stanza da letto della zia. Ma qual era mai la stanza da letto della zia Meropi? Sarebbe dovuta risalire di nuovo. Poi si ricordò che la zia Meropi era rimasta a letto paralizzata per quattro anni prima di morire. La cosa più probabile era che avessero adibito a camera da letto una stanza del piano terra, così che Marigula potesse occuparsi di lei senza dover salire e scendere troppe scale. Era logico.

Ricominciò a esplorare le stanze del piano terra. E trovò quella che cercava. Era in fondo, nella parte posteriore, accanto alla scala che conduceva al seminterrato. Vide il letto, il comodino, le sedie. Il letto era rifatto. Vi era stato gettato sopra un copriletto. Le parve strano. Aveva sbirciato nelle stanze di sopra e aveva visto che i letti erano o senza materasso, o con il materasso piegato in due. Se non fosse stato per la polvere, si sarebbe detto che quella stanza veniva ancora usata. Oltre al copriletto, c'erano sul comodino alcuni tovagliolini e una lampada; sullo schienale di una sedia era buttato un giacchino smangiato dai tarli, e due libri erano appoggiati sulla stessa sedia.

Scrittoi non ce n'erano da nessuna parte. E che cosa poteva farsene una paralitica dello scrittoio? Aprì l'armadio a muro. Alle grucce erano appesi vestiti. Di oggetti di carta nemmeno l'ombra. All'improvviso, le balenò un pensiero: "Non è qui che troverò il diario". Non era un'ipotesi. Era una certezza. Il diario era altrove. L'immagine della ragazza dai capelli castani che se ne andava dalla casa di Marigula con un volume in pelle sotto braccio le ricomparve vivida davanti agli occhi. Era quello. Ma perché? Per quale ragione Maria Papachristu doveva avere tra le mani il diario della zia Meropi? Gliel'aveva forse dato Marigula? E se le cose stavano così, che motivo aveva avuto di darlo a lei, che in fondo apparteneva a un altro ramo della famiglia, e non allo zio Aghis? "Lo zio Aghis. *Mmm*... Probabilmente non sarebbe stato la persona adatta," pensò poi, appena le vennero in mente il suo diario e l'indifferenza che in generale mostrava nei confronti delle cose. Ma il mistero rimaneva tale. Magari sarebbe stato risolto più tardi, quando sarebbe andata dalla cugina sconosciuta per invitarla a pranzo a casa dello zio.

Tornò nello studio. Non trovò niente di interessante.

"Sarà meglio che pian piano cominci a chiudere le finestre. In ogni caso tornerò."

Cominciò dalle stanze in fondo. Chiuse anche lo studio e lasciò per ultimo il salone a destra dell'ingresso, da dove aveva cominciato il suo giro. Prima di chiudere la finestra gettò un'occhiata alla stanza. In un angolo, sul pavimento, notò alcune pile di libri che prima le erano sfuggite. Si avvicinò e stette a guardare. Erano libri mastri della fabbrica. Evidentemente quando la fabbrica aveva chiuso Aghis li aveva portati lì, e nessuno se n'era mai occupato, visto che nessuno più usava il salone.

Erano ordinati per decadi. La seconda pila arrivava fino al 1910. Meri prese in mano il registro. Era pesante e ovviamente pieno di polvere, ma ormai non le importava più: si era sporcata così tanto che per pulirsi si sarebbe dovuta immergere in un'autoclave. Lo aprì e vide file di numeri scritti con una penna stilografica, e a fianco commenti di vario genere redatti in una grafia tutta svolazzi. "Come facevano a leggere queste lettere?" si domandò. Sfogliò le pagine del registro. Erano tutte uguali, numeri e ancora numeri. Verso la fine, tra due pagine trovò una lettera e un bigliettino su cui c'era scritto in francese: "*Vous savez que vous n'êtes pas libre. Ne m'approchez pas. Eloignez vous de moi. Si non, je ne serai pas responsable*".

Sulla lettera lesse:

10 ottobre 1922

Egregio signor Aghisilau,

partirò tra un'ora. Le invio questo biglietto attraverso Spirakos per confermarle che ogni cosa sarà fatta come lei desidera. Trasporterò gratuitamente fino al Pireo la figlia del suo compianto socio Karazàoglos con il marito e il figlio e mi occuperò della loro sistemazione ad Atene. Stia tranquillo, ogni cosa avverrà come lei desidera.

Con stima
Capitano Thanassis Evstratìu

P.S. Spirakos le consegnerà anche due lettere provenienti da Atene. Th. E.

Meri non capiva. Che cosa ci faceva la lettera del 1922 nel libro mastro del 1910? E che cosa voleva dire quel biglietto galante in francese, senza destinatario e senza firma? La grafia le parve di donna, ma non poteva esserne certa. Le cose in cui s'era imbattuta non le dicevano niente.

Lasciò la lettera e il biglietto dove li aveva trovati, richiuse il libro e lo posò sulla pila dalla quale lo aveva preso. C'erano volte in cui il passato sapeva custodire i suoi segreti. Chiuse la finestra del salone, chiuse a chiave la porta d'ingresso della casa, fece passare la catena nel cancello e chiuse il lucchetto. Doveva sbrigarsi per avere il tempo di darsi una lavata, e poi cominciare a cercare Maria Papachristu.

Quella mattina Maraia si svegliò tardi. Aveva un tremendo mal di testa. Si trascinò fino allo specchio e osservò il proprio viso irriconoscibile. Sotto gli occhi, gonfi per il pianto della notte precedente, aveva delle borse nerastre, orribili. Prese gli asciugamani e uscì dalla stanza diretta verso il bagno comune in fondo al corridoio. Dopo alcuni passi tornò indietro a prendere lo spazzolino da denti e il dentifricio. La testa stava per scoppiarle. "Una doccia fredda mi farà sentire meglio," disse tra sé. Come se si potesse scegliere di fare una doccia non fredda! L'acqua calda non c'era. Comunque era estate ed era caldo, quindi non le importava.

L'acqua le scorreva addosso rigeneratrice. Si sentiva già meglio. Poi tornò nella sua stanza. Ormai era l'ora di pranzo e una fame terribile le stava mettendo sottosopra lo stomaco. Le venne in mente che il giorno prima non aveva toccato cibo. "Devo uscire a mangiare qualcosa," pensò. Però non aveva nessuna voglia di uscire dalla stanza. L'unica cosa che desiderava era restare lì a rileggere il diario.

"Dovrò andare di nuovo da Marigula. Non è stato un incidente. Di sicuro. Lo ha scritto chiaramente. Voglio vedere cosa sa dirmi Marigula. In seguito ne avranno pur parlato, non può essere altrimenti."

Si sedette sul letto e aprì il diario per rileggere l'ultima annotazione. In quel momento qualcuno bussò alla porta. Si spaventò. Non aspettava visite.

"Chi è?"

"Posso entrare?" sentì dire da una voce femminile sconosciuta.

Si alzò per aprire. Si trovò di fronte una ragazza che non aveva mai visto prima, la cui fisionomia, però, le era vagamente familiare.

"Prego!"

"Lei è Maria Papachristu?"

"Sì. Lei chi è?"

"Mi chiamo Meri Aghisilau. Posso entrare? Le spiegherò."

Maraia se ne stava lì impalata. "Aghisilau? Meri? Chi era questa qui?" Si tirò da parte per lasciarla passare.

Meri entrò e si sedette sull'unica sedia che c'era nella stanza. Le cadde lo sguardo sul diario posato sul letto. Le iniziali, per quanto sbiadite, erano inequivocabili: M. N. A. Aveva immaginato giusto. Ma perché? La ragione le sfuggiva. Va be', in ogni caso entrambe avevano molte cose da raccontarsi. Per il momento doveva spiegare alla ragazza la ragione per la quale si trovava lì. Maraia vide che Meri osservava il diario e lo prese dal letto. Lo posò capovolto sul comodino, così che non si vedessero le iniziali.

"L'ascolto," disse.

Meri la guardò. Somigliava alla zia Meropi in modo davvero sorprendente. Già questo bastava per capire che la ragazza ne era parente. Maraia era sempre in attesa, ma Meri non sapeva bene come cominciare il discorso. Decise di entrare direttamente in argomento.

“Ieri sera sono andata a trovare la signora Marigula. E ho visto lei che usciva dalla casa.”

La ragazza taceva.

“Lei probabilmente non mi ha notata. Insomma, per non stare a raccontarle tutta la storia, Marigula mi ha detto che siamo cugine.”

A Maraia sfuggì un’esclamazione di meraviglia.

“Ne è stupita? Anch’io sono rimasta stupita. È che con i Papachristu abbiamo perso completamente i contatti. A quanto ne so tuo padre – ti do del tu, visto che siamo cugine – non è mai venuto sull’isola, e nessuno in famiglia sapeva della tua esistenza... Figurati come siamo rimasti tutti sorpresi quando abbiamo saputo che c’era qui una nostra parente. Anzi, gli zii non hanno capito come mai tu non sia venuta dallo zio Aghis e sia andata da Marigula. Cioè, si sono domandati come facessi a sapere di Marigula. Be’, ne parleremo. In ogni modo è stata una gran fortuna che tu stessi uscendo dalla casa di Marigula mentre io arrivavo, perché se te ne fossi andata un po’ prima non ti avrei visto e non avrei domandato di te, e così non avrei saputo che sei la figlia di Kostandinos Papachristu, il quale è primo cugino dello zio Aghis e quindi ovviamente di mio padre, e che quindi noi siamo cugine.”

Maraia era a conoscenza non soltanto della parentela di suo padre con gli Aghisilau, ma anche della doppia parentela che univa lei alla famiglia. Però non aveva idea di chi fosse quella ragazza. La sconosciuta le spiegava cose che lei sapeva già, ma non parlava di sé. Chi era questa Meri Aghisilau e per parte di chi risultavano cugine? Chi era suo padre?

Maraia si sentiva smarrita. La sconosciuta la guardava senza parlare, come se avesse già detto tutto. Che cosa aveva detto, invece? Maraia faceva fatica a capire. Oltretutto non parlava il greco come avrebbe voluto. Si stancava a prestare attenzione ai discorsi di questa "cugina". Il mal di testa diventava sempre più acuto. Lo stomaco vuoto le doleva. Lo sforzo fatto il giorno prima per seguire il racconto di Marigula, la commozione che aveva provato leggendo il diario di sua madre, la scoperta della parentela del padre adottivo con la madre naturale, tutto questo – notizie ed emozioni – l'aveva sfinita. Seduta sul letto, guardava come perduta la ragazza che aveva di fronte. Che cosa si aspettava? Che cosa voleva? Che cosa significava quello che le aveva detto?

Meri aveva smesso di parlare. Era in attesa della reazione di Maria Papachristu. All'improvviso si sentì a disagio. Il silenzio della cugina le causava un dispiacere che non sapeva spiegarsi. Che cosa si aspettava, insomma? Che la ragazza si mettesse a saltare dalla gioia, che l'abbracciasse e si sciogliesse in lacrime? Fino a dieci minuti prima ignorava addirittura la sua esistenza. Era naturale che fosse sbalordita. Certo che era naturale, ma a Meri dispiaceva. Era arrivata lì tutta trepidante per conoscere la cugina, per invitarla a pranzo dallo zio Aghis, per chiacchierare così che l'una conoscesse la vita dell'altra. E ora si sentiva come un ambasciatore che ha fallito la missione. L'altra parte non reagiva. O piuttosto reagiva mostrando un'inattesa freddezza. Le parve che tra loro si ergesse un muro. Non sapeva come comportarsi. Non poteva alzarsi e andarsene così. Ma che cosa restava a fare? Osservò di nuovo la cugina. Nessun segno. Aveva lo sguardo come ipnotizzato. No, non era freddezza quella che Meri si trovava davanti, era un vuoto. La ragazza seduta di fronte, pallida, con le labbra esangui, sembrava malata. Meri si preoccupò.

"Stai bene?" le domandò.

Non ricevette nessuna risposta. Soltanto un cenno.

"Are you o.k.?" domandò di nuovo.

"Yes, yes, I'm fine," fu la risposta per niente persuasiva che finalmente ricevette.

Infatti, benché Maraia sostenesse di sentirsi bene, il suo aspetto la smentiva.

Il malumore abbandonò Meri. Non si sentiva più a disagio. La sua preoccupazione aumentava. Sembrava che la ragazza soffrisse. Doveva fare qualcosa.

"Vuoi che chiami un medico?" proseguì in inglese. "Non mi pare che tu stia bene. Vuoi che vada a prenderti qualcosa?"

"No, no, sto bene. Non ho bisogno di niente. Sono solo un po' stanca. La notte scorsa non ho dormito bene."

Ora che parlavano in inglese, Maraia sembrava più rilassata. Il colorito non le era ritornato, certo, ma piano piano si stava riprendendo. Meri pensò che adesso poteva continuare il suo discorso.

"Senti, sono venuta a cercarti per invitarti a pranzo dallo zio Aghis. Non puoi dire di no: ti aspettano, e se rifiuti ci resteranno male. Comunque, stanca come sei credo che tu abbia bisogno di un bel pranzo. Ti rimetterà in forze e ti sentirai meglio."

"Ma sono persone che non conosco. Forse sarebbe più opportuno se andassi a trovarli in un'altra occasione, quando starò meglio."

"Ma cosa c'entra se non li conosci. Ti invitano proprio perché vi conosciate. E non credo che ci possa essere occasione migliore. Ti ho avvertita, è escluso che io accetti una risposta negativa. Su, Maria, vèstiti. Ti aspetto alla reception. Non tardare. Parleremo lungo la strada, andando a casa dello zio Aghis."

"D'accordo, va bene, forse hai ragione. Mi vesto, ci metto poco. Ah, un'altra cosa: mi chiamo Maraia, non Maria."

Mentre Meri aspettava alla reception, il suo cervello lavorava. Ripensava alla conversazione che aveva avuto poco prima con la cugina. C'erano molti vuoti. C'erano molte cose che voleva domandarle. Come aveva fatto la ragazza ad arrivare fin lì? Dello zio Aghis sembrava non conoscere nemmeno l'esistenza. Però conosceva Marigula. Era assurdo. E il diario della zia Meropi? Quello che aveva visto era senza dubbio il diario della zia Meropi. Meri aveva notato le iniziali e ormai era assolutamente certa. Come mai si trovava nella stanza della ragazza? E poi... C'era un particolare che le era passato sì per la testa, ma non lo aveva considerato; ora invece le sembrava strano averlo trascurato. Sì, era anche quello! Doveva inserire nel quadro anche la sorprendente somiglianza della ragazza con Meropi. D'accordo, la zia Meropi aveva preso i tratti somatici dai Papachristu. Somigliava alla nonna Evridiki e Maraia era la nipote di suo fratello, eppure... Le tornò in mente il viso esangue della ragazza. Era malata? Di certo aveva qualcosa. Adesso che ci ripensava, era sicura che avesse pianto. Sì, doveva aver pianto molto. Ma perché? La faccenda aveva un che di misterioso. No, Meri non aveva la tendenza a creare romanzi. "Non è una mia fantasia. C'è qualcosa che non mi convince. Va be', abbiamo tempo. Vedremo quale mistero c'è sotto, se proprio ce n'è uno. Come diceva papà? 'Sotto il sole non si nasconde niente.'"

Maraia scese nella reception con indosso un vestitino leggero e con i capelli raccolti in una coda di cavallo. Meri si alzò dalla sedia, le disse "vieni", e uscirono insieme nello splendente sole meridiano.

"Dobbiamo sbrigarci, siamo in ritardo!" disse Meri, e accelerò il passo.

"Un attimo, voglio domandarti una cosa. So che mio padre è parente della famiglia Aghisilau, ma tu chi sei di preciso? Cioè, com'è che siamo cugine?"

"Oddio, è incredibile! Scusami! Come sono distratta! Hai ragione. Ti ho detto che siamo cugine e non ti ho detto nient'altro! Dunque, le cose stanno così, ascolta. La sorella di tuo nonno, mia nonna Evridiki, aveva quattro figli. Aghis, a casa del quale stiamo andando ora, Dinos, che vive ad Atene, Kleanthis, mio padre, che è morto di recente, e una sola figlia femmina, Meropi, che è morta pochi anni fa. Mio padre e tuo padre erano primi cugini. E quindi noi due siamo cugine di secondo grado."

"Sì, è vero, siamo cugine."

Il tono in cui Maraia aveva risposto le suonò strano. Le ricordava qualcosa. Ma che cosa? Una frase simile detta in un tono simile. Il suo cervello era in fermento. Marigula! L'anziana Marigula le aveva risposto allo stesso modo e con lo stesso tono. "Quindi siamo cugine di secondo grado?" aveva domandato Meri. "Sì, siete cugine," aveva risposto lei con una lieve esitazione nella voce, identica all'esitazione che era riecheggiata nella voce di Maraia. Che cosa poteva mai significare questo? "Comincio a sragionare," disse tra sé e sé, e troncò di netto il pensiero che le era balenato in mente. Nel frattempo erano arrivate a casa dello zio Aghis.

Il pranzo riuscì benissimo. La carne era deliziosa e le patate ancora di più.

"Il nostro forno cuoce bene," disse orgogliosa Vangheliò. "Prendine ancora, Maraia, figliola. Ma tu guarda, non sapevamo nemmeno che fossi qui."

"Ma sono appena arrivata."

"Sì, però non sei venuta a trovarci."

"Lo avrei fatto," rispose Maraia, e Meri avvertì di nuovo un'ombra di esitazione nella sua voce.

"È una bugia," pensò. "E non sa dire le bugie."

Le bambine brune di Vangheliò guardavano con interesse la nuova cugina.

"Ci hai portato qualche regalo?"

"Zitte voi," disse Vangheliò.

"No, mi dispiace. Non ho portato niente perché non sapevo che lo zio Aghis avesse delle bambine. Però vi cercherò qualcosa qui."

"Che cosa ci cercherai?"

"Insomma, basta!" intervenne di nuovo la madre.

Tra una chiacchiera e l'altra il tempo trascorse piacevolmente. Domandarono a Maraia notizie di suo padre e le raccontarono le loro storie. Grazie al cibo e al vino, sulle guance della ragazza era ricomparso un bel colorito, ma la fatica delle ultime ventiquattrore l'aveva sopraffatta. A un certo punto le scappò uno sbadiglio.

"Su, è ora che ti riaccompagni all'albergo," le disse Meri. "Sembri molto stanca."

"Sì, lo sono davvero, ma non c'è bisogno che ti disturbi. Posso tornare da sola."

"Ma ho voglia di camminare. Dopo un pranzo così abbondante una passeggiata non guasterà. Non posso certo coricarmi con lo stomaco pieno."

Vangheliò portò via i piatti dalla tavola. Aghis si era già seduto sulla sua poltrona e leggeva il giornale, mentre le due bambine aiutavano la madre trasferendo a uno a uno i bicchieri nel lavandino.

"Buon riposo," disse Vangheliò a Maraia. "Non sparire."

"No, no! Grazie mille per il pranzo."

Le ragazze salutarono e uscirono.

Il sole era caldissimo.

"Non è l'ora giusta per passeggiare," disse Maraia.

"Non preoccuparti per me. Dopo tanti anni sotto il cielo nuvoloso e piovoso di Londra, tanto più sole assorbo, tanto meglio sto. Mi piace il sole quando scotta. Mi è mancato."

Davanti all'albergo si salutarono.

"Posso domandarti una cosa?" esordì Meri.

Maraia era in attesa.

"No, lascia perdere, è meglio."

Meri aveva cambiato idea, e proseguì:

"Senti un po', ti va se domani andiamo insieme a fare il bagno?".

"Che bello! Certo che mi va. Per che ora ti aspetto?"

"Va bene alle undici?"

"Perfetto. Allora ti aspetto per le undici."

"Buon riposo."

"Anche a te, e grazie."

Il giorno seguente alle undici in punto Meri bussava alla porta della stanza di Maraia. Aveva con sé uno zainetto in cui, oltre ai teli da mare e ai costumi, Vangheliò si era premurata di mettere anche delle cibarie; Meri infatti aveva deciso di seguire il suo consiglio. La sera, mentre chiacchieravano, Vangheliò le aveva proposto:

"Perché non andate a fare il bagno a Potami, che è anche una bella gita! Magari potessi venirci anch'io!".

"Come si arriva a Potami?"

"A piedi, oppure si noleggia una barca. Ma a voi, visto che siete in due, non conviene noleggiare una barca, quindi ti spiego come arrivarci a piedi dal sentiero."

"Dal sentiero? Non c'è la strada?"

"No, non c'è."

"Oh, allora non stare a spiegarmelo, Vangheliò. Andremo in barca. Non ho nessuna voglia di perdermi in posti impervi."

"Ma non ci si perde."

"No, meglio di no. Siamo d'accordo di partire alle undici. Farà caldo e ci sarà da morire a camminare. Andremo con la barca. Dimmi un po', c'è un posto in cui fermarsi?"

"Non preoccuparti, ti darò io le provviste, ma se volete potete andare da Matsiru che vi cucinerà patate fritte, uova e un'insalata."

Con gli zainetti in spalla, le ragazze salirono verso la piazza per cercare un taxi che le portasse giù al porto. Non immaginavano che inutile spreco fosse. Un taxi per andare al porto quando non devi viaggiare e non hai bagagli! Inaudito. La gente del posto, abituata a camminare, scuoteva la testa. Ma il tassista era contento che ci fossero due americane spendaccione.

Al porto, il barcaiolo strabuzzò gli occhi.

"Siete soltanto voi due?"

"Noi due."

"E volete noleggiare la mia barca?"

"Sì."

"Per andare a Potami?"

"Non gliel'ho appena detto?"

L'uomo si fece di nascosto il segno della croce. Eh sì, ecco perché la gente andava in America. Perché là si mangia con le posate d'oro. Altrimenti, come avrebbero potuto le sciocche americane pagare il noleggio? E sì che erano due ragazze giovani. Avranno avuto l'età di sua figlia. Tu immàginati sua figlia noleggiare una barca per andare a Potami con l'amica del cuore Theanò. Il barcaiolo rabbrividì all'idea. Ma dove stava andando a finire il mondo! Tu guarda che cosa ci tocca vedere!

Intanto, dopo aver concordato il prezzo e aver stabilito che l'uomo sarebbe tornato a prenderle alle sei del pomeriggio, le ragazze erano salite a bordo. Il mare era liscio come un olio. Uscirono dal porto e svoltarono a sinistra verso il molo grande. La barca a motore galleggiava sopra una gelatina azzurra lasciandosi dietro una lieve scia di bollicine. Una giornata splendida! Le ragazze si erano sistemate ai bordi del piccolo caicco e immergevano la mano nell'acqua. Doppiato il capo, non tardarono a vedere la spiaggia di Potami.

“Ah, che meraviglia! Che bella spiaggia!”

“*Mmm*, aspettate che arrivi il meltemi e vedrete. Il mare diventa bestiale,” disse quel guastafeste del barcaiolo, ma le ragazze non gli badarono.

“Allora la aspettiamo alle sei,” disse Meri mentre saltava in acqua tenendo sollevato lo zainetto.

“Va bene, come comandate,” bofonchiò il barcaiolo mentre scostava la barca dalla riva.

Lasciarono le loro cose sotto un albero e corsero a tuffarsi in acqua. Il mare era freddo. Qua e là era percorso da correnti in cui l’acqua era ghiacciata. Uscirono con la pelle livida e le braccia intorpidite.

“Mamma mia, che mare gelido!”

“Sì, ma anche pulitissimo.”

“Cristallino. Hai ragione.”

Entrambe sdraiate a pancia in giù stavano per assopirsi, quando Meri disse:

“Volevo chiederti una cosa. Ieri nella tua stanza ho visto il diario della zia Meropi. Come mai è venuto a trovarsi in mano tua?”.

Maraia non rispose subito. Si mise a sedere. Guardò la cugina e prese una decisione. Il suo segreto la tormentava e desiderava condividerlo con qualcuno. Suo padre era lontano e non poteva parlargli. La cugina era lì, e sentì di doverglielo. Sì, Meri era certamente una persona a cui poteva raccontare la vicenda. E doveva raccontarla.

E così, su quella immensa spiaggia deserta, sotto il sole cocente, mentre il mare in un punto lontano si confondeva con il cielo ed era impossibile capire dove terminasse l’azzurro dell’uno e dove quello dell’altro – l’orizzonte era biancastro e azzurrognolo insieme – con i pini alle loro spalle che formavano una cortina verde e le cicale che levavano inni al cielo, Maraia raccontò alla cugina la sua storia e si sentì alleggerita di un grande peso. Non le venne neppure da piangere.

Le due cugine sentirono che un legame profondo le univa, e rimasero in silenzio a interrogarsi sulla strana storia che le avvicinava a quel modo. Ognuna aveva trovato quello che cercava e si erano incontrate. Entrambe erano arrivate sole sull'isola e adesso tutto era diverso. Avevano trovato un'identità e una famiglia e radici che mai si erano immaginate e, oltre a questo, l'una aveva incontrato l'altra. Tra loro era già nata un'amicizia che erano convinte sarebbe durata per tutta la vita. Ne erano certe. Il sole si chinava proteggendole, e loro contemplavano con rispetto il mare infinito come se contemplassero l'immensità del cosmo e della vita. I caldi raggi del sole erano uno scudo contro ogni meschinità e cattiveria. Si sentivano entrambe felici e forti. Il minuscolo *kafenìo* di Matsiru era un paradiso immerso nel verde e, quando si sentì il rumore della barca, erano ormai pronte a tornare nel mondo "più piccolo".

Le due cugine si affezionarono molto. Erano inseparabili. L'una apprese ogni particolare della vita dell'altra, si raccontarono i progetti che avevano per il futuro, e parlandone li chiarirono anche a loro stesse. Quell'estate, era il 1963, la vita di entrambe cambiò. Alla fine di agosto partirono insieme dall'isola. Una per tornare a New York; l'altra per andare a Londra, vendere la casa e i mobili, raccogliere i suoi effetti e tornare sull'isola per stabilirvisi.

"Non perdiamoci di vista. Scrivimi."

"Non ci perderemo, cugina, sorella. Non ci perderemo."

6
1968 – Un'altra scoperta

Meri, con l'invito al matrimonio di Maraia tra le mani, si stupì di quanto velocemente fosse trascorso il tempo e di quante cose fossero accadute nel giro di così pochi anni. Ecco che adesso si sposava anche la cuginetta, mentre lei aspettava di ora in ora di andare al reparto maternità di Vathì per partorire il secondo figlio. "Dio mio, fa' che sia una bambina."

Non si era nemmeno resa conto di come fossero avvenuti tutti quei rivolgimenti. Quand'è che era arrivata da turista per conoscere la famiglia dello zio Aghis? Erano passati sì e no cinque anni. E tuttavia la sua vita era cambiata. Allora non immaginava neppure che avrebbe potuto prendere simili decisioni, che avrebbe potuto stravolgere completamente la sua vita.

Aveva lasciato Londra dopo aver venduto tutto e aver troncato ogni legame con la città, e aveva acquistato una casetta vicino a quella dello zio Aghis. Faceva proprio al caso suo. Tra quei quattro muri si sentiva padrona di sé stessa. Non si disperava più nemmeno per la morte del padre. Come se da chissà dove lui le avesse fatto un cenno. Come se le avesse detto (forse in sogno?): "Ti ho lasciato perché dovevo. Ti ho lasciato perché ti volevo tanto bene, piccola mia". Era stata la perdita del padre a cambiarle la vita.

Sull'isola, i primi tempi non sapeva di cosa occuparsi, e non pensava nemmeno a quello che avrebbe fatto in futuro. Le cose vennero un po' per conto loro. Lei cominciò col dare lezioni d'inglese alle bambine di Vangheliò. Vangheliò le procurò altri allievi. Senza nemmeno accorgersene, pochi mesi dopo il suo arrivo Meri si ritrovò a fare l'insegnante d'inglese. Nella primavera del 1964 aprì un istituto di lezioni private. Fu allora che conobbe Babis. Lui dava lezioni di matematica e fisica ai ragazzi delle scuole medie. Non c'erano molti giovani in città, e così accadde, ovviamente, che si frequentassero. Lei lo aveva notato dal primo istante in cui lo aveva visto. Le era piaciuto molto. Era serio e riservato, e aveva un carattere che sarebbe andato d'accordo col suo. Anche a lui piaceva Meri. Era evidente. Cercava in continuazione di trovarsi accanto a lei, la teneva d'occhio e non permetteva a nessuno di avvicinarla. Il loro rapporto si evolse in fretta.

Si sposarono nel giro di un anno, nonostante le obiezioni dello zio Aghis – il quale si sentiva in dovere di intervenire in quanto parente più prossimo –, obiezioni che bisogna ammettere erano molto deboli e si riducevano a un "Ma è di sinistra".

L'anno seguente venne al mondo Fotis, il loro tesoro. Ormai aveva due anni, e loro lo adoravano. Era un bambino buono, sveglio e vivace. Somigliava molto al padre di Meri. Così sosteneva lo zio Aghis. Meri avrebbe tanto voluto chiamarlo Kleanthis, ma le tradizioni sono tradizioni, tanto più se si tratta di un maschio, il neonato prende di diritto il nome dalla famiglia del padre. Che cosa ci poteva fare? "Se sei a Roma ti comporti come i romani," pensò.

La vita di Meri trascorreva tranquilla. Era felice. Ovviamente le cose avevano i loro alti e bassi. L'anno precedente, per esempio, che spavento! Che paura si era presa con il colpo di Stato! Aveva tremato per Babis. Per fortuna l'aveva passata liscia. Certo, Babis non apparteneva a nessuna organizzazione, ma con quei pazzi non si poteva mai sapere! Per fortuna la tempesta era passata. Non l'avevano arrestato. Ma non sarebbe stato affatto improbabile che accadesse. Ne avevano arrestati tantissimi. E che cos'avrebbe fatto lei, con un bambino piccolo da crescere? Era andata ancora bene. Meglio che non si lamentasse. E poi l'altra faccenda! Che beffa della sorte anche quella! Si ricordò di quel pomeriggio in cui sedeva nel cortile di Vangheliò con Fotis sulle ginocchia, quando sentì bussare alla porta. Era trasalita. Quell'anno trasaliva ogni volta che qualcuno bussava. Chi poteva essere? Non aspettavano nessuno. Andò ad aprire Vangheliò, che poco dopo venne a chiamarla.

"Lascia qui Fotis, gli daranno un occhio le bambine. Vieni con me nel salone."

"Perché, che cos'è successo?" domandò allarmata.

"Non so. Degli sconosciuti. Cercano Aghis. Va' a sederti con loro mentre io lo sveglio, sai come reagisce se lo si sveglia all'improvviso. Non voglio lasciarli da soli a lungo. Vieni."

Meri entrò nel salone, dove era seduta una coppia di sconosciuti.

"Salve," disse loro. "Sono Meri Chatzichristu, nipote del signor Aghisilau. Abbiate pazienza, arriverà tra poco."

"Iàson Demiris, e la signora è mia moglie Keti."

"Molto piacere. Posso offrirvi qualcosa? Vi preparo un caffè o preferite una bibita?"

"Un caffè, grazie," risposero entrambi, e Meri si alzò per andare in cucina.

"Non preoccuparti, preparo io i caffè. Devo prepararlo anche per Aghis. Tu va' di là, non lasciarli soli," le disse Vangheliò, che sembrava agitata.

Meri tornò nel salone. Si sedette su una poltrona e

guardava i coniugi Demiris senza sapere cosa dire. Cominciò a sentirsi a disagio, ed era evidente che il silenzio metteva in imbarazzo anche loro.

"Siete di qui?" domandò.

"No, è la prima volta che veniamo qui."

"Conoscete mio zio?"

"No."

"Ah! Siete qui per lavoro?"

"In un certo senso sì. Anche se non si tratta propriamente di quello."

Meri non riusciva a raccapezzarsi. Ebbe l'impressione che il signore seduto di fronte a lei parlasse per enigmi. O forse, si disse, alla fine lo zio Aghis aveva messo un annuncio per vendere la casa padronale e i signori erano interessati ad acquistarla. Infatti soltanto uno straniero l'avrebbe potuta comprare, visti i soldi che chiedevano gli Aghisilau. Ne avevano discusso per tutto l'inverno.

Vangheliò aveva tormentato Aghis:

"Abbiamo un patrimonio del genere tra le mani e lo lasciamo andare in rovina. La casa cadrà a pezzi. È un peccato. Tu che cosa ne dici, Meri?".

"Hai ragione, hai ragione," diceva Meri, ma dentro le bruciava. La casa dei suoi avi in mani estranee! Tuttavia capiva Vangheliò, come la capiva anche Aghis. Non avevano i soldi per mantenerla. La casa andava in rovina e nessuno di loro poteva farci niente. Vangheliò ritornava continuamente sull'argomento. Non perdeva occasione per affrontarlo. Aveva ragione.

Alla fine Aghis scrisse a Dinos. Dinos diede il suo assenso col cuore pesante, ma fissò un prezzo proibitivo.

"È escluso che si trovi un acquirente se chiediamo così tanto, fratello," gli rispose Aghis.

"Il valore affettivo della casa è incalcolabile," scrisse Dinos. "Il valore reale, comunque, è probabilmente superiore a quello che ti ho indicato nella mia lettera precedente. Non dimenticarti dell'immenso terreno che circonda la casa. Un prezzo inferiore a quello che ho fissato sarebbe ridicolo, non voglio discuterne."

Che i due stranieri fossero venuti per quello? Meri guardò di nuovo l'uomo. Curato, sulla cinquantina. Elegante. Con abiti costosi. E la moglie, anche lei vestita bene. "*Mmm*... la collana da sola vale un patrimonio," pensò Meri. Stava per aprire di nuovo bocca quando comparve lo zio Aghis, il quale salutò in tono grave e si sedette su una poltrona tutto imbronciato, forse perché la sua era occupata dallo straniero.

"Signor Aghisilau," esordì il signor Demiris, "sono qui per onorare un debito."

"Debito? Quale debito? Non credo che ci conosciamo, signore."

"Un momento, le spiego. Poco fa ho detto a sua nipote che è la prima volta che veniamo sulla vostra isola. Questo è vero solo in parte. O meglio, è vero per quanto riguarda mia moglie. Io invece ero già stato qui. Per poco. Per poche ore, a essere precisi. Avevo tre anni quando arrivammo sull'isola per alcune ore, giusto il tempo di trovare il modo di scappare più lontano, scacciati dalla nostra terra. Eravamo fuggiti lasciandoci dietro la nostra bella città in fiamme. Avevo tre anni, come ho detto, ma finché vivrò non dimenticherò l'orizzonte infuocato, i pianti, le grida, le urla e poi il silenzio, il mugghio, la tenebra oscura che ci avvolse, mia madre che mi stringeva a sé e tremava, il mare nero intorno, l'umidità che ci penetrava nelle ossa, la paura di quello che ci eravamo lasciati alle spalle, la paura dell'ignoto che avevamo davanti. Ed eravamo i fortunati. E fummo alla fine i più fortunati tra i fortunati, proprio grazie alla sua famiglia."

Lo straniero fece una breve pausa, forse in attesa che Aghis dicesse qualcosa, ma quest'ultimo si limitò a un cenno del capo. Così lo stranierò proseguì:

"Approdammo sull'isola ridotti a degli stracci. Non sapevamo dove stessimo andando, né che cosa ci aspettasse. Alla fine arrivammo ad Atene. Un capitano ci portò là e si preoccupò di trovarci una sistemazione. Vi restammo per alcuni anni, finché mio padre decise che lì non c'era futuro per noi e che dovevamo trasferirci all'estero. Non riuscì a realizzare il suo progetto. Morì pochi giorni prima che partissimo. Però aveva organizzato tutto il necessario, e in Inghilterra ci aspettava già una casa. Mia madre disse che avremmo seguito la volontà di papà, e così fu. Partimmo e ci stabilimmo a Londra, dove già vivevano alcuni parenti di mia madre. I primi anni furono difficili, ma piano piano ce la cavammo. Mia madre dava lezioni di francese. Era una donna molto energica. Più tardi trovò lavoro in una ditta. Ormai durante la guerra non era strano che le donne lavorassero. E dopo la guerra aprì una sua ditta di abbigliamento. L'attività andava molto bene perché mia madre, oltre a essere una donna molto energica, aveva anche gusto e intuito. Creò una catena di prêt-à-porter. Io, quando fu il mio turno, cominciai a occuparmi di trasporti navali, e devo dire che gli affari non vanno male".

Lo straniero tacque di nuovo. Bevve un sorso di caffè. Poi bevve un po' d'acqua. Meri lo guardava cercando di capire che cosa c'entrasse lui con la sua famiglia e perché raccontasse loro tutte quelle cose. Non riusciva a trarre nessuna conclusione. Guardò lo zio Aghis. Beveva impassibile il suo caffè e sembrava che non lo preoccupasse affatto la ragione per cui lo straniero raccontava la sua storia.

"Lo scorso anno mia madre è morta. Era una donna ancora giovane e vitale e purtroppo non sapeva, o piuttosto non voleva, frenare il suo dinamismo. Diceva sempre: 'Io morirò in piedi', e così è stato. Non aveva dato peso agli avvertimenti del medico. 'Il mio cuore resisterà fino a quando deve resistere e svolgerà il suo lavoro finché deve. Non ho intenzione di starmene seduta tranquilla, come si suol dire, neanche se servisse a garantirmi un secolo di vita in più. Bisogna gioire della vita, viverla, non temere di perderla.' Così diceva mia madre, e così agiva. Ma probabilmente, anche se non lo confessava, aveva dei disturbi, tant'è che una settimana prima di morire mi chiamò nel suo ufficio. 'La vita è imprevedibile,' mi disse, 'e mai nessuno sa quando si spegnerà la sua fiamma. Ho lasciato una questione in sospeso. Ho intenzione di regolarla di persona. Ma se non dovessi avere il tempo voglio che tu mi prometta che ci penserai per me.' Naturalmente glielo promisi. Mi raccontò allora che mio nonno, Iàson Karazàoglos, era socio di suo padre."

Karazàoglos. Il nome non suonava nuovo a Meri. Un lampo le attraversò la mente. Le tornò alla memoria l'immagine del palazzo polveroso con i libri mastri della ditta impilati sul pavimento, la lettera e il biglietto nel registro del 1910. La lettera in cui il capitano comunicava al nonno che ogni cosa sarebbe stata sistemata come lui desiderava, e che avrebbe trasportato al Pireo la figlia del socio con i famigliari. E un biglietto in francese che, a proposito, cosa c'era scritto? Meri non si ricordava. Ma questo signore non aveva appena detto che arrivati a Londra sua madre aveva dato lezioni di francese? Quindi... Quindi... Tornò a prestare attenzione al racconto dello straniero.

"Perciò," proseguì il signore, "per tutto l'aiuto che suo padre offrì alla mia famiglia, mia madre mi ha chiesto di restituirle questa somma." E posò sul tavolino del salone una busta. "Mi disse che l'obbligo morale rimane sempre, ma che bisognava almeno, anche se tardi, regolare la pendenza economica. Così, non appena ho potuto, ho intrapreso questo viaggio per adempiere alla promessa che le ho fatto."

Tutti erano ammutoliti ascoltandolo. Lui bevve un altro sorso di caffè e sorrise.

"Chi avrebbe detto che sarei tornato dalle vostre parti! Sono passati tanti anni, sono cambiate molte cose. Il dolore resta, certo, ma non è più acuto. Secondo Keti, mia moglie, già che siamo arrivati fin qui dovremmo visitare anche la costa di fronte: ma a me manca il coraggio. Però sono contento di essere venuto fin qui. Non soltanto perché ho mantenuto la parola data a mia madre... In definitiva sto scoprendo che avevo voglia di tornare."

"Come si chiamava sua madre?" domandò timidamente Meri.

"Nada. Nada Demiris, della famiglia Karazàoglos," le rispose lo straniero con un sorriso. "Adesso bisogna che vi lasciamo," proseguì. "Mi ha fatto molto piacere conoscervi." Quindi si alzò tendendo la mano alla moglie.

"Anche a noi, anche a noi ha fatto piacere," disse Vangheliò, e per la prima volta distolse lo sguardo dalla busta posata sul tavolo. "Tornate a trovarci!"

"Purtroppo non riusciremo. Partiamo domani," rispose il signor Demiris.

"Allora buon viaggio, e speriamo di rivedervi la prossima volta che verrete sull'isola. Buone cose! Buone cose!"

A Vangheliò ridevano anche i baffetti, ricordò Meri, sempre con in mano l'invito per le nozze di Maraia, e sorrise. Però subito dopo si rabbuiò, appena le tornarono in mente le consultazioni su come bisognava spartire la tutt'altro che disprezzabile somma dell'assegno che Iàson Demiris aveva lasciato sul tavolino del salone di Vangheliò. Vangheliò era buona, era un tesoro, ma quando c'erano di mezzo i soldi diventava un'altra persona.

"Divideremo la somma in tre parti," disse Aghis. "Per noi, per Dinos e per Meri, in quanto figlia di Kleanthis."

"D'accordo su Meri," disse la moglie, "ma Dinos! Che

cosa se ne fa Dinos dei soldi? Non ha nemmeno figli, a che cosa gli servono? Sua moglie lo mantiene bene. Noi abbiamo due figli e il negozio. Oneri a non finire! Che bisogno c'è di dire a Dinos dei soldi? Tanto non verrebbe mai a saperlo."

Aghis si morse la lingua. Meri lo vide impallidire. Come osava Vangheliò fare quei discorsi alla presenza della nipote! Ma Vangheliò non si accorse di nulla. Anzi. Si voltò e la interpellò come teste a suo favore.

"Non ho ragione, Meri? Tu ti sei appena sposata, hai un bambino piccolo, hai bisogno. E noi ancora di più! Dinos che cosa se ne fa dei soldi? È proprio necessario dirglielo? Tu che cosa ne pensi?"

"Io non ho bisogno di niente," le disse Meri. "Grazie al cielo l'istituto ha molto lavoro. La mia parte non la voglio. Però non si può non dirlo allo zio Dinos. Dividete la somma in due."

"Be', e perché dividerla in due? Se tu non vuoi la tua parte, la tengo io, che ne ho bisogno, e visto che Dinos deve prendere una quota, che prenda il terzo che gli spetta."

"Vangheliò, fa' come credi," concluse Meri, e non chiese mai più come fosse andata a finire la spartizione.

Però sapeva che Aghis aveva mandato dei soldi a Dinos, perché glielo aveva detto lo stesso Dinos, senza precisare la cifra e commentando così la vicenda:

"Non sapevo che nostro padre facesse anche opere di bene. Pensa un po'!".

Meri, però, che nel frattempo era tornata alla casa padronale e aveva riletto il bigliettino in francese, non era così sicura che si trattasse di "opere di bene". Forse in definitiva il passato non custodiva poi tanto gelosamente i suoi segreti.

Meri guardò di nuovo l'invito per le nozze di Maraia. Sorrise. La sua cara Maraia si sposava. Magari fosse potuta andare al matrimonio. Sentì una fitta alla pancia. "*Mmm*, altro che matrimonio." Sollevò lo sguardo e diede un'occhiata alla stanza. La borsa era pronta, con le camicie da notte, la vestaglia, lo spazzolino e il dentifricio, gli asciugamani, le pantofole, le spazzole. Aveva preparato tutto in anticipo. Non come l'altra volta, che erano partiti per Vathì come due pazzi.

Quella volta, all'inizio della gravidanza, Babis le aveva domandato: "Sei sicura di non voler partorire ad Atene? È chiaro che là avresti più garanzie nel caso in cui ci fosse bisogno di qualcosa". "Non ci sarà bisogno di niente. Andrà tutto bene e mio figlio nascerà a Samo." Ma quando le si ruppero le acque e lei e Babis salirono su un taxi come folli senza portarsi dietro nulla, Meri fu colta dal panico e pensò che avrebbe dovuto dargli ascolto ed essere andata a partorire ad Atene. Adesso però era contenta di non avergli dato retta, e il piccolo Fotis era samiota al cento per cento. Si accarezzò la pancia.

"Fa' che questo sia una bambina," sussurrò, e storse il naso ricordando le parole della signora Frosso, sua vicina: "*Mmm*, avrai un altro maschietto. Non vedi com'è appuntita la pancia? Da' retta a me".

Sbirciò di nuovo l'invito. L'ultima volta che aveva visto Maraia era stato in occasione del suo matrimonio – tre anni prima. Allora Maraia era triste. Non era arrivata in tempo per trovare Marigula.

"Volevo chiederle tante cose. E volevo abbracciarla e dimostrarle il mio affetto per come è stata accanto alla mamma," aveva detto a Meri piangendo mentre, mano nella mano, stavano tutte e due davanti alla tomba di Marigula. "Ma non ho fatto in tempo. Le avevo scritto e mi aveva risposto. Mi aspettava. E io non sono arrivata in tempo."

Avevano pianto insieme, abbracciate. A uno a uno i loro cari se ne andavano.

Tuttavia, chi mai sopporta il dolore all'infinito? E alle

nozze di Meri, Maraia aveva ballato e si era scatenata come nessun altro.

"Anch'io voglio venire a sposarmi qui."

"Vieni, cugina, ti troviamo un bel ragazzo e ti maritiamo, e vedrai che festa!" le aveva detto Babis pavoneggiandosi nell'abito da sposo.

Erano già passati tre anni. Quando si sarebbero riviste? Certo, si scrivevano spessissimo, ma con Fotis e il bambino che stava per arrivare era impensabile che Meri partisse per un viaggio in America. A parte che a causa di Babis poteva darsi che non le avrebbero neppure rilasciato il passaporto. Maraia, dal canto suo, le aveva scritto che il suo fidanzato non voleva accompagnarla in Grecia. C'era stato una volta da piccolo e non gli era piaciuto. "Ma guarda tu se è possibile! Che cosa vuoi farci? La gente è proprio strana!" Meri però non le aveva risposto niente al riguardo, poiché dalla lettera della cugina aveva capito che quell'argomento la feriva.

"Non c'è problema," pensò, "prima o poi lo convincerà. Se una donna vuole una cosa, non c'è santo che tenga, alla fine l'uomo cede. È così. E se non riuscirà a convincerlo, verrà da sola. La conosco la mia cuginetta."

Si sentì avvampare all'improvviso. Si fece aria con il biglietto d'invito. Poi avvertì una fitta e un liquido caldo che le scorreva tra le gambe.

"Babis! Babis!" gridò.

Lui accorse spaventato.

"Che cosa c'è, amore, mi hai chiamato?"

"Sì," rispose lei calma. "Porta Fotis da Vangheliò e passa dalla piazza a cercare un taxi che andiamo a Vathì."

Meri vide che Babis era in affanno e gli sorrise per tranquillizzarlo.

"Non preoccuparti, amore, non è niente. Però sbrigati perché il bambino sta arrivando."

7
1974 – Vacanze estive

Maraia non si era mai occupata di politica. O meglio, non aveva mai ritenuto che ci fosse bisogno di occuparsi di politica. Nella sua testa il concetto era chiaro. Occuparsi di politica significava diventare un politico. E naturalmente lei non voleva diventare un politico. Per il resto, qualunque cosa uno facesse era politica – in senso lato. E non poteva essere altrimenti. I tempi lo esigevano. Se anche avesse voluto rimanere estranea ai fatti, Maraia non avrebbe potuto. Nel campus dell'università le discussioni non finivano mai. Lei era cresciuta con la testa piena di canzoni e discorsi. La guerra del Vietnam era l'argomento per eccellenza che angustiava tutti i suoi compagni di studi e ovviamente il mondo intero. Era impossibile trovare qualcuno, uno solo, disposto a parlare a favore di quella guerra, anche se non era contrario: eppure Maraia era convinta che ci fossero persone, oltre ai fascisti, le quali credevano davvero che l'America combattesse in quel punto remoto della terra per gli ideali della libertà e della democrazia. Gli idioti ci sono sempre. Però nessuno di loro fiatava. Le discussioni erano sempre accese, tormentate. A Maraia erano venuti i calli sui piedi a furia di camminare alle varie manifestazioni. Si sgolava cantando Bob Dylan. Si era anche fatta la riga in mezzo e si era lasciata crescere i capelli come Joan Baez. Durante una marcia, mentre correva con la gola serrata e gli occhi offuscati dai lacrimogeni per sfuggire ai poliziotti, conobbe Andrew. Era un grecoamericano di seconda generazione, non spiccicava una parola di greco. Aveva fatto un solo e unico viaggio in Grecia con i genitori, e la Grecia gli era sembrata un Paese squallido e opprimente. Maraia non riusciva a credere che parlasse sul serio! Opprimente la Grecia! Ma tu guarda! Certo, squallore poteva averne visto. E povertà di sicuro. Ma opprimente! Come gli era venuta in mente una cosa simile? La Grecia, che è luce, trasparenza, nitidezza!

Nonostante avessero opinioni comuni riguardo ai problemi che agitavano la società americana – la guerra in Vietnam e l'arruolamento obbligatorio –, il loro rapporto, a causa delle idee di Andrew sulla Grecia, cominciò male. Maraia lo aveva ritenuto uno stupido, o piuttosto un insensibile. Non riusciva a capire che cosa cavolo gli passasse per la testa. Perché parlava con disprezzo del suo Paese d'origine, del Paese che tutto il mondo ammirava? Lo aveva definito addirittura complessato.

"Siamo quello che abbiamo dentro, e dovresti essere fiero di provenire da una terra del genere. Rifiutando le tue radici, rifiuti quello che sei. In definitiva non sei niente."

Ma Andrew era tetragono. Non voleva avere nessun rapporto con la terra dei suoi genitori. Voleva essere americano e nient'altro. Maraia gli oppose tutte le note argomentazioni:

"Gli unici americani sono i pellerossa. I rimanenti sono americani più qualcos'altro".

Andrew l'ascoltava con l'aria di chi ascolta un bambino di dieci anni. Ma questo la mandava in bestia e la irritava ulteriormente. Quanto più lo conosceva, però, tanto meno ci capiva. No, non era un insensibile. Al contrario. Le piaceva il modo in cui lui pensava e analizzava le situazioni, a patto ovviamente che non si parlasse della Grecia. Era tranquillo, serio, organizzato. Sapeva che cosa voleva dalla vita. Le dava sicurezza. Con lei era tenero e premuroso. Così Maraia cedette, e smise di tentare di convincerlo che le sue opinioni erano sbagliate. Andrew aveva troppe virtù perché lei si ostinasse a rimarcare l'unico difetto che gli trovava, per quanto lo ritenesse importante, per quanto in un certo senso la ferisse. Una volta, durante un litigio, non riuscì a trattenersi e gli buttò lì:

"Com'è che tu, americano, vuoi avere una storia con una greca? Non trovi anche me squallida? E come mai non ti opprimo?".

"Primo," le rispose con quella sua calma che certe volte la mandava su tutte le furie, "tu sei americana, anche se ti ostini a dire che sei qualcos'altro; secondo, sei ancora piccola."

Che cosa gli poteva rispondere? Lui era sì e no due anni più grande. Scoppiò a ridere e la lite finì.

Andrew stava terminando il master quando Maraia cominciò il suo. Lui trovò subito lavoro. Un anno dopo, il giorno in cui Maraia concluse il master, lui le chiese di sposarlo. Maraia non ebbe la minima esitazione a dirgli di "sì". I suoi genitori l'avevano conosciuto e a loro era piaciuto molto. Soprattutto la madre mostrava di avere un debole per Andrew. Era arrivato il momento che anche lei incontrasse i genitori di lui.

Mentre si preparava alla visita, la colse una tremenda agitazione. Si irritò con sé stessa: "Perché mi comporto così? Neanche fossi una bambina... Non mi mangeranno mica...".

Andrew arrivò puntuale a prenderla con la sua prima auto, nuova fiammante. Era fiero dell'acquisto. Sempre, fin da quando era ragazzino, aveva avuto qualche impiego e non aveva smesso di lavorare nemmeno durante gli anni dell'università e del master. Quei lavori gli garantivano soldi a sufficienza per vivere in modo molto parco ma senza essere di peso ai suoi genitori. Aveva una sorella minore e anche lei doveva studiare. Ora, con i frutti del suo lavoro, si era finalmente potuto comprare un'auto nuova senza pensarci due volte. Quindi era naturale che ne andasse fiero.

Maraia salì in auto con ansia crescente. Diede un bacio rapido ad Andrew e restò in silenzio, guardando dritto davanti a sé.

"Non essere preoccupata, amore. I miei sono persone semplici. Andrà tutto bene. E poi sono entusiasti del fatto che tu sia di origine greca."

Era il massimo a cui Andrew poteva spingersi. Non sarebbe mai riuscito a dire "del fatto che tu sia greca". Maraia sorrise.

"Brava, la mia bambina coraggiosa. Così ti voglio," le sorrise Andrew.

L'incontro fu cordiale, anche se non privo d'imbarazzo. I genitori di Andrew erano brave persone, ma sembravano completamente fuori dello spazio e del tempo. Maraia poteva immaginarseli in un paesino greco: il padre che giocava a tavola reale al caffè e la madre che portava al forno le vivande da cuocere. A New York erano proprio due pesci fuor d'acqua. Le manifestarono immediatamente la loro simpatia, e la gioia per le origini della futura nuora divenne ancora più grande quando appurarono che con lei potevano parlare in greco. Così non c'era bisogno che si sforzassero di comunicare nel loro "pessimo" inglese, come erano invece costretti a fare con il figlio. Andrew si rifiutava di pronunciare anche una sola parola in greco.

Dopo aver conosciuto i suoi genitori, dopo aver visto il loro ambiente, Maraia cominciò a capire il comportamento di Andrew. L'atmosfera della casa in cui era cresciuto era inconciliabile con la sua vita fuori. La differenza tra casa sua e fuori era talmente spiccata che all'improvviso Maraia vide con assoluta chiarezza in quale contraddizione Andrew aveva vissuto fin da piccolo. Aveva dovuto scegliere. Senza dubbio aveva dovuto fare una scelta per trovare un suo equilibrio, per sopravvivere, per essere accettato dal mondo esterno e per potere in definitiva accettare sé stesso.

Sì, adesso lo capiva meglio e lo scusava. Lei non aveva vissuto esperienze del genere. Americana ormai di terza generazione, figlia di genitori istruiti, con la madre di origine scandinava e la nonna di origine irlandese, non aveva mai avvertito la necessità di "integrarsi". Cresciuta in un ambiente colto, era particolarmente orgogliosa delle sue origini greche, visto che la Grecia era la culla della civiltà. Era questa l'eredità della Grecia che Maraia aveva sempre avuto presente: l'eredità della filosofia, della poesia, della scultura, della matematica, dell'eloquenza, della democrazia. Era questa la Grecia che aveva in mente quando parlava delle "nostre radici, che fanno sì che siamo quello che siamo". Adesso però capiva che per Andrew quelle "radici" non avevano lo stesso significato. Le "radici" che Maraia aveva visto da Andrew avevano trasferito nella megalopoli americana il loro paesino, un paesino lontano anni luce dalla sua Grecia dell'antichità.

Il difetto che aveva trovato in Andrew, quel solo e unico neo che gli imputava, dopo che se lo era spiegato, non le pareva più così tremendo, non la infastidiva né la feriva. "Piano piano anche lui capirà e accetterà alcune cose," concluse, e si sentì ormai pienamente sicura della sua scelta.

Non si era sbagliata. Il matrimonio fu fonte di felicità per entrambi. I tre bambini – Kostas, Elen e Greta – suggellarono la loro felicità e fecero impazzire di gioia i nonni, soprattutto i Pachrist. Certo, la nonna Eleni non fu molto contenta che Konstantine Pachrist sentisse il proprio nome e suo marito invece no. "Il bambino avreste dovuto chiamarlo George," diceva ad Andrew. "Non si è mai visto che il primo figlio prenda il nome dal padre della sposa." Andrew le rispondeva con un "*come on, mother*", e cambiava discorso. Con il tempo, man mano che Kostas cresceva e si dimostrava affettuoso, la nonna Eleni dimenticò il suo dispiacere. D'altra parte con il battesimo della prima bambina toccò a lei sentire il suo nome, e fu felicissima della piccola Elena. Se a Ghiorgos, suo marito, la cosa non dava fastidio, che ragione aveva lei di rammaricarsi?

Maraia aveva ottimi rapporti con i suoceri, anche se non stretti. Provava grande affetto per loro ma non avevano molti argomenti di cui parlare. Faceva fatica a intendersi in particolare con la suocera, e l'unico modo che aveva trovato per andare d'accordo era cedere alle sue pretese quando non riteneva seria la concessione. Al primo figlio Maraia aveva dato il nome di suo padre, è vero, ma per il matrimonio, ad esempio, aveva seguito le indicazioni della suocera.

Il matrimonio! Ogni tanto Maraia ci pensava e finiva sempre per ridere. Che pazzia anche quella! Però erano anni così. E adesso una situazione simile, ma molto più spinosa, regnava nella sua prima patria.

Si sposarono alla fine di aprile del 1968. Per essere precisi, domenica 28 aprile fu celebrato il matrimonio religioso, cui seguì il pranzo in casa per i suoceri. La signora Eleni non aveva voluto per niente al mondo che si sposassero in maggio: "I matrimoni di maggio non durano, tesoro mio. Sposatevi in aprile o in giugno". Maraia dunque l'accontentò.

Il giorno dopo, il 29 del mese, Maraia indossò di nuovo l'abito da sposa. La suocera non ebbe niente da obiettare: "Civile o non civile, non avrai un'altra occasione per indossare l'abito.Magari avessi avuto anch'io la tua fortuna".

E ci furono il matrimonio civile e la festa per gli amici. Dopo i festeggiamenti, che si protrassero fino a tardi, anziché ritirarsi a riposare gli sposi andarono con i testimoni e un gruppo di amici alla Columbia University – dove Maraia aveva cominciato a insegnare all'inizio di quell'anno accademico – portandosi dietro bottiglie di champagne da offrire a studenti e colleghi, che erano asserragliati nell'università.

C'era un gran trambusto. Gli studenti avevano occupato cinque edifici e sembrava di vivere una rivoluzione. Mark Rad, parlando a nome di tutti i ragazzi, aveva denunciato i legami dell'università con l'Istituto degli studi per la difesa. "La comunità accademica non può collaborare a una guerra sporca," aveva detto, e la folla ai suoi piedi gridava: "Grayson, Grayson, stop the assassination". Tutti sapevano quale ruolo giocasse l'Istituto in Vietnam. Ma Grayson Kirk, il rettore dell'università, finse di non sentire.

30 aprile. Albeggiava appena. Con le loro grida gli invitati avevano svegliato ben bene gli studenti di Maraia mezzo addormentati, erano state stappate le bottiglie di champagne e tutti si erano muniti di un bicchiere di plastica.

"Lo champagne nel bicchiere di plastica è un sacrilegio," esclamò uno dei testimoni, già alticcio, "ma bevete, amici miei, lo scopo è sacrosanto. Dobbiamo fare i nostri auguri a questi due stolti piccolo borghesi che hanno scelto di sposarsi nel cuore della primavera, quando la natura ci mostra la strada dell'amore di cui ogni essere deve godere liberamente, senza vincoli. Auguriamo loro di essere felici e di vedere i loro figli crescere in un mondo migliore."

"Parole sante, Duncan; però lo champagne nei bicchieri di plastica non è un sacrilegio, è rivoluzione. Alla salute, e tanti auguri," gli fece eco qualcuno.

Non ebbero il tempo di riempire i bicchieri una seconda volta. Stava per spuntare il sole quando si sentì gridare: "La polizia, la polizia!".

Andrew afferrò Maraia per un braccio e si misero a correre. Il campus era stato invaso dai poliziotti newyorkesi, i quali restarono di sasso nel vedere correre tra loro una sposa tutta agghindata.

Si dice che il matrimonio sia un momento importante nella vita delle persone, che non si dimentica mai. Maraia era perfettamente d'accordo. Naturalmente fu grata alla suocera per il suo consiglio, non soltanto perché sembrava che il matrimonio fosse davvero saldo, ma anche perché altrimenti non avrebbe avuto quella scena completamente surreale da ricordare! Una sposa in abito bianco che correva a piedi scalzi: nella corsa infatti, Maraia aveva perso le scarpe; fu una grave perdita visto che le sue amiche non seppero mai quale nome si fosse cancellato e chi tra loro sarebbe quindi stata la prima a sposarsi. Rideva ogni volta che ci ripensava. Un'apparizione bianca faceva la gincana tra le uniformi scure dei poliziotti, che sembravano giocare a "un, due, tre, stella!" appena lei si avvicinava, in una foschia leggera, con la prima luce del sole che indorava l'orizzonte e numerose ombre che correvano da ogni parte. Il suo debito con la suocera era davvero grande...

Ne era passato di tempo da allora. E adesso, adesso era finalmente riuscita a realizzare il suo sogno. Era stato difficile. Ma quale sogno si conquista facilmente? E aveva dovuto essere tenace. E di tanto in tanto lamentarsi un po'. Però ce l'aveva fatta. Andrew era partito con loro. Per la prima volta si trovavano tutti insieme in Grecia, anzi, nell'isola amata.

Erano anni che lottava per convincerlo. Ogni volta che lei affrontava l'argomento, Andrew cambiava discorso. Quando lo metteva alle strette, lui per sottrarsi cominciava a tirare in ballo lavori, impegni, difficoltà economiche e chi più ne ha più ne metta.

Nel 1965, due anni dopo il primo viaggio, tornò da sola sull'isola. L'addolorò profondamente il non aver trovato Marigula ancora viva. Era arrivata tardi. La buona vecchietta era stanca, e se n'era andata senza aspettarla. Maraia le aveva scritto che sarebbe tornata all'isola, e aveva ricevuto la sua risposta: "Vieni, tesoro, voglio vederti per l'ultima volta, voglio vedere nel tuo viso la mia bambina, la mia Meropi. Sono molto vecchia e la mia strada è quasi alla fine". Maraia, però, non arrivò in tempo.

Davanti alla tomba di Marigula, stringendosi forte la mano, Meri e Maraia piansero come se avessero perso una loro parente. E davvero era una loro parente. La più stretta. Era la persona che le aveva fatte incontrare.

Poco dopo, la vita, fedele alle sue leggi, portò la gioia. Perché la vita continua sempre, almeno per quanto noi uomini glielo permettiamo, e la gioia succede al dolore, e ogni cosa procede nei secoli come l'hanno vissuta tanti uomini e altri la vivranno. Ah, Marigula, te ne sei andata senza aver visto Maraia ballare alle nozze dell'amata cugina Meri, identica a sua madre quand'era giovane. E Maraia ripartì felice di lasciare Meri al settimo cielo nelle mani di Babis, il marito. "Che bella persona. Auguro loro ogni felicità."

Da allora non era più riuscita a ritornare nei suoi luoghi. Prima gli esami dell'università, poi gli esami del master, poi il lavoro, il matrimonio, i bambini che erano arrivati uno dopo l'altro; non ce l'aveva fatta. Certo, la difficoltà maggiore era Andrew, perché se lui fosse voluto andare il resto si sarebbe risolto facilmente. Ma Andrew non voleva.

Dopo innumerevoli tentativi, Maraia si rassegnò. L'anno precedente glielo aveva annunciato:

"Le piccole le terranno i nonni. Io porto Kostas in Grecia. Ho nostalgia dei miei parenti di là, e il bambino deve conoscere i cugini".

Andrew cercò in ogni modo di dissuaderla, ma inutilmente.

"Ho la sensazione che se non lo faccio ora non lo farò più."

"Ma dove vuoi andare con un piccolino di quattro anni?"

"Kostas non è piccolino. Ho visto turisti viaggiare con bambini di pochi giorni soltanto. E poi io non vado come turista in un posto sconosciuto. Vado nella mia terra, e sarò in mezzo a persone a cui sono legata."

"Ma quale tua terra? Ci sei stata sì e no due estati! Come fa a essere la tua terra!"

"Amore, non conta quanto tempo si sta in un posto, ma quanto vi si è legati, e io quell'isola la sento come la mia patria."

"Non ti capisco. Però, visto che ci tieni tanto, va'."

E così nell'estate del 1973 Maraia e il piccolo Kostas, che aveva quattro anni, arrivarono a Samo, dove Meri li aspettava con tutta la famiglia. In tutti quegli anni Maraia aveva invitato infinite volte Meri ad andare a trovarli in America, e lei aveva sempre risposto: "Sì, sì, verrò con Babis," ma non era mai riuscita a partire davvero.

Fu un'estate indimenticabile, e il piccolo Kostas era al colmo della felicità. Dopo un mese comunicava perfettamente in greco ed era diventato inseparabile da Kleanthis, il figlio di Meri, di un anno maggiore di lui. D'altra parte anche il primo figlio di Meri, Fotis, aveva soltanto due anni più di Kleanthis. Insieme formavano una compagnia straordinaria. Quando venne il momento di partire, Kostas piangeva a dirotto, e soltanto il pensiero che avrebbe rivisto il suo papà riuscì in qualche modo a consolarlo.

Maraia aveva guadagnato un alleato prezioso. Per tutto l'inverno seguente, ogni volta che lei avviava il discorso con Andrew, Kostas interveniva: "Yes, daddy, let us all go to Samos". Ormai la sua opera era molto più semplice.

"Ti prego, Andrew, Kostas desidera così tanto tornarci, e io anche. Ed è un peccato privare di questa gioia le bambine. Però capisci che non posso viaggiare da sola con tre figli piccoli. In fin dei conti, è così grave se vieni anche tu? Non vedi come ci renderesti tutti contenti? Ti prego."

Come si può resistere a tali suppliche? Alla fine Andrew acconsentì. D'altronde ormai erano passati tanti di quegli anni. Il lavoro andava molto bene e lui era richiestissimo. Il suo stipendio era il triplo di quello di Maraia, che non era certo disprezzabile, e lui si sentiva in pace con sé stesso. Oltre a questo, anche le chiacchierate con il suocero avevano avuto su di lui una certa influenza. Benché nato in America da madre irlandese, Konstantine Pachrist adorava la civiltà greca e aveva cercato, poiché lo desiderava fortemente, di imparare il greco. Durante le loro conversazioni egli rivelò ad Andrew una Grecia molto diversa dallo squallido paesino che il giovane sposo aveva visitato durante l'infanzia. La situazione era maturata e Andrew capiva che la sua ostinazione era completamente assurda.

Come fu diverso quell'anno. Quanto più grande fu la gioia di Maraia. E quanto minore la sua preoccupazione. Stavolta non doveva darsi pensiero delle bambine lasciate a casa. Erano tutti insieme. Mentre attraversava l'aeroporto con i carrelli carichi di valigie, con i due bambini più grandi che camminavano attaccati ai vestiti suoi e di Andrew e con Greta in braccio, Maraia vedeva che la gente li guardava con simpatia, sorrideva, faceva cenni di approvazione. Riflessa nelle porte a vetri, la loro immagine emanava gioia, vitalità e buonumore.

Sentì la medesima simpatia circondarli anche quando arrivarono al piccolo aeroporto di Samo.

"Siamo arrivati," disse ad Andrew mentre il taxi procedeva lungo una strada fitta di pini. "Guarda, non è un paradiso?"

Andrew annuì, e disse sorridendo:

"Un paradiso con molte curve".

A conferma delle loro parole, Maraia udì accanto a sé la voce di Elen:

"Mamma, ho la nausea".

"Hai ragione, piccolina, ci fermiamo. Può fermarsi un attimo, per favore?" continuò rivolta al tassista. "La bambina ha un po' di nausea."

"Certo, signora Maraia."

"Sei tu, signor Nikos? Presa com'ero dai bambini non ho nemmeno fatto caso al taxi su cui siamo saliti," disse Maraia riconoscendo il tassista che l'estate precedente portava lei e Kostas al mare. "Come stai? Come vanno le cose?"

"Eh, come vuoi che vadano! Voi in America lo sapete meglio di noi," rispose mentre fermava il taxi a lato della strada.

Scesero tutti e inspirarono profondamente l'aria pura.

"È davvero un paradiso, tesoro, avevi ragione," disse Andrew, e Maraia si sentì colmare di gioia.

Nel tragitto restante Elen abbassò il finestrino e guardò il paesaggio. Il signor Nikos guidava piano perché i bambini non si sentissero male, e così i grandi avevano tutto l'agio di godersi la strada. Quando furono vicini all'incrocio del Platano, si trovarono di fronte la distesa del mare perfettamente azzurro, calmo, con le casette di Ormos che quasi si perdevano nell'azzurro e il paese di Marathòkambos abbarbicato sul pendìo.

"Non è una magia?" domandò Maraia al marito, e lui le rispose serio:

"Amore, devi deciderti, o è un paradiso o è una magia. O stai con Dio o con i druidi".

"Non vedo nessuna contraddizione, caro," sorrise furba la moglie, contenta. "Quest'isola ridesta le mie radici pagano-cristiane."

"Avevo ragione a non volerci venire," rispose incupito Andrew, e scoppiarono entrambi a ridere trasmettendo la loro gioia anche a Nikos e ai bambini, i quali non avevano capito una parola di quello che si stava dicendo.

A casa di Meri li aspettavano con impazienza. Gli si precipitarono tutti incontro appena il taxi si fermò. Meri, il piccolo Kleanthis, Fotis, Babis. All'inizio le bambine si spaventarono a quell'assalto. Kostas saltellava fuori di sé dalla gioia. Abbracciava Kleanthis, poi Fotis poi di nuovo Kleanthis. Andrew si guardava in giro un po' smarrito, con le due bambine aggrappate addosso, mentre sua moglie abbracciava Meri e stringeva la mano a Babis.

"Vi presento mio marito Andrew. Andrew, mia cugina Meri, di cui hai tanto sentito parlare, e suo marito Babis."

"Sono molto contenta di conoscerti, finalmente," disse Meri baciandolo.

"Benvenuto," aggiunse Babis, e gli strinse la mano.

"Ed ecco i loro bambini," proseguì Maraia. "Il maggiore, Fotis, e il piccolo, Kleanthis. Sono gli amici di Kostas."

"Ma venite, non state qui in piedi, entriamo. Babis, aiuta Andrew," Meri troncò le presentazioni e gli abbracci, e si avviò all'interno portando una valigia.

Maraia, ringraziando il signor Nikos, gli prese di mano la valigia e si diresse verso la casa, seguendo Andrew carico di bagagli, il quale a sua volta seguiva l'altrettanto carico Babis. Dietro i bambini saltellavano, soltanto Greta si sedette sui gradini e scoppiò a piangere.

La madre uscì di corsa.

"Non piangere, amore mio."

La prese in braccio e scomparve di nuovo in casa.

Trasportarono i bagagli nelle camere.

"Dovremo stringerci un po' ma non credo che sarà un problema. Quando ci si vuole bene c'è sempre posto. I nostri figli staranno nella camera di Kleanthis; in quella di Fotis, che è più spaziosa, abbiamo messo tre letti per i vostri."

"No, no, per favore," protestò il piccolo Kostas. "Voglio dormire anch'io con i maschi. Non voglio stare con le mie sorelle!"

"Per piacere, sta' buono. Non cominciare subito a fare i capricci," lo rimproverò la madre.

"Ti prego, mamma," supplicò lui.

"Va bene, lascia che prima mettiamo a posto i bagagli e poi vedremo."

"Ti prego, mammina."

"Va bene, ti ho detto. Adesso però basta. Sistemeremo tutto."

"Grazie, mamma."

Aprirono le valigie e cominciarono a estrarne i doni.

"Ma che cosa vi siete portati dietro, ragazzi!" esclamò Meri sorpresa. "Un intero centro commerciale. Ti ringrazio tanto, Maraia, non dovevate! Ma cos'hai lì? Mamma mia, grazie!" disse mentre la cugina la caricava di tutti i regali che le aveva portato.

"Per te basta. Questi sono per i bambini. Fotis, Kleanthis, venite a prendere i vostri regali."

"Uh! Guarda cosa mi ha portato la zia Maraia."

"E guarda cosa ha portato a me."

Quell'arrivo fu una vera e propria festa.

"Ehm," tossicchiò Babis, "la zia d'America. Grazie, Maraia. Con quello che ci hai regalato possiamo aprire un negozio di vestiti all'ultima moda," disse con le mani cariche di camicie e maglioni.

L'emozione fu grande per tutti e, sommata alla fatica del viaggio e del fuso orario, fece sì che dopo il pranzo i bambini non si reggessero più in piedi. Comunque fu cambiata la sistemazione. Elen e Greta occuparono la stanza che era stata preparata per Fotis e Kleanthis, e i maschi, con la promessa che avrebbero fatto i bravi e non avrebbero distrutto la casa, si trasferirono con Kostas nella stanza a tre letti. Verso le quattro le bambine si erano già addormentate, mentre nella loro camera i tre maschi saltavano ancora come matti. Kostas resistette fino alle cinque, poi lo colse il sonno, nonostante i cugini fossero ancora più vispi che mai. Quando si accorsero che si era addormentato, uscirono.

"Mamma, noi non vogliamo dormire."

"Va bene, uscite a giocare in giardino ma non fate baccano perché a quest'ora la gente dorme."

Poco più tardi anche Andrew decise di seguire l'esempio dei bambini; Maraia invece restò a godersi le chiacchiere con la cugina, e apprese le novità sullo zio Aghis, che aveva ormai raggiunto gli ottanta, su Vanghelìò e sulle bambine.

"Vai a dormire anche tu. Sei a pezzi," le disse a un certo punto Meri. "Noi donne siamo più forti, ma è meglio non esagerare. Abbiamo tutto il tempo per parlare con calma. Dài, riposati un po'. Sono felice che siate arrivati."

Maraia si sdraiò sul letto accanto a Andrew, facendo attenzione a non svegliarlo. Restò immobile nel buio con gli occhi aperti. Il bisogno di assaporare la felicità era più forte del sonno. "Questo è un giorno storico per me. Me lo devo ricordare. Domenica 30 giugno 1974. Il primo giorno in cui la mia famiglia al completo si trova sull'isola dei miei avi, sulla mia isola. Adesso sì che sono a casa."

Chiuse gli occhi felice. Da lì al 30 luglio aveva davanti a sé un mese di vacanze tranquille.

"Grazie, mio Dio," sussurrò, posò la mano sul braccio di Andrew e si avviò serena verso il mondo dei sogni.

Maraia non si era mai occupata di politica. Non aveva intenzione di diventare un politico. Però il lavoro all'università la manteneva a stretto contatto con la realtà. Certo, da quando aveva avuto figli non le restava assolutamente tempo libero. Terminava la lezione e scappava a casa di corsa. Non partecipava più ai dibattiti, non seguiva in modo particolare l'attualità se non ogni tanto, accontentandosi di quel poco che le giungeva all'orecchio. Non era più così convinta di quello che un tempo sosteneva con ardore. "Ogni atto che compiamo, ogni nostra azione produce politica." Non voleva nemmeno mettersi a pensarci, perché allora si sarebbe dovuta domandare che cosa faceva lei. E le sembrava di non fare nulla. Con suo marito di rado trovava il tempo di chiacchierare di cose che non fossero quelle pratiche e strettamente indispensabili. Ci riuscivano soltanto quando i bambini dormivano e loro erano sfiniti per il lavoro.

Quindi l'immagine che vide di Babis quando rincasò con Andrew la sera del 1° luglio, la stupì fortemente. Le luci esterne erano spente, e Maraia aveva raccomandato al marito di muoversi silenziosamente.

"Probabilmente dormono. Sta' attento, non fare rumore."

Rimase dunque stupita quando, entrata nella sala da pranzo, vide Babis sotto la luce bassa di un abat-jour con l'orecchio incollato alla radio. Una voce disturbata dalle interferenze si sentiva a stento.

"Che cosa ci fai lì?" gli domandò Maraia.

"*Ssst*, ascolto la Deutsche Welle."

"E che cos'è?"

"*Ssst*, te lo spiego dopo, zitta adesso, ci sono novità."

Maraia non osò domandare quali novità. Babis era

concentrato su quello che ascoltava, ed era chiaro che non voleva essere disturbato.

Maraia andò in cucina, prese una bottiglia d'acqua e si avviò verso la camera da letto.

Andrew si era già cambiato e aveva indosso il pigiama. Con l'asciugamano su una spalla e lo spazzolino da denti in mano si apprestava ad andare in bagno.

"Che cosa sta facendo Babis?" le domandò.

"Non lo so, sta ascoltando la radio e ha detto che ci sono novità. Non ho capito che cosa intendesse. Ce lo spiegherà domani."

"È positivo, è positivo. È sempre positivo che ci siano novità. È su questo che si basa il mondo. Sulle novità," disse Andrew imperturbabile, e uscì dalla stanza.

"Dipende da quali novità," pensò Maraia cominciando a spogliarsi. Era stata una giornata intensa e lei si sentiva stanca. Il tempo era splendido. Il mare la vivificava. I bambini erano felici. La visita che nel pomeriggio aveva fatto allo zio Aghis le aveva ricordato i vecchi tempi. Però si era anche un po' rattristata. Vangheliò era come al solito vivace e sempre in movimento, ma lo zio Aghis sembrava molto abbattuto.

"È naturale, amore. A quanto mi dici ha compiuto ottant'anni. Magari potessimo arrivare anche noi alla sua età," le fece notare Andrew, ma senza consolarla per niente.

Il povero zio non sembrava affatto stare bene. Maraia non era preparata a nessun nuovo addio. La famiglia era preziosa per lei. Non voleva perdere nessuno. Aveva l'impressione che lo zio Aghis rappresentasse una realtà che piano piano andava scomparendo. E... no, non voleva perderlo.

"Sono stanca," pensò. "Non sono ancora riuscita ad abituarmi al cambio di fuso orario." Seguì meccanicamente Andrew in bagno. "Domani sarò più riposata," disse a sé stessa poco dopo, mentre le palpebre le si appesantivano.

La mattina si alzarono tardi. Meri e Babis erano andati all'istituto di lezioni private. Maraia andò in cucina per preparare la colazione. Erano rimaste d'accordo con Meri che lei e Andrew avrebbero portato tutti e cinque i bambini al mare.

"Tornate pure all'ora che volete. Fate con calma. Babis ha molto lavoro all'istituto perché sta preparando i ragazzi agli esami d'ammissione, e anch'io arriverò a casa tardi."

Andrew mormorò tra i denti: "La paghiamo molto cara l'ospitalità. Chi avrebbe detto che sarei diventato baby sitter?".

"Non lamentarti! La sera, quando i bambini li tiene Meri e noi usciamo, ti va bene, eh?"

"La sera i bambini sono stanchissimi perché hanno giocato tutto il giorno e vanno diritti a letto."

"Dài, brontolone, se non hai qualcosa di cui lamentarti diventi matto!"

"Io? Sei ingiusta, amore!"

I giorni trascorrevano piacevolmente. Due volte presero un taxi per fare il giro dell'isola. Il tempo era meraviglioso. I bambini erano contentissimi. Adesso parlavano soltanto in greco, perfino al *daddy*. Qualche volta scappava anche a lui un "ne", che considerava una parola stranissima.

"Come può avere un significato affermativo, quando nella maggior parte delle lingue del mondo significa negazione?" diceva.

"Ma noi non siamo un popolo come tutti gli altri, amore mio," lo stuzzicava Maraia.

La sera quando tornavano a casa trovavano Babis incollato alla radio. Faceva un cenno con la mano senza parlare, e loro non lo disturbavano.

"A Cipro la situazione è critica," aveva detto loro i primi giorni. "Makarios ha inviato una lettera a Ghizikis in cui dice di non essere un prefetto del governo greco ma un leader eletto. Ho paura che i colonnelli non glielo perdoneranno. Sta alzando un po' troppo la cresta, e manda all'aria i piani di molti. Né gli americani né gli inglesi tollerano voci indipendenti. Finirà per rovinarsi da solo."

Il tempo scorreva piacevole ma veloce. Troppo veloce per Maraia. Avrebbero già dovuto cominciare il conto alla rovescia. Erano lì da quindici giorni, ormai.

La mattina del 15 luglio Maraia si alzò di cattivo umore. "Ci siamo già giocati la metà delle vacanze. Uffa. Non voglio tornare. Se potessimo trovare anch'io e Andrew un lavoro qui. Colonnelli o no, come dice Babis, non c'è paragone tra la vita di qui e quella che conduciamo là." Naturalmente non le passava nemmeno per l'anticamera del cervello l'idea di proporre una cosa del genere ad Andrew. "Che sciocchezze sto pensando." Ma che male c'è a sognare un pochino?

Fu sorpresa di trovare Babis in cucina.

"Che cosa ci fai qui, lazzarone? Come mai non sei al lavoro? Come faranno i ragazzi a dare gli esami? Sarai responsabile di tutti gli insuccessi della città," gli disse per provocarlo, ma si interruppe quando lo guardò in volto. "Che cosa succede, Babis? Cosa c'è?"

"Colpo di Stato a Cipro. Makarios è morto."

"Oh, mio Dio!"

"Brutta storia. Molto brutta. Dobbiamo aspettare di sentire i notiziari stasera."

Quella sera lei e Andrew non uscirono. Misero a letto i bambini e restarono tutti e quattro accanto alla radio a cambiare una dopo l'altra le stazioni, cercando di sapere, di avere informazioni, di capirci qualcosa. L'ago girava e cercava. "Qui Londra", "Deutsche Welle", "Parigi", "La Voce della Verità". Ascoltavano qualunque stazione straniera trasmettesse in greco. Sentirono la voce di Makarios come si era sentita quella mattina dalla radio di Pafos: "Popolo greco di Cipro! Stai sentendo una voce che conosci. Conosci colui che ti parla. Sono Makarios...". Ma il gioco era finito male. I golpisti avevano prevalso. La democrazia cipriota era stata abbattuta.

"Hanno aperto l'otre di Eolo. La situazione è critica e lo diventerà sempre più," disse Babis. E aveva ragione.

Nei giorni seguenti i fatti si susseguirono molto rapidamente. Loro quattro passavano le serate con l'orecchio incollato alla radio. Nessuno parlava. L'estate, splendida di luce, era indifferente ai giochi della politica. La brezza fresca increspava il mare. Le cicale continuavano il loro canto, i bambini i loro giochi. Ma l'atmosfera era tesa. Regnavano paura e incertezza.

"I Turchi si mobiliteranno. Si mobiliteranno di certo, e allora poveri noi. Nessuno alzerà un dito. L'avete visto, Kissinger ha respinto la proposta di appoggio al regime abbattuto di Makarios. Wilson e Callaghan avevano assicurato a Makarios il loro sostegno, ma contemporaneamente avevano ricevuto Ecevit per consultazioni. È tutto organizzato. Poveri noi. Se i Turchi ci attaccano, voglio vedere chi li fermerà," disse Babis la sera del 19 luglio, appena spensero la radio.

"Figuriamoci, dài," reagì Andrew.

"Come figuriamoci? Ma non lo vedi? È da giorni che i Turchi parlano di 'rovesciamento dell'assetto costituzionale' a Cipro. Credi che siano dispiaciuti per il rovesciamento della legittimità costituzionale o che simpatizzino per Makarios più che per Sampsòn? Sono pronti, ti dico.

E noi siamo in braghe di tela. Figurati se i colonnelli si scomoderanno."

Nel giro di poche ore i fatti diedero ragione a Babis profeta di sventura.

La mattina del 20 luglio ebbe inizio l'invasione turca di Cipro. Il mondo restò di sasso. Di sasso il sole. L'orizzonte si fece nero.

I bambini giocavano in giardino. Andrew prese da parte Maraia.

"Amore, credo che dovremmo mettere fine alle nostre vacanze. La situazione è davvero allarmante."

"Non c'è bisogno che andiamo da nessuna parte. D'altronde non abbiamo niente da temere. Siamo cittadini americani."

"Non dire stupidaggini, Maraia. Se dovesse scoppiare una guerra, le pallottole non chiedono che passaporto abbiamo."

"Non sono una stupida, e non si arriverà alla guerra. Ma se dovesse scoppiare, voglio essere qui con i miei."

"Parli sul serio? Che cosa stai dicendo? Sei completamente impazzita! Hai tre figli. Non puoi pensare soltanto a te stessa."

"È qualcun altro che pensa a sé stesso, mi pare. L'importante è che ci salviamo noi, gli altri vadano pure ad ammazzarsi. Eri diverso quando ti ho conosciuto allora, al campus. Sostenevi altre idee. Allora non ti preoccupavi soltanto di te stesso. Ti preoccupavi del mondo e delle sue sorti. Che cosa ti ha preso adesso?"

"Che cosa mi ha preso? Sei impazzita? Qui non stiamo parlando in modo vago e generico delle sorti del mondo. Qui stiamo parlando della sorte dei nostri figli. Può darsi che domani esplodano delle bombe qui vicino. Sei disposta a mettere a repentaglio la vita di tutti?"

"Smettila, una buona volta. Non metto a repentaglio

la vita di nessuno. Non succederà niente, ti dico, e non ho proprio intenzione di andarmene. In fin dei conti sono venuta qui per fare le vacanze e le farò, dovesse cascare il mondo."

"Tu sei pazza. Non ho parole! Non so davvero cosa dirti!"

"E allora non dire niente."

"Ma insomma, non hai paura per i bambini?"

"Perché? Loro stanno benissimo. Guarda come giocano contenti!" E dalla finestra gli indicò il giardino, da cui provenivano le voci dei bambini.

Andrew era fuori di sé. Di solito, le rare volte in cui litigavano, lui riusciva a mantenere il sangue freddo. Ma in quel momento era fuori dai gangheri. Non bastava che si trovasse lì quasi contro la sua volontà, adesso sarebbe anche rimasto intrappolato in una guerra, e sua moglie si comportava come un'idiota dicendo che voleva trascorrere le vacanze e stare accanto ai suoi, e non sapeva nemmeno lui cos'altro. Esponeva i bambini al pericolo unicamente perché era cocciuta. Andrew non si era mai arrabbiato così in vita sua. Fu il litigio più furioso che avessero mai avuto e che avrebbero avuto mai.

I bambini, sentendo le grida, si rifugiarono in casa spaventati. Non avevano mai sentito i genitori urlare così. Per fortuna non c'erano Babis e Meri.

La mattina seguente la radio trasmetteva marce militari e annunciava la mobilitazione generale. Andrew e Maraia non si erano scambiati una parola dal giorno precedente. Tutta la casa era sottosopra. Meri spedì i bambini in giardino.

"Mamma, quand'è che andiamo al mare?" domandò Kleanthis.

"Adesso va' fuori, poi vedremo," tagliò corto lei, mentre entrava e usciva dalla cucina infilando diverse provviste dentro uno zaino. “Maraia, da’ un’occhiata ai bambini. Devo andare a fare un po’ di spesa. Può darsi che ci servano dei viveri.”

Babis entrò in cucina. Prese lo zaino dalle mani della moglie, l’abbracciò e la baciò. Poi baciò Maraia e strinse la mano ad Andrew. “Abbi cura delle nostre mogli e dei bambini,” disse. “Devo presentarmi. C’è stata la mobilitazione generale. Non so che cosa succederà. Conto su di te.”

Uscì scortato da Meri.

Maraia si sedette su una sedia e scoppiò a piangere.

Andrew si sentì in trappola. Adesso non c’era più possibilità di fuga. Oltre a essere responsabile di sua moglie e dei suoi figli, era responsabile anche dei figli altrui e di Meri. Babis aveva parlato con l’aria di chi lascia una disposizione morale. Andrew fu colto da un accesso d’ira. Come si era cacciato in quella situazione? Era tutta colpa di sua moglie. Se gli avesse dato ascolto, in quel momento sarebbero stati su un aeroplano diretto a New York. Gli venne da inveire contro di lei, ma nell’istante in cui lei sollevò il viso e Andrew la vide soffocata dalle lacrime, qualcosa dentro di lui si addolcì.

“È colpa mia, amore. È colpa mia che non ti ho dato ascolto,” gli disse singhiozzando disperata. “Non avevo il cuore di andarmene, e non immaginavo certo che sarebbero accadute queste cose. Mi sembra ancora incredibile. Com’è possibile che scoppi una guerra in Grecia, in un Paese civile, in Europa? Lo so, c’è la dittatura, ma dopo i fatti dell’anno scorso tutti dicevano che il Paese era avviato verso la normalità. Mi pare inconcepibile che ci sia una guerra. Perdonami, amore. Io vi ho messo in questa situazione. I bambini! Che cosa sarà dei bambini?”

E ricominciò a piangere singhiozzando.

Andrew si chinò e l’abbracciò.

“Non piangere, tesoro. Quello che è stato è stato. È inutile che tu pianga ora. Càlmati. Non voglio che i bambini entrino e si spaventino vedendoti. Del resto, l'hai detto anche tu. Non corriamo pericoli. Siamo cittadini americani."

"Oooh!" si sentì la voce di Maraia in mezzo ai singulti. "Che stupida sono stata. Che cosa ho fatto!"

Andrew l'aiutò ad alzarsi in piedi e poi la strinse tra le braccia. Quindi si sedette sulla sedia, e tenendola sulle ginocchia si mise a cullarla come una bambina.

"Càlmati, amore mio. Andrà tutto bene. Càlmati."

Poco dopo comparve Meri.

"Nel negozio di alimentari non c'era niente," disse posando sul tavolo due pacchetti di pasta, un sacchettino di riso e un certo numero di barattoli di latte condensato. "Ho trovato soltanto queste cose, ed è stata dura accaparrarsele. Per fortuna ho trovato il latte per i bambini."

Il pomeriggio Meri, in piedi su una sedia, stava attaccando alle finestre fogli di carta blu.

"Che cosa stai facendo?" le domandò Maraia dal giardino, dove si trovava con i bambini.

"Hanno detto che stasera ci sarà l'oscuramento."

"Oscuramento? Ossia?"

"Ossia non si devono vedere le luci."

"Intendi dire che esiste la possibilità che ci bombardino?"

Maraia si sentì divorare dai rimorsi. Avrebbe dovuto ascoltare il marito. Fu travolta da un'ondata di panico. "Dio mio, ci bombarderanno," pensò. Ma ormai era tardi.

"Ehi, vicina," sentì una voce alle sue spalle.

Si voltò, e sul muretto che separava il loro giardino da quello accanto vide una donna.

"Come va, signora Dìmitra?" domandò Meri, che nel frattempo era uscita.

"Come vuoi che vada, mia cara? Vediamo come ci svegliamo domani. Hai trovato qualcosa al negozio di alimentari?"

"Poca roba. Per fortuna c'era qualche barattolo di latte per i bambini."

"Ti è andata bene, figliola. Io sono entrata, ma con tutta la gente che c'era ho perso la bussola. Quando il signor Manolis mi ha domandato che cosa volessi, non ho saputo cosa rispondergli. 'Tovaglioli di carta,' ho risposto. Ma ci pensi! Tovaglioli di carta! Ne ho comprati due pacchetti e sono uscita, e adesso Fondas mi prende in giro. 'Se viene la guerra mangiamo torta di tovagliolini.' Cosa posso farci, figlia mia? Ho perso la testa."

"Non angustiarti, signora Dìmitra. Non ci sarà la guerra," disse Meri avvicinandosi al muretto. "È una tempesta, passerà. Che cosa stai facendo, signor Fondas?" domandò vedendo il marito di Dìmitra seduto in cortile intento ad armeggiare con qualcosa.

"Che cosa sto facendo, figlia mia? Hanno dato un'arma anche a me. Ma è più arrugginita delle mie articolazioni e sto lottando per pulirla. Babis dov'è?"

"Non sono sicura, ma mi hanno detto che li hanno portati a Potami. Domani gli preparerò qualcosa da mangiare e proverò a cercarlo."

La sera andarono a letto dopo aver ascoltato tutte le stazioni radio. I Turchi avanzavano. Il governo dei colonnelli aveva lasciato Cipro in balìa dei Turchi, ritenendo che qualunque intervento si sarebbe risolto in un insuccesso. Era un castello di carta. Prova ne era il fucile arrugginito del vicino, il signor Fondas. Maraia non riusciva a prendere sonno. Si rigirava senza posa nel letto. Andrew, accanto a lei, era sveglio anche lui.

"Che cos'hai, amore mio?"

"Non riesco a dormire."

"Nemmeno io."

"Ci vestiamo e usciamo?"

"E dove andiamo?"

"Non so, dovunque. A vedere il mare."

Si vestirono e uscirono nel buio completo. Arrivarono sulla strada costiera. Tutte le luci della città erano spente. Nell'oscurità, le stelle brillavano in modo straordinario. Si fermarono sul ponte e sollevarono gli occhi per osservare il cielo.

"Che cielo immenso! Che bello l'universo, mia cara."

La risacca si frangeva sui ciottoli, e il rumore dell'acqua accompagnava i loro passi. Si avviarono verso il Porto. All'altezza di Aghìa Panaghìa una voce li fermò.

"Alt! Chi va là?" domandò qualcuno con un pesante accento, mentre un'ombra si staccava da un muro e avanzava imbracciando un'arma.

"Siamo Greci, patriota," disse Maraia. "Siamo usciti a fare una passeggiata."

"Greci *fertos* dovete essere per andare a passeggio a un'ora simile in una giornata simile," disse l'uomo, e lasciò che proseguissero il loro giro.

"Cos'ha detto?" domandò Andrew.

"Non ho capito," rispose la moglie. "Ha usato una parola che non conosco."

"Deve aver detto che siamo pazzi," commentò saggiamente suo marito.

La mattina seguente le due cugine si misero in cammino per cercare Babis portandosi dietro pane e companatico.

Babis voleva essere informato sulle novità. Gli riferirono quello che avevano sentito la sera prima alla radio.

"Il regime dei colonnelli sta crollando," commentò lui. "Basta che insieme non crolli anche la Grecia."

"Perché dici così, amore?" gli domandò Meri.

"Perché lo dico? Non vedi che cosa succede qui? Pensi che saremmo in grado di combattere? O ci proteggeranno le buche e i fossati che apriamo lungo la strada costiera? C'è da pregare che Allah illumini i Turchi e che si limitino a Cipro, perché se dovessero sbarcare qui mi sa che ti toccherebbe metterti il velo, cara mia. Anche se non penso che sarebbe una cattiva idea. Con gli occhi che hai ti starebbe proprio bene, credo," disse scherzando appena vide la paura nello sguardo della moglie. "Su, Meri, non preoccuparti. Maraia, come sta Andrew? Gli avete messo un grembiulino e lo avete lasciato a sorvegliare i bambini? Povero ragazzo, che cosa gli è toccato!"

La cugina si rabbuiò e Babis capì che la sua battuta era stata inopportuna. Tornando a casa videro la gente che si era accampata al porto nella speranza che arrivasse qualche nave con cui lasciare l'isola. Avevano steso per terra le coperte, e i più chiacchieravano sdraiati o dormivano. Provenivano soprattutto dalla parte sudorientale di Samo.

"Ce ne saranno molti anche a Vathì," disse Meri.

"Sì, ma perché hanno più paura loro di voi che vivete qui?" domandò Maraia.

"Perché loro vivono a un chilometro e mezzo di distanza dalle coste turche, e immagino che vedano i camion dell'esercito turco andare avanti e indietro, cosa che non li deve affatto divertire. Maraia, non è che sareste dovuti scendere anche voi al porto? Magari arriva una nave."

"Stai scherzando, Meri? Anche se dovesse arrivare una nave, sarebbe una lotta per salire. Lascia perdere, non ho voglia di morire in un naufragio."

Tornarono a casa. Maraia radunò i bambini e scese al mare.

Era nuvoloso. La spiaggia era completamente deserta.

I tre maschietti si tuffarono in acqua. Le piccole giocavano sulla riva con i secchielli.

Maraia nuotò a lungo ma senza allontanarsi dalla costa, tenendo sempre d'occhio i bambini. Le piaceva il mare. La rilassava. Mentre si asciugava, sentì una voce. Volse la testa verso l'alto.

"Che cosa fa lì?" domandò una donna che passava sulla strada costiera. "Non ha paura che arrivino i Turchi?"

"Non c'è da preoccuparsi, signora," le gridò Maraia. "Se devono arrivare, che ci trovino al mare o in casa è lo stesso!"

La donna si allontanò scuotendo il capo. Nonostante l'esibizione di eroismo, Maraia richiamò i bambini e si lasciò alle spalle il mare, lanciando un'occhiata ogni tanto per accertarsi che all'orizzonte non comparisse qualche nave da guerra.

Il giorno seguente arrivò una nave carica di soldati e ripartì ancora più carica di persone, che sembravano appese dappertutto. La nave era per metà sprofondata in mare.

"Ma dove vanno quei cristiani, finiranno per affondare," diceva la gente dal molo.

Per fortuna il mare era calmo.

Gli eventi si succedevano rapidamente. Tutti avevano una radiolina in mano. Ormai i notiziari erano il pane quotidiano. Fin dal mattino il capo delle Forze armate Bonanos e i capi dell'Esercito, della Marina e dell'Aviazione erano riuniti con il presidente della Repubblica Fèdon Ghizikis. Alla consultazione era stato chiamato a presenziare anche il "dittatore invisibile" Ioannidis. I quattro decisero che era venuto il momento di affidare il governo del Paese ai leader politici. La situazione dell'esercito greco era tragica, e non c'era nessun capo in grado di prendere decisioni importanti. Ioannidis non poté fare altro che accettare la decisione. La dittatura era crollata. Un'ora più tardi Kanellòpulos, Mavros, Averof, Markezinis, Novas, Zolotas, Stefanòpulos e Garufaliàs furono chiamati da Ghizikis ad assumere l'incarico. La sera, con un aereo messo a disposizione dal presidente della Repubblica francese Giscard d'Estaing, Kostandinos Karamanlìs arrivò in Grecia. Nel tragitto dall'aeroporto a Sintagma, la folla lo aspettava con le candele accese, festeggiando in quel modo la resurrezione di mezza estate.

Dopo sette anni e tre mesi di dittatura, la mattina del 24 luglio 1974 prestò finalmente giuramento il primo governo civile.

Andrew, Maraia, Meri e i bambini scesero in spiaggia. La mobilitazione generale era ancora in vigore, e Babis restava a fare la guardia alla patria. Per fortuna, a quanto pareva, non sarebbe stato necessario che la difendesse anche. La gente era frastornata.

Quelli di Atene festeggiavano, ma qui la Fenice con un soldato di guardia davanti alle fiaccole era sempre alta. "E vediamo chi ha il coraggio di tirarla giù," dicevano i rozzi amministratori di ogni sorta che erano stati beneficiati dalla dittatura.

Feste e baccano erano per chi viveva nella capitale. Sull'isola, gli uomini montavano la guardia con armi arrugginite dentro fossati che avevano scavato lungo la strada costiera, e la sera la città sprofondava nel buio per paura dei bombardamenti; tutte le orecchie erano incollate alle radio con il volume sempre basso, caso mai qualche spione passasse fuori della casa e sentisse che la radio era sintonizzata sulla "Voce della Verità". Ah sì, i prigionieri politici venivano liberati in accordo con i primi provvedimenti del governo, ma qui i militari erano rimasti al loro posto. Meglio guardarsi le spalle. Non si sa mai.

26 luglio: a Ginevra erano cominciate le trattative sulla questione cipriota.

28 luglio: la Turchia si ritirava. Accordo imminente a Ginevra.

30 luglio: la Turchia faceva marcia indietro.

Maraia preparava le valigie. Ultimo giorno sull'isola. La mattina seguente avrebbero volato ad Atene per prendere il volo di mezzogiorno diretti a New York.

Che mese era stato! Che vacanze! Sembrava che fossero passate poche ore da quando aveva disfatto le valigie e distribuito i doni, e invece era passato un mese intero. Erano arrivati per trascorrere un mese di vacanze tranquille e invece si erano trovati nell'occhio del ciclone. E per poco non si erano trovati nel bel mezzo di una guerra. Maraia cercava di rendersi conto con precisione di quello che aveva vissuto, ma non ci riusciva.

"Devo ricordarmi ogni particolare, perché quelli che abbiamo vissuto sono momenti storici. Non capita a tutti di vivere eventi del genere. Abbiamo vissuto la storia nell'istante in cui veniva scritta," pensava mentre ripiegava le gonnelline di Elen. Per fortuna tutto era finito bene. Che cosa sarebbe potuto accadere se fosse scoppiata una guerra? Scacciò il pensiero. Non voleva nemmeno immaginarselo.

Andrew stava sistemando le sue cose. Le venne in mente il loro litigio. Si accorse con amarezza di quanto fosse stata irragionevole. Aveva avuto ragione Andrew. E lei si era tanto arrabbiata con lui. Lo aveva definito insensibile, indifferente, apolitico, meschino. No, no, non voleva ripensarci. Per fortuna il suo amato aveva un grande cuore. L'aveva perdonata. "Non metterò mai più in dubbio un tuo giudizio, mai più," pensò. Poi, come se le fosse parso un po' esagerato, rettificò il proprio pensiero: "Almeno non prima di averci riflettuto a lungo". Il suo amato Andrew. Pensava soltanto a lei e ai bambini. Si preoccupava per loro.

Ultimo giorno. Meri aveva preparato il programma della giornata. Sarebbero andati a fare il bagno, avrebbero mangiato qualcosa di leggero, il pomeriggio si sarebbero riposati un po', e la sera sarebbero andati dallo zio

Aghis, visto che Vangheliò li aveva invitati per la riunione famigliare di saluto.

"Be', adesso che avete fatto il primo passo vogliamo vedervi più spesso," disse Meri ad Andrew la mattina. "Il peggio è finito. Ci avete anche portato bene. Quando siete arrivati c'era la dittatura, e adesso che ve ne andate abbiamo la democrazia. Perciò venite a trovarci spesso, abbiamo bisogno che ci accadano cose belle."

"Certo che torneremo," sentirono dire da Andrew le incredule orecchie di Maraia. "L'isola è molto bella e vorrei davvero godermela in condizioni migliori. Comunque sia, questo mese abbiamo vissuto non poche emozioni."

Andrew lanciò un'occhiata a sua moglie, e la vide abbassare lo sguardo. "Torneremo," proseguì, "perché vi vogliamo bene, perché l'isola è bella, perché i bambini sono stati benissimo e piace anche a loro, perché Maraia adora il posto e adora voi, e perché anch'io in futuro voglio rispolverare il mio greco."

Maraia non credeva alle proprie orecchie. Si slanciò verso di lui e lo abbracciò, gli scoccò due baci, gli si appese al collo e gridò contenta: "Grazie, amore mio. Lo sapevo di avere il marito migliore del mondo".

"Magari potessi dire lo stesso di mia moglie," scherzò Andrew facendole l'occhiolino. La strinse tra le braccia e la baciò.

"Ah, che tesori. Mi fate diventare invidiosa," disse Meri ridendo. "Vediamo un po' se prima o poi riusciamo anch'io e Babis a venire in America."

L'ultimo giorno fu bello quanto lo era stato il primo. Lo trascorsero serenamente con le persone a cui volevano bene, e si salutarono commossi.

La mattina presto il signor Nikos, il tassista, li aspettava fuori della porta per accompagnarli all'aeroporto.

Le due cugine non volevano saperne di separarsi. I

bambini lo stesso. Kostas aveva abbracciato Kleanthis e non lo lasciava andare. Andrew dovette sudare sette camicie per farli salire tutti sul taxi. Con le teste voltate all'indietro, i piccoli salutarono con la mano fino a che i cugini scomparvero alla loro vista.

"Abbiamo tempo, andrò piano così i bambini non staranno male," disse il tassista.

"Grazie, signor Nikos," ribatté distrattamente Maraia mentre con lo sguardo carezzava i pini, gli ulivi, le viti, i cipressi, le tegole rosse delle case, il mare azzurro.

"Che posto, che posto benedetto," pensava con un nodo in gola.

All'aeroporto di Atene comprarono i giornali stranieri.

"Le trattative a Ginevra proseguono anche oggi, 31 luglio. Auguriamoci che si concluda tutto nel migliore dei modi, amore mio, per il bene di questo luogo," disse Andrew, e rituffò la testa nel giornale.

Maraia si alzò per andare con i bambini a fare un giro nei negozi del duty free.

"Non state via troppo, non voglio venire a cercarvi! Partiamo tra poco," le gridò il marito senza sollevare lo sguardo dal giornale.

Il carrello si era staccato dalla pista. L'aeroplano cominciò a sollevarsi inclinandosi dolcemente da un lato. Maraia si chinò per vedere il mare giù in basso.

Sentì la mano di Andrew che stringeva la sua. Si voltò e gli sorrise mentre lui le diceva:

"Buon viaggio, amore. Grazie di aver insistito perché venissimo qui in vacanza. Grazie di aver insistito perché restassimo. Abbiamo vissuto qualcosa di unico. Abbiamo vissuto la fine di un'epoca".

Indice